潮汕文库·文献系列

# 人隐庐集

（清） 吴汝霖 吴沛霖 撰

吴晓峰 辑校

暨南大学出版社
JINAN UNIVERSITY PRESS

中国·广州

图书在版编目（CIP）数据

人隐庐集/（清）吴汝霖，吴沛霖撰；吴晓峰辑校 . —广州：暨南大学出版社，2016. 8
（潮汕文库 . 文献系列）
ISBN 978 – 7 – 5668 – 1557 – 6

Ⅰ. ①人… Ⅱ. ①吴…②吴…③吴… Ⅲ. ①诗集—中国—清后期—民国②散文集—中国—清
后期—民国 Ⅳ. ①I215. 1

中国版本图书馆 CIP 数据核字（2015）第 183566 号

人隐庐集
RENYINLU JI
（清）吴汝霖 吴沛霖 **撰** 吴晓峰 **辑校**

------------------------------------------------------------

出 版 人：徐义雄
项目统筹：黄圣英
责任编辑：冯 琳 范小娜 张 艳
责任校对：何镇喜
责任印制：汤慧君 王雅琪

出版发行：暨南大学出版社（510630）
电 话：总编室（8620）85221601
　　　　营销部（8620）85225284 85228291 85228292（邮购）
传 真：（8620）85221583（办公室） 85223774（营销部）
网 址：http：//www. jnupress. com http：//press. jnu. edu. cn
排 版：广州市天河星辰文化发展部照排中心
印 刷：广州市新怡印务有限公司
开 本：787mm×1092mm 1/16
印 张：13. 25
字 数：300 千
版 次：2016 年 8 月第 1 版
印 次：2016 年 8 月第 1 次
定 价：36. 00 元

（暨大版图书如有印装质量问题，请与出版社总编室联系调换）

吴汝霖（字雨三）像

吴沛霖（字泽庵）像

傳神舌有李思訓
識字令無楊子雲
兩三吳汝霖

吴汝霖作联

南社入社書

民國二年三月七日

| 姓名 | 吳沛霖 |
| 年歲 | 二十九 |
| 籍貫 | 廣東揭陽 |
| 居址 | 揭陽磐都 揭陽城內 新街正源 字約學校 咸德代轉 |
| 通訊處 | |
| 介紹人 | 高吹萬 高天梅 |

吴沛霖南社入社书

澤菴詩集

晚眺
落日瘦街樹亂山半入雲詩情無限好未許便黃昏
讀陳一過隨園詩
詩人老去風流成感慨多大息海枯石爛後又留遺蛻惹詩魔
聞陳二醉心紅樓夢寄此調之
夢中悟澈夢中趣解脫情根萬念休不信陳郎淸醒後尙餘傾淚付紅樓
山居 用柳子厚溪居韻
我自不折腰何事詔書讁避世入深山謝絕山中客日暮析松枝藝火煑白石漱石以屬齒大
笑山雲碧
曉起偶占
殘夢初醒後書聲破曉時春風無俗態排闥靈情吹
春日懷人六絕句
飲冰豈必餞滋味顏不能煞內熱煎驚蟄一聲春氣暖定應未遂老龍眠
金山高吹萬

揭陽吳沛霖澤菴著

《泽庵诗集》书影

吴沛霖作联

人隐庐旧址（吴晓峰摄）

吴汝霖、吴沛霖故居兴仕公室（吴晓峰摄）

# 总 序

　　潮汕文化历千年久远，底蕴渊深，泱泱广袤，又伴随着潮人的迁播而兼收并蓄，独树一帜，是中华文明中的重要一脉。

　　秦汉之前，潮汕囿于海角一隅，与中原殆少来往；自韩愈治潮，兴学重教，风气日开，人文渐著。宋朝文教兴盛，前七贤垂范乡邦；明朝人才辈出，后八贤称显于时。明清以来，粤东地区借毗邻大海的地理优势，与域外商贸频仍，以陶朱端木之业，成中西交汇之势，造就多元开放的文化格局。饶宗颐等学界巨匠引领风骚，李嘉诚等商海翘楚造福民生，俊采星驰，郁郁称盛。

　　而今国家稳步发展，蓬勃兴盛，潮汕地区凭借深厚的历史积淀，务实进取，努力发展传统文化及其产业，如潮剧、潮乐、潮菜、工夫茶、陶瓷、木雕、刺绣等，保持并革新精巧特色，在世界各地广泛传播，备受青睐。更有海外潮人遍布全球，为经济文化交流引桥导路，探索共赢模式，拓宽发展空间。

　　为促进潮汕文化的传承与创新，进一步推动潮汕文化"走出去"，在广东省委宣传部的大力支持下，海内外学者编写《潮汕文库》大型丛书。本丛书包括文献系列和研究系列，涉及历史、文学、方言、民俗、曲艺、建筑、工艺美术等多方面，囊括影印、笺注、点校、碑铭、图文集、口述史等多种形式，始终秉承整理、抢救传统文化的原则，尊重潮汕地区的家学渊源和治学传统。以一腔丹心，在历史沿袭中为文化存证，修旧如旧，求新而不媚俗于新；以一笔质朴，在字斟句酌中为品质立言，就事论事，求全而不迷失于全；以一纸恳切，在纷扰喧嚣中为细节加冕，群策群力，求深而不盲目于深。惟愿以此丛书，提升潮汕文化品位，凝聚海内外潮人，齐心发展，助力腾飞。

人隐庐集

在成书过程中，广东省委宣传部高度重视，协调汕头、潮州、揭阳、汕尾市委宣传部，委托潮汕历史文化研究中心、韩山师范学院、暨南大学出版社组织编写与出版。海内外潮学研究专家倾注笔墨，潮汕历史文献收藏机构及热心人士鼎力襄助，更蒙粤东籍一批著名艺术家慷慨捐赠宝贵书画作品助力出版，在此一并致谢！

《潮汕文库》大型丛书编委会

2016 年 7 月

# 序

## 家有双松堪比秀　诗无虚日贵酬知

林壁荣[*]

在潮汕地区，民间盛传宋孝宗曾问潮籍朝内官王大宝："潮州的风俗如何？"王大宝回答道："地瘦栽松柏，家贫子读书，习尚至今然。"相比于其他地区，潮汕并没有较多的资源可供开发，而因人而异、因地制宜所创造出来的耕读传家奇迹，走可持续发展道路的故事却不胜枚举，这些都不是潮汕人自强不息的精神传统所能诠释得了的。一个家族、一个村庄以至一片区域，都有其习尚、遗传基因和环境条件等。

———

揭阳双山，地处揭邑西门外三十里，村背靠石母和俨摩崇二山，因而得名，石母山有两件东西让我感到惊奇：一是山麓长有一对参天松柏，另一个是山巅的巨石。树为人植、石为天然，树非数百年时间无以长成，巨石（石母）历史更为久远。在没有任何保护措施的情况下，两者在历史的长河中，历经无数次灾祸而依然存在可以说是登天之难，没有山下双山村民的世代呵护，两者都有可能遭受灭顶之灾。

在清末民初，山下的一户农家有一对秀才兄弟，以风骨清举、高标儒秀而被邑中举人郭玉龙喻为"石母双松"，堪称闾里书生、艺林典型，这对兄弟就是吴汝霖、吴沛霖两位先生。20世纪80年代，当我看到郭笃士先生回忆其师吴汝霖先生事迹的文章，对两位先生还只是有一点朦胧印象。及至90年代初，见艺坛掌故大家郑逸梅先生谈南社的文章，里面也有吴沛霖先生的名字（南社编号为367号，见《南社纪略》），对他们的印象便进一步加深。后又接触到邑人所著的第一本旧体诗集，即民国二十三年（1934）汕头五洲印务公司印刷的《泽庵诗集》，书中记载了大量的信息，如揭阳双峰乡人隐庐。人隐是大隐，这人隐庐的主人为什么有那么多让邑中耆宿人物所津津乐道的事情，还有诗集中透露了怎样的故事和人物？人隐庐就像谜一样，吸引着在其近百年之后的我，从青年步入老年，展开了长达三十多年的寻踪之旅。

因缘夙造，十多年前我在书店无意间结识了吴泽庵先生的后人——青年才俊吴晓峰兄，他向我谈及其先祖的大量家事，并带我到其家乡揭阳桂岭双山村与石母山进行参观考察。但实际上，这三十多年来，从《泽庵诗集》中所引出的许多东西，如作者兄弟家庭生

---

* 林壁荣（1964— ），揭阳榕城中国画院秘书长、揭阳市周易研究会秘书长、潮汕古琴学会顾问、潮汕历史文化研究中心青年委员会常务理事，曾任揭阳经济开发试验区宣传文化局局长，现任揭阳市机要通信局局长。

活、邻里社会关系，在从学、从教、从艺活动过程中，从旧式科举人物到参加进步文学社团"南社"，并与当时大量的文化名人交往论学，吴氏兄弟中其兄皈依基督信仰，而其弟却是佛教信徒（居士），还有诗集的文学艺术价值等，至今我仍弄不明白，究其原因或许是我自己愚钝。这两位老前辈均国学根基深厚，除了以书画名世外，更是有诗人本色，而像我这 20 世纪 60 年代生人，在追求知识的年龄，能读到和可读到的书少得可怜，遑论四书五经和诸子百家以及古典诗词歌赋。缺乏国学文化知识，如何能真正理解他们的精神世界、认识这批文化遗产的价值呢？

## 二

吴雨三（1866—1934），名汝霖，偶署禹珊，室名人隐庐、在涧庐，揭邑磐溪都双山（今广东省揭阳市蓝城区桂岭镇双山村）人。双山吴氏由闽入潮，辗转数十代至清康熙年间迁居双山。家世耕读，及先生逾冠即补邑庠。光绪十四年（1888），两广总督张之洞辟广雅书院，选收两广各地优秀人才入学，延聘番禺梁鼎芬为主讲。同年，曾习经与其兄曾述经同时入选，到广雅书院进修。光绪十六年（1890），曾述经、曾习经兄弟参加恩科会试，曾习经中进士，其兄落第，归而为榕江书院山长，是年雨三进泮。

吴雨三先生的国学根基，瓣香于举人曾述经在张之洞开办的广雅书院时养成的务本求实、积极改革的学风。当然，碰到守旧试差者，帖括当道，便会吃亏。在这一点上，曾、吴师生都是受害者。

吴雨三先生的另一位老师为温仲和。光绪中，程江温太史仲和主潮郡金山讲席，雨三先生负笈往游。

温仲和（1848—1904），字慕柳，号柳介，嘉应州（今广东省梅州市）松口镇大塘村人。幼年入嘉应州学，与黄遵宪同窗。光绪十五年（1889）参加己丑科会试中试（与同乡丘逢甲同年），钦点为翰林院庶吉士，再授翰林院检讨。在翰林院任职四年后回乡，一直居住在潮州。光绪二十年（1894）到潮州金山书院讲训诂学，开岭东考据学之新风，后任书院山长。光绪二十八年（1902），书院改办为潮州中学堂，温仲和任总教习，丘逢甲任学堂监督。温仲和原本精通经史，但他不囿旧学，与时俱进，引进新学。所以无论是主政金山书院以及后来的潮州中学堂还是主持岭东同文学堂期间，他治学严谨，在讲学及办学过程中，都十分重视启发学生的爱国精神和上进心，要求学生"要关心时事政治"，引导学生关心国家命运，勉励学生为国效力。他还以新的科学思想训导岭东学子，以身作则，钻研理化、天文、气象、地理，并把数学列为各学科的根本，提倡学以致用，为潮汕地区培养了许多对社会有用的人才，其中不乏精英人物，展示了潮州教育的新风貌。

愿望是美好的，但现实往往是残酷的。吴雨三先生接吮广雅书院曾述经、金山书院温仲和的"经世致用"法乳，自甲午以后即"留心时事，读书每下评解，语语皆振聋启聩，发忧世忧民之心"①。但光绪末年，时局板荡、政事变幻莫测，昨天意气风发、指点江山的改革者，今天说不定就会沦为阶下囚，甚至性命难保。从《朱彊村年谱》中可以看到，光绪二十八年（1902），朱祖谋以礼部右侍郎出任广东学政，对于正在冲刺举子业的吴氏兄弟来说，朱祖谋是一个关乎成败的人物。文艺青年吴泽庵，诗写得好。朱祖谋成为其邑

---

① 吴泽庵：《泽庵诗集》，汕头：汕头五洲印务公司 1934 年版，第 32 页。

试、府试获隽和卒选进泮宫的宗师。而吴雨三在隔年的癸卯广东乡试中因卷中有"改良进步"四字而遭朱祖谋摒弃。不难想象，经历光绪二十四年（1898）戊戌变法的科试官朱祖谋，本也同情、支持光绪帝变法，但曾亲眼见翁同龢因此罢官、六君子和张荫桓被斩，而且试潮梅时还见到因"戊戌政变"而受牵连赋闲在家的黄遵宪。吴雨三乡试卷中"改良进步"的敏感字符一下子刺激了朱祖谋敏感的神经，吴雨三乡试落第是肯定的。

乡试落第的吴雨三和五弟吴泽庵传承了温仲和"建学堂，启民智"的衣钵，成为清末民初的潮汕名师。从叶昌炽《缘督庐日记》中可以看到，点过翰林的温仲和与曾习经、费念慈、江标、徐仁铸、叶昌炽、王同愈、恽毓鼎、李传元等人过从甚密，这批人均国学功底深厚，是清末乾嘉余脉的中坚人物。

吴雨三先生毕生在潮汕从事教育工作。历教于揭汕诸中学，投身教育界久时，门下弟子不下千余人，时人有称"桃李尽属公门"① 语，揭邑中艺坛耆宿郭笃士、孙星阁等皆出自其门。吴雨三留给后人的，我们今天能看到的只有少量诗文和书画，还有他平时读经史时摘录的《雨三杂录》稿本，但我们亦可从中窥见其学问源流。此外尚有在碣石教会学校任教时写给在家的小女儿吴芸香②的书信一批，这批书信信息量大，是研究清末民初潮汕乡村社会发展的珍贵资料。

三

吴氏兄弟性格迥异，大吴为谦谦君子，含蓄沉稳，推崇公安派袁宏道所说的"古之为文者，刊华而求质，敝精神而学之，唯恐真之不及也"。文章贵在一个"真"字，但由于重在学问，为文则少有趣味。

作为一个受过传统教育的读书人，吴雨三先生工书擅画，写得一手漂亮的毛笔字，其书法擒纵自如，在使转中不失法度，饱墨温润，在潮汕长负盛名。雨三先生尤对兰花情有独钟，其画私淑里人名家、同宗吴应凤，尽脱形似，注重神韵，虽属书房笔墨，也老笔纷披，自有一股飘逸气韵。其文也为人所重，时人徐君穆对其有"书画齐颜赵，文章贯斗牛"之誉。

吴雨三先生是位虔诚的基督教徒，作为一位自幼浸淫在中国传统儒家思想之下的传统文人，究竟如何发展成为虔诚的基督教徒，其具体历程无从考究，但从其给高吹万的信中，可以发现一点信息：

> 自到碣石任事后，见世界之大，有四之三奉耶教。心窃窃疑之，及接其人见诚信谦让，多与常人不同，心更奇焉。乃立志研究其道。久之诚有如令甥所谓立言较易，行之匪艰者，于是遂虔心奉之，俾身心无滋罪庚。以贻爱我羞而从前一切不遂意事，俱付之东流，惟冀于社会上作些善事，以补罪愆而已。③

雨三虽然是一介文士，但其学识为其赢得了教会的器重，委之以统筹撰史之职责。雨

---

① 吴泽庵：《泽庵诗集》，汕头：汕头五洲印务公司1934年版，第31页。
② 吴芸香，亦名吴韵香。
③ 吴雨三：《与高吹万书》，《国学丛选》1923年第十五、十六集，第11页。

三"通函各堂会,至再至三,其中详悉答复者固不少,间有邮递四五次,仅录数言以应付,甚有并一字而亦无者,委办等既已笔秃唇焦。亦惟付之以无可如何之列而已"①!1932 年 6 月发行的《岭东嘉音——岭东浸会七十周年纪念大会特刊》,是该会的第一本中文史书,分为插图、祝词、记事、会史、传史、征信、付出七个部分,其中尤以插图、记事、会史、传史的史料价值最高。另一份刊物《岭东嘉音——岭东浸会历史特刊》于 1936 年 12 月 20 日出版,当时吴雨三已经不在人世,但这两份刊物都刊登了吴雨三的文章作为序。②

吴雨三先生在 1928 年 1 月 5 日致其小女儿吴芸香的信中说:

近日对于主道感想何如?尔兄将来或亦欲办教会事业,我家人妇子须预备仝走一路为佳。对于拜祖,近日范丽海主张从俗,惟改良,将来或能通行一国。③

这些信息表现了雨三先生在基督教信仰本土化上的不遗余力与作出的巨大贡献。

除了基督信仰和教育事业方面,吴雨三先生参与的其他社会活动不多,只有在 20 世纪 20 年代中期参与了澄海蔡竹铭组织的壶社活动,或许是被壶社"以崇尚道德,笃厚交谊,交换知识为目的""不拘人之老少、地之远近,凡人品纯正者皆得入会"的章程规定所吸引,吴雨三先生多有诗文相投,1924 年在《蔡瀛壶遐龄集》一书中,吴雨三先生画兰四幅并题诗四首为贺,其一为《素心兰》:

我读公诗感不禁,超如天籁发清音。曲高和寡知难敌,聊托王香表素心。④

在《倒悬兰》画中,吴雨三题道:

入世而今周一甲,共和见过颇堪怜。小瀛壶里多玄秘,肯为苍生解倒悬。
自民国至今十三年,岁无宁宇,疮痍满目,几不忍视。我居山中每一念至,为之怆然。甚愿有道者以解此也。雨三

诗中表现出作者对社会混乱、时局板荡的担忧,所写隐逸兰花,寄意孤芳自洁。

## 四

明清时期,潮汕地区各地乡村民风悍勇、械斗成风,双山村也有此恶习。泽庵先生之师大埔陈倬云先生在为雨三先生之父所作的《揭阳双山乡邦士公像赞并序》中云:

雨三告余云:"先大父道光时因乡里械斗,挈眷避居新亨市中,乃产吾父焉。父

① 吴雨三:《岭东嘉音——岭东浸会七十周年纪念大会特刊》,岭东浸会干事局 1932 年版,序。
② 蔡香玉:《坚忍与守望——近代韩江下游的福音姿娘》,北京:生活·读书·新知三联书店 2014 年版,第 211 页。
③ 吴雨三于 1928 年 1 月 5 日致芸香书信原件。
④ 吴雨三:《竹铭先生六十寿诞绘兰四幅为贺并题诗四首即请正之》,蔡竹铭:《蔡瀛壶遐龄集 别志》,蔡竹铭自印本民国排印本 1924 年版,第 20 页。

□□□还乡，家徒四壁。及长，出充盐商，获其赢余，稍赡家室。后退居乡里，凡青乌家言以及星日之术，莫不研究而通晓之，故历代坟茔悉资以修葬。世居双山之下寨，而亲属皆居上寨，两寨常有斗争，动辄寻衅。人劝其移上寨以避患，吾父曰：'父祖安之，何轻去为，且两寨各挟意气，无人居间，难日至矣。吾之居此，正爱调和其间，并使子弟辈守弱不敢与人争也。'厥后两寨卒以相安，其用心类如此。"

雨三先生作为农民的儿子，洗脚上田，离乡不离土，保持本色，同时又在儒家思想的指导和父亲的影响下，时刻关注乡里。在给小女儿芸香的家书中，常有如"来信悉，家乡如此真是可伤！此间四叔来，已知初一日我乡、龙岭、大岭、侯处围各失去一丧。下畔如何尚未知悉？"①"惟闻我乡械斗经公亲调处后今尚未楚，此间闻昨日（十一）又复开战，不知伤死若何？……父实伤心，虽日食丰厚，终无愉快之情，不知主之待我罪恶之乡何以了解也。"②"芸女览，闻贵乡与港尾又起械斗，刻正人穷财尽之时，而酿此祸，良是可伤，现在对于官场一切，如何措置？"③等话语，以表关切。最值得一提的是，1922年，双山乡民在迷信者的蛊惑下，跟随"同乩（乩童）"到双山村面前佯插改溪标杆。龙岭乡民见双山村孤行改溪，准备进行武力对抗。两村的一场械斗一触即发。雨三适居乡间，在这千钧一发之际，挺身而出，前往工地滚在地上，一声一泪地劝求乡民："改溪应是双方协妥，若不听吾劝，可先打死吾，使吾在有生之年，不见惨状。"众乡亲皆受感动，停斗而归，一场无妄灾难方不至于发生。④此事体现了吴雨三先生的人格魅力，说明平时他在乡间享有巨大的威信，至今二乡人民仍怀先生之高义。

## 五

被誉为"中国近代图书馆之父"的翰林院编修缪荃孙说过："一邑读书之士，能著述者不过数十人，著述能传者不过数人。"人文发达的地方尚且如此，《泽庵诗集》能在民国二十三年（1934）自费出版，当时如果没有蛰居在礜石的姚秋园、周子元、吴雨三等这批读书人的文化自觉，以及社会对读书人景仰崇拜的风气，吴泽庵创作的文字是不可能传世的。

吴泽庵（1884—1926），名沛霖，字泽庵，号梅禅、觉非生、石母山人等，别署五郎、揭阳岭樵者，室名器器草庐、潜楼、礜石山楼、在涧庐。1884年出生于揭邑磐溪都双山（今蓝城区桂岭镇双山村），为吴雨三之五弟。

吴泽庵除已出版的《泽庵诗集》外，尚有《人隐庐随笔》《梅禅室诗存》《谈艺录》《谈瀛录》《读孟蠡测丛谈》《牙慧集》《共勉录》等撰著稿本，可惜均毁于战火。

在《泽庵诗集》中，姚秋园先生为其撰传云："泽庵性耽诗，尤善画梅花山水，其源皆出自雨三。"比二哥吴雨三年轻十八岁的弟弟吴泽庵跟随他，于1902年考取秀才。1904年，揭阳初创师范学校，他以考试第一名的成绩进该校读书，翌年毕业，仍为第一名。复

---

① 吴雨三于1928年6月20日（农历五月初三日）致芸香书信原件。

② 吴雨三于1928年5月12日致芸香书信原件。

③ 吴雨三于1929年4月致芸香书信原件。

④ 参本书卷六"吴雨三、吴泽庵编年事辑"，第164—165页。

就读于广州两广优级师范学堂,数月后因母亲去世而辍学归家,旋赴新加坡执教于端蒙学堂。辛亥革命后任教于揭阳榕江学校。1911 年与兄雨三等于故乡双山村创办守约学校,任校长。1913 年加入中国近代进步文学团体南社,与南社发起人之一的高天梅并称"南北二枝(梅)"。1913—1919 年往返于潮汕与新加坡、越南、柬埔寨之间。1920 年到汕头,与兄雨三一同执教于礐石学校。

较之于吴雨三先生,其小弟吴泽庵先生则显得活跃多了。通过参加科举考试来博取功名进入仕途的大门被完全关闭后,同样熟读四书五经的吴泽庵除了从事教育外,一颗躁动的心,始终飘忽游移,他便用诗文寻找心灵上的寄托。

1840 年,第一次鸦片战争爆发,由于清朝统治阶级腐败无能,战争以失败、投降告终。1856 年 10 月,第二次鸦片战争爆发,这个时期统治阶级内部一部分洋务派官僚开始感到国家的贫穷落后与软弱无能如不改变,清朝的统治就再也无法维持下去了。于是,他们以"中学为体,西学为用"为宗旨,以"自强""求富"为口号,开展了"洋务运动",企图采用资本主义国家的军事装备和技术,以强化和巩固清王朝的封建统治。清政府也于此时开始派遣留学生到外国留学。日本与中国有千年历史的文化纽带,"政治上的富国强兵方针与利益主义倾向使日本政府对中国的态度令人厌恶,而民间文化人对中国的那种亲近、诚恳、坦率还有景仰羡慕的态度,却又使人感到十分亲切"①。1894 年甲午战争以来,到外国的留学生以在日本的最多,大约占一半。近代中国历史上的重要人物,几乎都曾留学日本,如政界的黄兴、蒋介石,文学界的鲁迅等。

1904 年,泽庵先生在这股"留日热"的影响下,拟与友人至日本留学,恰好省城广州开办两广优级师范学堂,乃舍远而就近,至省城就读。自是终生引以为憾。②

先生身处新旧交替之际,但所受的是传统教育,因而其思想充满矛盾。他自少年起就接受忠孝思想,六岁时,父即授以《孝经》《千家诗》等,其"辄酷嗜之,琅琅吟诵达昏晓"③。

1909 年,革命文学团体"南社"在苏州成立。发起人是柳亚子、高旭和陈去病等。活动中心在上海,主要以文学鼓吹反清革命思想,与同盟会相呼应,成掎角之势。一时京、沪、苏、浙、湘、粤甚至南洋等地的不少报纸,都为南社社员所掌握。"欲凭文字播风雷"(柳亚子语),为反清民族民主革命大造声势。在辛亥革命、"二次革命"和反对袁世凯复辟帝制的斗争中,不少身为同盟会干部的南社社员,还直接领导或参与了武装斗争,甚至献出了自己年轻的生命,为中华民族的独立与解放谱写了壮丽的一页。④ 先生也加入南社,并积极撰写诗文,发表在南社社刊《南社丛刻》上。1911 年辛亥革命胜利时,先生正在故里养病,虽处僻壤却时刻关注时局,听到革命胜利的消息后写下"泽倚枕听消息,意至乐也"⑤。随着境遇的变化,先生的思想也不断深化,对爱国思想的认识从朴素、

---

① 陈振濂:《近代史中日绘画交流史比较研究》,合肥:安徽美术出版社 2000 年版,第 13 ~ 14 页。
② 吴泽庵:《泽庵诗集·自传》,汕头:汕头五洲印务公司 1934 年版,第 2 页。
③ 吴泽庵:《泽庵诗集·自传》,汕头:汕头五洲印务公司 1934 年版,第 2 页。
④ 姚昆群、昆田、昆遗:《姚光全集》,北京:社会科学文献出版社 2006 年版,扉页。
⑤ 吴泽庵:《泽庵诗集·自传》,汕头:汕头五洲印务公司 1934 年版,第 3 页。

朦胧转向清晰，从狭隘的民族主义中走了出来，由其诗《一塔》①《海外旅夜有怀同寄》②等可见一斑。1915年，先生侨居越南西贡，目睹"倭国兵船"之暴行，作了《乙卯暮春西贡寓楼即目》③，愤慨之情溢于言表。

由于政局动荡不安，先生逐渐对社会失望，产生了消极情绪，自号"觉非生"，作了《觉非说》④，意欲效法陶渊明，"稍负于陵偕隐愿，终怀彭泽赋归谋"⑤，又自题居所匾额"嚣嚣草庐"，并作诗道："斯世为何世？得逃且速逃。结庐任草草，行乐自陶陶。或曰居夷陋，古称遗世高。无惭于孟子，则可以嚣嚣。"⑥ 先生甚至发出了"何如早死早清夷"⑦的叹息。最终，先生隐居于汕头礐石。此时所作诗文如《记曾德炎》⑧ 等颇见其心迹。他虽然隐于礐石，但仍从事教育等开启民智的工作。1923年春，由章雄翔、陈云从二君发起，礐石中学成立文学研究会，以"研究新旧文学，创作新文学"⑨ 为宗旨。4月21号举行成立大会。先生与冯瘦菊、许美勋、林鸿飞、林树标、许挹芬为顾问。会上诸顾问皆发言，先生谓"新旧文学，不能偏重，宜一炉共冶，不可入主出奴，是丹非素"⑩。夏季时，礐石中学师生组织了彩虹文学社。成立会的会址在礐石中学石楼的一间教室，与会者有许鞠芬、吴泽庵、陈云从、章雄翔、吴其敏等师生，还有礐石警察所所长林树标。会上，许美勋进行了一番演说，号召新文学青年进一步携手团结起来。⑪ 稍后上海"左联"运动的主要人物，多是从礐石中学走出去的。

泽庵先生作为一位传统文人，始终如一地坚守着文人最可贵的财富——气节。这从其诗文书画中充分体现了出来。

在《泽庵诗集》中，有相当分量的诗是与当时作为中国第一大社的南社中坚人物的酬唱、诗书往还之作。

吴泽庵自号"梅禅"。南社发起人之一高旭，号天梅，与他是文友。1912年高旭作诗《寄吴泽庵》："揭阳吴子振奇士，文笔诗才画复工。千里闻声擅三绝，相思何耐蓼花红。"⑫ 他和诗《赠钝剑·用钝剑见赠韵》曰："大笑狂呼高剑公，新诗吟就夺天工。会当携酒乘风去，醉取梅花两朵红。"自注"君号天梅，我号梅禅，俨然南北枝也"⑬。

南社耆宿高燮，号吹万居士，对泽庵先生的评价也颇高，称其所作"七律奇气横

---

① 吴泽庵：《泽庵诗集》，汕头：汕头五洲印务公司1934年版，第5页。
② 吴泽庵：《泽庵诗集》，汕头：汕头五洲印务公司1934年版，第11页。
③ 吴泽庵：《泽庵诗集》，汕头：汕头五洲印务公司1934年版，第3页。
④ 吴泽庵：《觉非说》，《南社丛刻》1914年第十集，第7页。
⑤ 吴泽庵：《别意》，《泽庵诗集》，汕头：汕头五洲印务公司1934年版，第3页。
⑥ 吴泽庵：《泽庵诗集》，汕头：汕头五洲印务公司1934年版，第6页。
⑦ 吴泽庵：《自寿》，《泽庵诗集》，汕头：汕头五洲印务公司1934年版，第16页。
⑧ 吴泽庵：《记曾德炎》，《谷音》1923年第8期，第81页。
⑨ 章雄翔：《文学研究会纪事》，《谷音》1923年第8期，第165页。
⑩ 章雄翔：《文学研究会纪事》，《谷音》1923年第8期，第164页。
⑪ 许其武：《十月先开岭上梅——冯铿传奇》，北京：中国文联出版社2001年版，第40页。
⑫ 郭长海、金菊贞：《高旭集》，北京：社会科学文献出版社2003年版，第176页。
⑬ 吴泽庵：《泽庵诗集》，汕头：汕头五洲印务公司1934年版，第23页。

溢"①，并与泽庵先生诗文酬唱几无虚日，所作《酬吴泽庵惠画并答其见赠之作》（1913）② 写道：

> 黄岐秀出天南角，亭亭盖峤如帷幄。派分化作桑浦云，异彩纷披看不足。
> 寻源览胜恣探穷，飞泉递迤遥相通。黛光更接麻田色，至今高士留余风。
> 缅维高士吴子野，灌园隐居于其下。黄门一顾重千秋，八百余年谁绍者。
> 揭阳樵子（君自署揭阳岭樵者）高士宗，千丘万壑罗其胸。未经识面先心契，驰书追逐如云龙。
> 淋漓泼墨一尺纸，图成寒隐具妙理。烟霞顿起顷刻间，数椽位我山林里。
> 愧乏神仙鸾鹤姿，不成避世托遐思。著书志愿何由遂，人事频频日月驰。
> 苍凉已分穷酸死，神交肺腑谬倾企。远道瑶章屡见投，殷勤怀抱情无已。
> 好句能将画境传（谓赐题《寒隐图诗》），有时艳语亦缠绵（谓赐和《新体艳诗》）。
> 论文尤攫骊珠得，虚受何难众善兼（君近惠赠诗，有"拟仗名言作主裁，从今取善要兼赅"句）。
> 如今道丧风雅息，文章乃随元气蚀。障川挽澜要有人，维持合仗吾辈力。
> 浩荡江湖路几千，侧身南望邈无边。何时握手共相见，纵酒豪谈结胜缘。

南社作为一个提倡民族气节、鼓吹反清排满的文学团体，其内部宗唐学宋之争，一般被认为是新旧文化的较量，是前进与倒退的政治斗争，是革命思想与封建思想在文艺领域里的反映。

值得我们关注的是，僻居有"省尾国角"之称的潮汕地区的吴泽庵，积极参与了南社内部的唐宋诗争论。对于唐宋诗的争论，发轫于乾嘉时期，是以袁枚为首的调和唐宋论者与以翁方纲为代表的宗宋者的南北对峙。它是一场诗歌趣味之争，由诗学观念的分歧，最终促成了近代诗坛的宋诗运动。

南社提倡民族气节，吴泽庵借题发挥尤多。刊于 1912 年 10 月《国学丛选》第一集的《〈吴日千先生集〉书后》一文，指出"士之所贵者，在气节不在才智"③。年末在《国学丛选》第二集发表的《〈罗庸庵先生遗诗〉序》一文，就明末清初吾潮罗万杰先生于易代之际高义大节，没有卑躬屈膝于新朝，遗世独立的品格发表高论：

> 鞑虏入主中原，而明社屋矣。一时冠冕大臣，稽首屈膝以取容悦者踵相接。先生知天下事不可为，于是乃构草庵于黄岐山麓，削发斋居。终其身以僧隐焉……令人想见当日搜取遗民之急而士之托生于斯世者，实为至难。先生独能以淡漠处之，使夫一般为虎作伥者，绝不存罗致心与妒忌意，先生亦可谓善自韬晦也哉。吾观当时奇才辈出，而诱于禄利、屈于权势者常比比。聪明如梅村，博学如药亭者，皆不免受其笼络，则可知当时之卒

---

① 高燮：《答吴泽庵书》，《国学丛选》1922 年第十三、十四集，第 1 页。
② 高燮：《酬吴泽庵惠画并答其见赠之作》，柳无忌主编，高铦、高锌、谷文娟编：《高燮集》，北京：中国人民大学出版社 1999 年版，第 499 页。
③ 吴泽庵：《〈吴日千先生集〉书后》，《国学丛选》1912 年第一集，第 1 页。

能自立者甚少，而终身不受羁縻者为尤可贵也。①

在关于唐宋诗的争论中，吴泽庵还就韩愈气节有亏方面独持己见：

《韩文去毒》之选，尤所甚愿。忆曩岁曾为《读韩集》一绝句云："退之摇尾乞怜惯，一味愚人且自愚。侈说文章能载道，集中十九乞怜书。"当时举以示人，无不相顾咋舌。今果得同志于先生，可谓不恨也已。抑沛霖更有议者，昌黎自谏佛而后，贬谪潮州，《谢表》《琴操》俱成于是日，其气概卑无足道，识者早嗤之以鼻。或者犹谓莅潮八月，过化存神，其有功于潮人也甚伙，功过犹可以相掩耳。然以吾观之，实大不然。其必以野蛮鄙陋拟潮人者，非真也，盖欲借此以冀人怜悯而夸侈其政绩之隆盛也。夫潮人而果鄙陋蛮野矣，进士赵德、老僧大颠，何以昌黎一见面即延之友之，若是其亟亟哉！沛霖尝谓昌黎入潮八月，所最足镌潮人之脑筋，而至今尚未弛其信仰者，独迷信神权一事。夫鳄鱼，恶物也；鬼神，孔子之所远也。宋时恶溪潭水犹有鳄鱼出没其上，太守某使人杀而殪之。见诸府志，事迹彰彰，大可考也，而昌黎必以祭闻。夫祭果可以为训哉！昌黎既祭鳄鱼，复事鬼神，读其文集，祭文甚多，而怪诞不经者，尤比比而是。是以潮之人士，至今一言一动，总不脱迷信之范围。至今城东浮桥，亦谓仙子韩湘所造，立像桥旁，塑土昌黎庙内，黄冠道貌，恬不为怪，一若不知昌黎之曾经辟佛也者。此其故，岂非昌黎之种之因，而后潮人乃敢荒唐附会若斯哉！自东坡子有庙碑之作，世人传诵不置，而昌黎莅潮，声价日益高。其实贫而善谄，富而善骄（吕医山人有求而来，退之遂骄慢而不之礼，即其确证），乃如是之人，安有事业之可取也。世人以耳代目，而潮人尤未闻有一言辨及者，致论昌黎道德者，且举潮人钦仰以为证佐，而岂知其实固大大不然哉！深恃见爱，故敢历陈所怀，以一证高明之所见。"蚍蜉撼大树，可笑不自量。"起昌黎于九原，而以是语吓我乎？所弗计也！所弗计也！②

罗韬在为胡文辉《现代学林点将录》所作的跋中言："往往赖遗民以作断藕之丝，其气虽微，而前代所凝聚之精神价值、文献英华、制度精义，不但赖之谨守勿失，潜行而不绝，更因斯人之沉忧悲愿，与世运相感激，益发彰显其潜德之幽光。"吴泽庵一文可谓掷地有声。

## 六

双山吴氏兄弟余事喜欢挥毫弄翰，吴雨三先生喜欢写兰，吴泽庵先生则喜爱写梅。兰喻世以幽雅隐逸，梅以品格高洁孤傲。在吴氏兄弟笔下，梅、兰成为感物喻志的象征，他们把一种人格力量、一种道德情操和文化内涵注入"梅、兰"之中，通过"梅、兰"寄托理想，实现自我价值观念和人格的追求。

"孤高尽是无双品，莫作凡花一例看。"③吴泽庵先生对自己笔下的梅花颇为自负。其

① 吴泽庵：《〈罗庸庵先生遗诗〉序》，《国学丛选》1912年第二集，第1页。
② 吴泽庵：《与高吹万书》（二），《国学丛选》1912年第一集，第7页。又刊《太平洋报》，1912年10月6日。
③ 吴泽庵：《泽庵诗集》，汕头：汕头五洲印务公司1934年版，第7页。

画梅师承宋雪岩《梅花喜神谱》，以及以善画梅著称的绍兴童二树、新会陈白沙。1912年，吴泽庵《写赠吹万先生大人雅玩》[①] 墨梅图轴，堪称其画梅之代表作。该画作以书法意境写出，笔力遒劲，形神兼备，笔笔可数，中锋、偏锋并用，绝不含糊，一气呵成。行枝接叶，气力顿挫处断而复连，交接处停而不滞。在用笔、用墨方面也是别出心裁，梅干一笔中浓淡变化自如，浓墨描枝，淡墨勾花，又浓墨点蕊，仪态万千，虽无色泽渲染，但梅花之高格已毕现画中。该作清新高雅，独具隽永的人文内涵，笔端凝聚了作者的渊博学识、才情修养和人生境遇。

## 七

揭阳双山吴雨三、吴泽庵兄弟生活的近代，处于中国数千年未有之大变局时期，在社会转型期，特别是科举制度的废除，对于"今时方是旧时人"的习举子业者来说，冲击和震撼更是直接而强烈。对于生活于社会底层、刚进入读书入仕之门的吴氏兄弟来说，不仅饱尝更多的艰辛，而且面临着前所未有的生存危机。吴泽庵在其《与高吹万书》（七）中云："吾辈生此乱世，终当抱'无道则隐'一语为宗旨。其于文字虽复有所论略，亦须守定二种意思：一不争，二自得。"[②] 吴氏兄弟蛰居汕头礐石学校，但仍表现出乐天知命之态度。生活方面，"日食稀饭，饮清水，席楼板而枕之乐也在其中矣"[③]。"吾贫逾仲尼而乐与之等，大足自豪。"[④] 吴泽庵有诗道："半近忧天半乐天，年来万事听天然。区区饿死寻常事，肯扰先生自在眠。"[⑤]

吴雨三先生在为其弟的《泽庵诗集》所作的"书后"中写道："自民国肇建以来，我国缀文之士，倡为白话诗歌。风气所趋，几遍全国。自是以后，报章、学校无不群然习之。当此之时而犹欲以古音古调之韵文印刷，以施行于世，所谓一肚皮不合宜者耶。譬诸担负章甫逢掖之人而入断发文身之国，未有不遭人唾弃者。虽然，亦有说泽庵生长僻乡，承学之士能吟咏性情者少，独能执笔而好为诗章。及长，好之弥笃，是殆与生俱来者耶。"[⑥]

无可奈何花落去。面对中国传统社会主流价值体系的崩溃，历经清末民初这场社会变革，吴氏兄弟是二十世纪初中国千万士人复杂面相的一个缩影，也反映了时代剧变下知识分子所持的一种普遍的文化态度。

---

① 上海工美拍卖会：《秋季拍卖会·中国书画》（一），第 134 页。
② 刊《国学丛选》1920 年第十二集，第 1 页。
③ 吴泽庵：《泽庵诗集》，汕头：汕头五洲印务公司 1934 年版，第 41 页。
④ 吴泽庵：《泽庵诗集》，汕头：汕头五洲印务公司 1934 年版，第 41 页。
⑤ 吴泽庵：《泽庵诗集》，汕头：汕头五洲印务公司 1934 年版，第 41 页。
⑥ 吴雨三：《泽庵诗集·书后》，吴泽庵：《泽庵诗集》，汕头：汕头五洲印务公司 1934 年版，第 45 页。

# 著者简介

吴汝霖（1866—1934），字雨三，偶署禹珊，室名人隐庐、在涧庐，揭邑磐溪都双山（今广东省揭阳市蓝城区桂岭镇双山村）人。童年家贫，随父在揭阳县新亨墟店中帮写灯笼，自幼即与书画结缘。雨三先生勤奋好学，光绪十六年（1890）考取晚清秀才，光绪二十九年（1903）又参加（举人）乡试，以文章优异名列前茅，却因文中"改良进步"之句有悖于当局而未取。先生一生从事教育，先后执教于揭阳榕江书院和汕头礐石中学、礐石正光女子中学、礐石"妇学"等学校，也是故里双山守约学校的创始人之一。

吴雨三先生是位虔诚的基督教徒，在基督教信仰本土化上不遗余力并作出了巨大贡献。

吴沛霖（1884—1926），字泽庵，雨三先生之五胞弟，年少时得益于其二兄吴雨三的教诲、艺术熏陶，勤奋学习，饱读诗书。1901 年为榕江书院住院生，翌年，继二兄雨三之后，考取晚清秀才。兄弟双秀，成为乡里的一段佳话。之后又先后就读于韩山学校、榕江师范和广州两广优级师范学校。一生从事教育，曾执教于新加坡端蒙学堂、揭阳榕江书院以及汕头礐石中学。其中，1911 年至 1913 年回故里双山主办守约学校。1913 年加入我国近代进步文学团体"南社"，屡有诗作辑于《南社丛刻》。

两位先辈诗文书画均颇有造诣。吴雨三先生工书善画，尤擅画兰花，其书法"学成米家、草参张旭"，长负盛名；其画洒脱自然，书画相辉，意境交融。吴泽庵先生则诗作甚丰，其诗文藻清新、襟怀磊落，辑之于《泽庵诗集》有数百首。亦喜画，尤擅梅花，其画清新，淋漓满纸，挥洒自如。执教之余，雨三、泽庵两位先生以诗、书、画抒怀，挥毫泼墨，挹山川之秀；以诗、书、画会友，唱酬赠答，倾人间情谊。

时人称吴雨三、吴泽庵为"双山二陆"，又称"兄弟双秀"。

# 辑校说明

揭岭自明中叶以降，人才辈出，薪火相传，成果众多。及近代，揭岭人士得汕头开埠之利，或游历南洋，开阔见闻；或信仰基督，中西兼习。其中，尤以吴雨三、吴泽庵兄弟被誉为"兄弟双秀"。

今将二吴先生诗文辑录成集，本集以1934年汕头五洲印务公司出版之《泽庵诗集》为底本参校，补充辑校者从《南社丛刻》《国学丛选》等文献所辑吴泽庵诗、词、文，以及吴雨三诗文，附友朋酬唱赠答之作。因其兄弟皆署"人隐庐"，故定名"人隐庐集"。在文献整理过程中，所确定的凡例为：

一、卷一为《泽庵诗集》，内容与次序悉照原本；

二、卷二为编校者从《南社丛刻》《国学丛选》等文献所辑吴泽庵诗、词、文；

三、吴雨三先生诗文未曾结集出版，经过岁月洗礼，多已散佚，收集不易，经种种努力，辑得一定数量诗文，厘为卷三；

四、吴雨三、吴泽庵二先生广交游，诗文酬唱颇多，内容也十分丰富，辑校者尽可能从各方予以收集，辑为卷四；

五、卷五为后辈纪念二吴先生之诗文；

六、卷六为辑校者编纂吴雨三、吴泽庵先生编年事辑，借以扩展本书信息。

七、《人隐庐集》对《泽庵诗集》及所辑诗文进行标点处理，并对全书进行校雠，以页面脚注方式标出校记。《泽庵诗集》中的诗，曾经在文献上刊登过的，文献出处、录自何处，尽量规范、完整、统一。交代文献年份、文献名、出版社、著者、页码等信息。有些文献未详以上信息者，暂付阙如。如《晚眺》原刊1915《国学丛选》第六集，其他则皆注明录自某某文献，有刊于多种文献的也一并作出说明，如《觉非说》为1909年作，录于1914年《南社丛刻》第十集，又刊胡朴安《南社丛选》。

八、原诗、文均无标点，所有标点均系辑校者所加。所辑诗文一部分来自碑帖或墨迹原稿及旧版书本，有些文字因残缺而无考，便以"□"表示，一个"□"代表一个缺字，不能确定字数的，则用省略号"……"表示。

九、全书所辑的部分诗文中多次出现"角石""角校""角石中学""角峰"等用法，现全部统一为规范的"礐石""礐校""礐石中学""礐峰"等，后文不再一一说明。

本书在编纂过程中得到了许多亲朋好友的热心帮助，或提供素材，或指点线索，或带领寻访，在此谨致以衷心的感谢。

本书出版面世，得到多方的大力支持。潮汕历史文化研究中心将之列入"潮汕文库"大型丛书，在编印出版过程中，中心与出版社的多位工作人员付出巨大心力，在此致以深深的敬意与谢忱。

因辑校者学识以及各种条件所限，错漏难免，敬请读者正谬！

## 卷二　泽庵作品拾遗

## 卷三　雨三诗文

## 卷四　酬　赠

## 卷五　纪念诗文

## 卷六　吴雨三、吴泽庵编年事辑

# 卷一　泽庵诗集

## 传①

姚梓芳

吴泽庵，名沛霖，以字行，揭阳双山乡人也。双山据石母山东麓，东南行二里许，余家故乡凤林在焉。余弱冠即出游，乡党士林颇阂隔。每以闾巷砥行立名之士所在，而有恨余骛远，未及近搜也。甲子后倦游归里，侨寓汕头礜石之新村。泽庵方与其兄雨三主讲礜校国文，所居曰在洞庐，距余寓斋二百武。一日，泽庵忽以诗为介，道渴慕意。读罢，悠然神为之往，私喜幽人贞介，乃在吾邻，晚岁遁迹海隅，复得望衡对宇，差慰岑寂。自是时相过从，入其室，诗书烂然委几案，友于怡怡，妻孥翔洽，无寒俭不足之色。间与语及身世，泽庵郁郁不自得，几不胜偃蹇愁蹙之苦。余颇解譬之，以广其意。旋闻泽庵以疾殄瘁家园，余常虑忧能伤人，数从雨三讯，息耗亦尚疑天所以厄泽庵者既如此，至或终有待，而不料其遽以是夭其生也。泽庵之卒，以乙丑（1925）十一月二十有二日，礜校同门开会追悼。与君宿契者，皆唁以诗文。余亦为二语挽之云：试检遗诗留绝笔，待编别传付名山。会毕，雨三辑师友哀挽之作，题曰"哀思录"，并所著诗文集及《谈艺录》《谈瀛录》《读孟蠡测丛谈》《牙慧集》等持示余，乞为传。泽庵性耽诗，尤善画梅花、山水，其源皆出自雨三，中岁浸淫醇粹，冥心孤往。偶有所作，有出蓝之誉。其读书不墨守成见，心所善者，虽隐必扬；心所否者，虽曹好不少回护。其赋性孤特如此，倘介甫所谓已然而然，异夫时然而然者耶。其足迹虽不及北游，然南及星洲、金塔，于故乡则金山、榕江讲席稍煖，辄浏览山水，寄之咏歌。己未以后，隐于礜山几六七年，与同乡丁讷庵、周芷园及壶社诸友唱酬赠答无虚日，江南高吹万、朱家驹等亦声气应求，以邮筒结为文字交。国学商兑会设于南京，泽庵遂与焉。余尝告君兄弟曰："君虽所遇不获申，然世乱如此，挹山川之秀，有朋友之乐，极昆季之娱，比年以来，所收为不啬矣。"雨三、泽庵闻之，皆为怃然。君年十九，补县学附生，毕业榕江师范。历掌守约、端蒙、榕江、礜石中学等校国文教席。卒时，年四十有二。卒后雨三数以君传请，迁延八载，始获践凤诺。因次如右，其世次配室子女等，详泽庵自述中。

---

① 1933 年作。又刊姚梓芳：《秋园文钞·传状》卷下，《觉庵丛稿》，香港：香港西营盘第二街五号侨光印刷所，1950 年，第 19 页。姚梓芳（1871—1952），广东揭阳县磐溪都桂岭凤林（今揭阳市蓝城区桂岭镇鸟围村）人。字君悫，号觉庵、秋园等。京师大学堂第一届文科第一名毕业，任法部主事，民国时任汕头厘金局长。擅为文，书法博采众美，各体皆精，尤擅长行书。著有《秋园文钞》《觉庵丛稿》等。

　　姚秋园曰："辛壬之间，吾乡有续修县志之议，余忝是役，窃议人物文苑一门，有应严定程限者，其例二：一在科举时代，但能为制义律、赋试贴而无别集可传者不列；一在学校时代但能编辑（讲义）、涂抹（报章）而无专门撰述者不列。"援此例以求吾乡四十余年来文士，可得与选者不及十数。夫以吾邑人物，有明末叶，号称极盛。明清递嬗之交，其文章诗词足抗衡中原者亦大有人，而一任记述可胪举以垂方来者，抑又何寥落而不可多得也。泽庵清才雅抱，洒然尘外，年未四十而发奋著书，使得假之年，极其思与学之所至，其所造焉可量者！困顿穷巷，遗世孤立，秀而不实，竟枉天年。此吾党所为流连述作之林，掩卷沉思，益念君惓惓不能置也。悲夫！

# 自 传[①]

　　泽庵前清光绪十年（1884）岁次甲申十一月十五日生。

　　既入世，母氏遽得疾，甚剧，不能躬身自乳哺，乃筐而寄诸妗氏姨氏各若干日，至年关届时乃筐而返焉。父以泽累母，甚不欲养之，拟易诸他人，得一稍长女子以为代价。已而因循不忍，乃复育之，母氏病亦渐愈。自此遂得终为吴氏子矣。

　　丙戌（1886）三岁，喜观剧，背后述故事与人听，人颇奇之。

　　四五岁后渐识字知书，凡父兄所授浅近书字，背后常剪草枝为点画，蘸水粘之门壁以为乐。每有所认识，久久不能忘也。

　　己丑（1889）六岁时，父贾新亨墟，带携之至店，授《孝经》《千家诗》等，辄酷嗜之，琅琅吟诵达昏晓，邻家父老莫不相爱羡也。

　　庚寅（1890）七岁，始入塾，从白石乡人徐立造先生读。是年二兄雨三进泮。

　　辛卯（1891）、壬辰（1892）再入拔萃轩从陈懋桂先生读。

　　癸巳（1893）十岁，兄馆揭阳南门方捷丰，随兄同往邑中，课读五经古文，日抄国语一首，颇能领解义训。

　　甲午（1894）仍住旧邑。

　　乙未（1895），兄往金山从温慕柳先生学，泽亦随往。半理厨房，半事笔砚，然是年乃绝无进步。

　　明年兄馆北门陈海记，亦随之往，是年颇有感于声闻过情之语，稍稍有志读书，及其岁末，所得甚伙。

　　丁酉（1897）、戊戌（1898）随兄在本乡拔萃轩读，学更觉有进。是时同砚益友极多，切磋琢磨，相资正不浅也。

　　己亥（1899）年十六，随兄往仙美。是岁张公冶秋百熙督学莅潮，曾经面试《玉关柳赋》一首，颇蒙赏录。嗣以正场八股文未合格，竟不入选。

　　庚子（1900）十七岁，仍住仙美，与该乡蔡纲甲君相契，纲甲招往潭前从郑松生夫子。

　　辛丑（1901）十八岁，往潭前。是时馆中生徒十余人，惟泽最少，每一文成，郑夫子辄推为压卷，颇怀夜郎自大之心，真可笑也。岁末受榕江书院甄选为住院生。

　　明年壬寅（1902），入院肄业，主讲者为曾月樵夫子。及邑试府试，遂乃获隽。岁末朱宗师祖谋卒选进泮宫。

　　癸卯（1903）二十岁，无所事，常往来兄华清馆席间。五月二十日娶妇淡卿黄氏到家，闺房中两情融洽，意绝相得。七八月时曾抵省一次，无所获而归。

　　明年甲辰（1904）二十一岁，志切读书。正月初旬即到潮城求入韩山学校，已而邑中虞和甫邑侯开师范学校，招选高材生，乃复回而应之。既以第一名取录入校，比年终毕业仍以第一名受凭。此时立志甚大，拟与和甫公子至东洋留学。嗣因省城开办两广优级师范

---

　　① 《泽庵诗集》原注：癸丑年（1913）后为吴雨三续。

学校，乃暂舍远而就近。自是播迁沦落，志气颓靡，此生遂永坠苦境矣。

乙巳（1905）正月既抵省后，读未数月，忽来母病之信，因匆促归家，抵家母殁已六日矣，悲乎痛哉！自此长为无母之人矣，感死生之无常，哀家难之迭起，思想渐入非非。至六七月间遂萌死志，使果便死，岂不直截了当，惜乎无毅力以自残，终遁世而出，于避世之一术。于是，茧足星洲，息影销声者达三岁。

戊申（1908）正月，依然腼颜归国，仍籍舌耕作生涯，自是益无聊赖矣。

明年己酉（1909）二十六岁，仍应星洲端蒙学堂之聘，再渡南溟。抵校数月，又报父病，束装回里，父已先六日仙去。嗟夫！嗟夫！父病不得而知，父临终不得亲聆遗训，殁又不得亲视含殓，不孝之罪，虽无律法以惩责我于昭昭之间，然冥冥本心，其何能忍。此所以每一念及，不禁椎心泣血而不能自己也。是时南去之志忽弛，七八月间，应本邑榕江之聘，遂仍执教鞭。是岁九月大儿连英生。

明年庚戌（1910）廿七岁，仍住榕校。

越岁辛亥（1911）廿八岁，住榕如旧。六七月间，大病几死。八月次儿连吟生。是岁国体变更，泽倚枕听消息，意至乐也。

壬子（1912）廿九岁，仍留榕任。八月复回里养疴，遂定居守约学校。

明岁癸丑（1913）三十岁，仍续守约学校任。（以下雨三续）是年九月长女良娥生。十二月与杨丈复初游金塔。

明年甲寅（1914）三十一岁，四月，在塔与其侄女杨幼卿结婚。

乙卯（1915）三十二岁，三月，生子连镰，未满月即为兄雨三五十寿诞归，作诗十章祝之。九月再往南。见连镰渐长，异常儿，荤味入口即时吐出。能言，授以诗，即能记识多首。四岁殇，心甚痛之，后抱达观主义，凡关是一切文字俱删去。

丙辰（1916）三十三岁，仍在塔。

丁巳（1917）三十四岁，杨又生次女连环。未一月即回家，四月携黄淡卿往塔。十一月，黄生女连音①。

戊午（1918），仍在塔，年已三十五矣。

己未（1919）三十六岁，三月黄回，十二月杪②泽亦归。

庚申（1920）三十七岁，正月初九来居礐石，乐山水之秀，有昆季之聚，意颇自得。居是数年，有周芷园、郭五琴、李仪阶、徐君穆、万国同、谭愚生诸先生及旧生林树标等，日相过从，意盖谓此间乐不思越矣。故自庚申（1920）至乙丑（1925）六年间，除课徒外专事著述，若《梅禅室诗存》《谈艺录》《谈瀛录》《读孟蠡测丛谈》《共勉录》《百乐谈片》《牙慧集》《人隐庐随笔》等，多自编辑。

甲子（1924）四十一岁，女良（连）音觞，因有《坠珠篇》之作。七月，三男连茹生。

乙丑（1925）民十四，年四十二，精神顿振，先是泽体衰弱，其春强健逾常，礐石山

---

① 关于连音的出生年份，泽庵在《坠珠篇》中道："民国七年冬，儿坠地呱呱。"则其生日当为戊午年（1918）冬，《自传》此处谓丁巳（1917）十一月黄生女连音，《自传》癸丑年（1913）后为雨三所续。可能雨三记错，应以泽庵所说为准，连音为戊午（1918）冬十一月出生。

② 原作为"秒"，现据文意改为"杪"。

梅花盛开数株，每晨必起视花，归而写影，淋漓满纸，挥洒自如。凡连年朋友乞画缣素，挥写净尽而清还之，又为兄雨三六十作巨幅梅六轴，小者多幅。四月又病，自是缠绵，至十一月廿二日殁于家。金塔杨氏闻讣奔回，即带连吟到金塔助理商业。

　　吴汝霖曰：吾弟自述传语亦烦琐甚矣！吾为之续而亦仍絮叨其家事若此，不且琐而拙乎。然欲存一生事迹，故不得不尔，况痛之深，虽欲自饰其词，以文陋而亦有所不能也。且其作为亦多与编中有关，遂不恤其繁蔓而续成之。

# 序①

## 谭愚生

揭阳双山位于石母山麓，林壑如何深秀，余以游屐未到，无从知也。其灵气所钟见于人物者，以余所知，有吴先生雨三昆仲。余识雨三之弟泽庵盖在民国十三年，时泽庵自海外归已周岁。余曩于《南社》②《国学丛选》中曾阅其诗，及见其人中怀益欣快。君时与余居礜，同任礜中文课，引为挚友。课暇常相与游水涯山砠，披林莽，坐石间，君以为人世之乐殆无逾此。其绝意势利纷华，寄情于山水之间者，往往发为歌咏焉。当其兴酣落笔，举岛国晨光，风云月露，莫不涵感标举，透出人生宇宙之趣。而其忧时念乱，又往往情深而语挚，悱恻而缠绵也。余虽不善为诗，然志趣初未苟同于流俗。居恒于物则爱落日狂涛，寒泉秋草，于人则厌因利乘便，哗众取宠之辈，于文则爱冲淡自然、清新流利一派。因是余交君，并阅君之诗文，雅有同趣。未几，君病卒，得年仅四十二，伤哉！君卒后八年，其兄雨三，子梦栩以其所著诗付梓，嘱余为序，余抚其遗篇，盖有无穷之感矣！

中华民国廿三年（1934）九月二日丰顺谭愚生谨撰。

---

① 谭愚生（1893—?），名炳坤，广东丰顺人。广东法政学堂毕业，南社社员，民国五年（1916）12月13日填南社入社书，介绍人蔡守、胡伯孝。民国十三年（1924）由吴泽庵介绍加入"国学商兑会"。

② 《南社丛刻》简称《南社》。

# 吴君泽庵遗集序

### 戴贞素

　　结社联吟，倚楼得句，奚囊掇拾，萃以成帙，情绪之所牵，尤心血之所寄也。文人结习，自昔未忘，而世顾轻之矣。噫嘻！王裴唱和，皮陆斗韵，清词逸句，自在人间，又何必为俗子之所重哉！揭阳吴君泽庵，天性能诗，与乃兄雨三先生同为时流推许"二陆"，清名遍于大江南北。君居恒喜讲国学，工画山水梅花，振铎江濆，后生翕附。余既同佐壶社，得常诵君之诗，文藻清新，襟怀磊落，宋雅唐音，得于文里行间见之。乃者，去岁社长壶公寓书告余，君忽以疾谢世，年止四十有二。鲍思庾感，转瞬古人。惜逝怜才，意念交集，拟序君之诗而未果也。今雨三先生将梓其诗集，属邮促践前言。余谓世变日亟，士多污其行以涎功名，而先生乃能遗世独立，料理其脊令（鹡鸰）之著作以存其真。读泽庵之诗有所谓"我兄恩爱如慈母，只知有弟不有身。冒暑往还轻百里，登楼日夕近千巡"者，先生之意盖可以感矣。嗟夫！斯文未坠，士衡犹存，余即以此言质之。

　　丙寅（1926）冬仲，潮安戴①贞素谨叙。

---

　　① 《泽庵诗集》中误为"载"，现改为"戴"。戴贞素（1883—1951），字祺孙，号仙俦。广东潮安归湖溪口人。能诗词，擅书法。诗文清新隽永，书法初学苏东坡、赵子昂，后融合《黑女碑》，运笔刚劲雄健、清脱俊逸、流畅含蓄，自成一体。曾就读于北京大学，后因母病重辍学回家。民国元年（1912）起于潮州城南高等小学、韩山师范学院、金山中学、潮安县立中学等校任教，毕生从事教育事业，在潮汕一带颇有文名。著有《听鹃楼诗钞》。

# 泽庵诗集

揭阳吴沛霖泽庵著

## 晚　眺①

落日犹衔树，乱山半入云。诗情无限好，未许便黄昏。

## 读陈二过随园诗②

诗人老去风流死，秋士吟成感慨多。太息海枯石烂后，又留遗蜕惹诗魔。

## 闻陈二醉心红楼梦寄此调之

梦中悟彻梦中趣，解脱情根万念休。不信陈郎清醒后，尚余眼泪付红楼。

## 山　居③

我自不折腰，何事诏书谪。避世入深山，谢绝山中客。
日暮折松枝，篝火煮白石。漱石以厉齿，大笑山云碧。

## 晓起偶占

残梦初醒后，书声破晓时。春风无俗态，排闷尽情吹。

## 春日怀人六绝句④

### （一）

饮冰岂必饶滋味，颇不能熬内热煎。
惊蛰一声春气暖，定应未遂老龙眠。（金山高吹万）⑤

---

① 原刊《国学丛选》1915 年第六集。
② 《泽庵诗集》原刊第 24 页该首重出，今删去。陈二，即陈仲容（约 1885—1927），广东揭阳县和顺乡莲塘村（今广东揭西县金和镇莲池村）人，金陵大学堂（南京大学前身）毕业，能诗。
③ 《泽庵诗集》原注：用柳子厚《溪居》韵。《泽庵诗集》原刊第 21 页该首重出，今删去。
④ 原刊《国学丛选》第四集，题为"春日怀人诗"。
⑤ 《国学丛选》原注：（金山高吹万）君于前清年间会有"寒隐社"之设，镌一印曰"寒隐社长"。第二句"颇不能熬"《国学丛选》为"苦不能堪"。高燮（1879—1958），字时若，号吹万，江苏金山（今属上海）人。为"江南三大儒"之一，以诗文名于世。南社社员。

## （二）

古调新腔神万变，目无余子未为夸。

如何羞负倾城貌，不愿吴宫愿浣纱。（华亭姚雄伯）①

## （三）

谒来千里能相会，消受奇缘两暗欢。

一自东坡浮梅去，玉珰缄札带愁看。（南海苏沣潮）②

## （四）

斑斓五色补天石，也堕人寰历劫来。

慧是前修顽是化，诗心梦影证浮梅。（金山姚石子）③

## （五）

调筝旧梦温无着，颇怨微情不我移。

看尽江南三月浪，未须负寄杂吟诗。（同邑陈仲容）④

## （六）

梅魂诗梦谁能证？千古逋仙结契深。

借问夜来新月上，暗香曾否细沉吟。（同邑林芙初）⑤

## 即　目

野客穿云出，山樵荷雨归。晚风吹便止，未定落花飞。

## 风雨偶吟

夜夜芭蕉雨，朝朝杨柳风。山花愁欲绝，褪尽十分红。

---

① 《国学丛选》原注：（华亭姚鵷雏）君会有"少无宦情不乐仕进"之语。

② 《国学丛选》原注：（南海苏沣潮）乙巳（1905）同住羊城，己酉（1909）以后同住榕江，壬子（1912）岁杪别去。今仅接来书一纸耳。

③ 《国学丛选》原注：（金山姚石子）君会以所著《浮梅草》相寄赠。

④ 《国学丛选》原注：（揭阳陈仲容）君会教余调筝，现客金陵，常以杂吟相寄示。

⑤ 《国学丛选》原注：（揭阳林芙初）君古雅自好，会戏以林逋称之。第四句"细"《国学丛选》为"费"。

## 寄悼邹亚云①

### （一）

便施佛力留难住，颇怨天心妒已蕃。昨夜春风今夜月，有人面北赋招魂。

### （二）

亚云真个销沉去，我为苍生霖雨哀。怕是求仙轻出世，底今无复乘风来。

## 春尽日寄陈二林三②金陵③

### （一）

杂书剩草零花怨，赘寄吟红惜绿人。尚许一缄重报我，但言首夏莫言春。

### （二）

九十日花都是恨，万千回劫总成灰。江南倘有留春计，已是春归莫寄来。

## 石子惠像戏裁一绝报之

拆书细认玲珑影，了了相逢梦醒时。绝怨恨天弥补后，人间无术补相思。

## 读丁惺庵先生遗诗率题三绝句

### （一）

岂有诗人真少达，要知造物巧怜才。赚他名语荡他气，不是牢骚不得来。

### （二）

子山萧瑟义山怨，并作一家绝凄艳。定是千年丁令威，归来一证三生相。

### （三）

翩翩才调绵绵恨，磊磊奇情耿耿怀。一自飘零文字海，空将文字压朋侪。

---

① 作于1913年春，原刊《南社丛刻》1914年第十二集，第7页。原题为"悼邹亚云二首"，署"揭阳吴沛霖泽庵"。第二句"妒"《泽庵诗集》为"妬"，据诗意改为"妒"。邹亚云（1888—1913），名铨，字天一，江苏青浦人，杭州高等学堂高材生，后任上海《天铎报》主笔，以《杨白花传奇》著名。民国二年（1913）2月3日，患呕血疾殁，年26岁，著有《流霞书屋遗集》。

② 林三，即林芙初（1886—1952），广东揭阳县锡场华清村（今属揭阳市揭东区）人，金陵大学堂（南京大学前身）毕业，诗人、书画家。

③ 原刊《南社丛刻》1914年第十集，第8页。题为"春尽日寄林三金陵"，署"揭阳市吴沛霖泽庵"。第一首第四句"莫言"《南社丛刻》为"不言"。

## 悼陈蜕庵先生①

### （一）

残春乍痛邹郎萎，首夏又惊蜕老捐。绝怨彼苍真好弄，一年磨折两高贤。

### （二）

莫易生才偏易死，不如意事古今多。料应厌入人间世，自证生天到大罗。

## 餐雪②寄示无题诗报以两绝

### （一）

恼乱柔情三万斛，轻弹眼泪五千丝。明明未证空花果，偏署"无题"缀此辞。

### （二）

不哂尔侬哂我侬，无端恨也矗千重。回肠荡气胥无赖，知是尔恚是我恚③。

## 忆苏三

不道分离苦，苏三与我同。相思千里外，幽怨一缄中。
落日山云暗，初更烛影红。报君逢此景，余恨满填胸。

## 山中偶成

消受山中趣，几生修得来。调琴清野吹，掬水护花胎。
东阁歆红苋，南窗晕绿苔。此情不须道，留与世人猜。

## 短歌行报陈仲容赠莫愁小像

莲塘陈仲子，知我闲愁多。寄我莫愁像，示我莫愁歌。
我觑莫愁愁缕起，不信红颜竟如此。千秋虽留莫愁名，几人解识莫愁意。
莫愁安知不含愁，我欲因之问东流。何时能作莫愁游，仲子爱我告我不？

---

① 作于1913年夏，原刊《南社丛刻》1914年第十二集，第7页。题为"闻同社蜕庵先生弃世口号二绝遥奠"。
② 郭餐雪（1874—1937），名心尧，字伯陶，号餐雪，以号行，又号半生和尚，一作半生道人。揭阳棉湖（今属揭西）人，清末廪生。擅诗、书、画。长期于潮州任教，与当时诗人如曾习经、饶锷、陈龙庆、吴泽庵等人时相唱和。
③ 《泽庵诗集》为"恚"，今据诗韵改为"恚"。

## 吹万居士属题三子游草为成二律①

### （一）

笑鹤调梅意自闲，十年风雨梦孤山。是谁着屐春归后，替我行吟夕照间②。
生爱江南多逸侣，眼看湖上尽清班。翩翩三子尤文彩，一集琳琅孕古斑。

### （二）

钗光钿③影忆娉婷，墓草凄凄悼小青。天假奇缘矜柳子，地留片石宠冯伶。
诸公好事能题句，一客护花苦系铃。览卷更添惆怅恨，年来秋雨暗西泠④。

## 悼王景盘夫人韩淑施女史

电花泡影终成幻，佛说云云意苦辛。为问人间春未晚，摧兰折蕙果何因。

## 南海舟中夜景⑤

天风海水夜泠泠，乡梦初酣又打醒。试上舵楼遥一顾，岛山无数塔灯青。

## 乙卯⑥暮春西贡寓楼即目

三千里外怀宗国，九十韶光感岁华。袖子危楼天外望，风潮拍拍怒翻花。⑦

## 寄赠郭餐雪

玩世宁能祛障碍，佯狂聊以忏聪明。湖山清绝供吟啸，修到今生修几生。

## 读聊斋

证果论因未是痴，蒲郎才调冠当时。多因侘傺无聊赖，一集微言寄所思。

---

① 1915 年 5 月，南社第十二次雅集后，柳亚子、高吹万、姚石子携眷同游杭州，归后将游杭所作之诗结集成《三子游草》。吹万寄是集赠泽庵并属题诗。原刊《南社丛刻》1916 年第十七集，第 3 页。题为"题三子游草"，署"揭阳吴沛霖泽庵"。

② 《泽庵诗集》原注：余曾有志湖游，至今卒卒未果。

③ 钿：《泽庵诗集》为"细"，《南社丛刻》为"钿"，今据原刊改为"钿"。

④ 《泽庵诗集》为"冷"，依意改为"泠"。

⑤ 原刊《国学丛选》1915 年第六集，题为"渡海偶成"。

⑥ 乙卯：1915 年。

⑦ 《泽庵诗集》原注：是日，倭国兵船来此耀武，法人迫华侨升旗欢迎之。

## 人隐庐①春日偶成

墨盏茶铛次第陈，吟情画兴许调匀。春兰制就难题款，暗署花名赠别人。

## 石母山堂即事

春词赋罢日初斜，帘外东风坠柳花。一笑稚儿差解事，牵裙催促请还家。

## 春晴书所见

细草才苗绿未齐，昨宵微雨倍萋萋。林梢一碧天如画，白鸟飞飞黄鸟啼。

## 晚行池上

绵亘方池岸线长，晚行一一看回光。不知何处春蛙起，吹鼓沉沉送夕阳。

## 丁巳②季冬自柬埔寨回里道出西贡乙佳宗兄招饮陶园酒后赋呈一律

湖海三秋客，云山万里人。相逢身半老，久别意双亲。
绿酒丁年恨，名花午夜春。坐中琴曲罢，喜极转微呻。

## 野 游

野游常十里，残醉带三分。性僻晴仍屐，山奇午出云。
草花红碍路，池水绿成纹。兴尽人微醒，归来日始曛。

## 海外旅次送杨二丈回国③

唱罢阳光曲，怆然意不愉。一帆天水阔，万里夏春殊④。
故国分戎马，人间绝坦途。此行逢六月，幸有好风俱。

---

① 人隐庐：址在作者故乡揭阳桂岭双山村之石母山下。

② 丁巳：1917 年。

③ 杨二丈，即杨复初，广东揭阳县梅岗都（今揭东区云路镇）人，晚清贡生，曲溪"曲江吟社"成员。泽庵有诗句"杨子文章能泣鬼"。

④ 《泽庵诗集》原注：南地方渐入春雨季，故乡则已夏仲矣。

## 古 道

古道疏人迹，崇林绝鸟声。孤行资炼胆，触景挑深情。
野象钩藤出，猕猴挂树鸣。壮观兼履险，回想亦平平。

## 夜 兴

泥屐三更响，笼灯一线强。凉知宵露重，韵是野花香。
邃谷嘘天籁，平桥漾水光。向来存夜兴，归路不妨长。

## 戊午①三月十三日携内渡海

古国春烟合，青山落日低。征帆期万里，海燕卜双栖。
云水兼天远，鳌鼋彻夜嘶。讯卿漂泊趣，可胜在金闺。

## 携内游西贡公园

海国花长好，名园客乍来。相携红袖侣，同看白荷胎。
水藻交萦带，文禽互倚偎。省卿工物理，临去尚抵徊。

## 湄公河下游法人新凿港中舟行书所见岸上风景

### （一）

三分椰子二分篁，篱落青青豆荚长。茅屋数椽溪一曲，人间何处是仙乡？

### （二）

楼台矗立三义港，童稚飞行独木桥。撑过小舠来骤雨，溪声荻影两萧萧。

## 海外僦居久忘一切家兄书至述时事甚详不觉复有所感因游野外复值日斜触景伤情遂以成咏

刳智塞聪病未能，零愁触绪引轻轻。寒云灌木春山路，落日平原画角声。
不可久留天地闭，若为看去棘荆横。伤离念远徒萧瑟，愧尔侏僇鹈舌呫。

① 戊午：1918 年。

# 读玉溪生①集题后

盖代聪明绝代愁，无题叠叠是离忧。百年琴瑟凄凉调，万里风花寂寞游。
修到绮才天亦忌，允推词伯尔何尤。微辞隐语钩稽遍，轻薄弹讥定少休。

# 晚　风

晚风乍定绝尘灰，萧寺洋楼望眼回。八百钟声新月上，九枝灯檠②画楼开。
梵音净土严参证，广乐钧天普笑陪。稍惜众生胥平等，人间苦乐判霄埃。

# 香　港

贝阙珠宫结构妍，马龙车水往来阗。人间搁起伤心史，岛国装成不夜天。
海市陆离迷估客，云梯缥缈度髯仙。令威了了沧桑事，不觉重来一惘然。

# 西　贡

二千余年交趾国，不知历劫几回新。空成外府滋他族，错倚中原作主人③。
满眼酣嬉春气象，盈街粉黛玉精神。可怜郑卫风诗里，十九淫奔事是真④。

# 别　意

搁起离情莫浪愁，商量共勉此生修。一年兔魄多圆缺，万里鱼鳞好唱酬。
稍负于陵偕隐愿，终怀彭泽赋归谋。梅魂菊影同风调，他日还应证并头。

# 谢林三惠画

一纸殷勤远眂遗，琼琚何以报余私。青山故国依稀认，独树吾家辗转思。
想见倪迁迟下笔，真成贾佛费修辞。从今风雨孤灯夜，好攫云烟入小诗。

# 有怀卓大拟寄一首

眼底清才亟见难，坚留青睐待君看。十年再晤髭髯改，三月相逢风雨阑。
烟水层楼应不恶，鲽鹣万里幸平安。吟情倘共春涛长，无负江鱼寄吾观。

---

① 玉溪生，即李商隐。
② 《泽庵诗集》原注：去声。
③ 《泽庵诗集》原注：土人通常呼汉人为国主，至今不改。
④ 《泽庵诗集》原注：土人妇女艳丽如花，而风俗淫靡至极。

### 题姚鹓雏燕蹴筝弦录①

离合悲愉播弄频，茫茫无术措吟身。情根错种原非福，好梦如云未是真。
一室笑啼殊面目，尺书吞吐贮酸辛。如何讲授连朝夕，不及皇英女一人。

### 留音寺

爱闲来过留音寺，随喜坐翻大乘经。佛颇笑人头早白，僧能爱客眼翻青。
中庭日软风幡静，小塔烟深宝鸭馨。久信贝多罗语意，何妨一切付空冥。

### 一　塔②

青山一塔故依然，阅尽沧桑几变迁。巢鹊居鸠任尔尔，号风泣雨自年年。
布金用尽贫无地，飞锡归来恨满天。赢得虎狼齐帖耳，饶他佛法侈无边。

### 湄公河秋望

卷地吞空万马嘶，溯源远自古滇西。直奔南海为骇浪，映上青天化彩霓。
千里禾云滋灌润，一秋瘴雨助凄迷。嗟余久坠宗生志，翻让高声作耳提。

### 西贡汽车道中③

#### （一）

菜圃花塍小有奇，飙轮乍过酒帘欹。江湖吾倦豪吟减，第一撩情是此时。

#### （二）

劳劳熟路驾轻车，茆屋疏篱入眼斜。卅六回环春日晚，道旁闲煞紫荆花④。

---

① 1913 年春，姚鹓雏为上海《小说月报》撰长篇文言小说《燕蹴筝弦录》，演清初文学家朱竹垞《风怀二百韵》本事，共三十回十余万言，匝月而成，文笔典赡，故事内容"发乎情、止乎礼"。高吹万、柳亚子等作序，置以好评。泽庵作是诗。姚锡钧（1893—1954），字雄伯，号鹓雏，别号宛若，笔名龙公。江苏松江县（今属上海市）人，京师大学堂毕业，南社社员。

② 《泽庵诗集》原注：塔在柬埔寨都城中，法人即其地修为公园。

③ 原刊《南社丛刻》1923 年第二十二集，第 18 页。第二首又刊郑逸梅：《郑逸梅选集》（第 1 卷），哈尔滨：黑龙江人民出版社 1991 年版，第 419 页。

④ 《泽庵诗集》原注：西贡至宅郡汽车每小时往返三次。

## 张兰生君邀游西贡第二公园

万绿沉沉逼袂寒，轻车曲径恣盘桓。海邦风物家乡事，话到黄昏兴未阑。

## 柬黄鸿宾①先生

小诗应锡无双誉，词客端推有数人。风雅未阑身渐老，勿谈天宝惹酸辛。

## 异域春光好

异域春光好，奇观逼掩扉。旋风蕉叶软，绽雨木棉肥。
细草侵书幌，苔纹晕钓矶。此间差足乐，撼起子规飞。

## 寄题吹万居士闲闲山庄②

一山孤贵客真隐，十亩宽闲断俗缘。书声昼静谐金石，花影春明乱简编。
志事隆中期淡泊，襟期辽海趣贞坚。啸歌倘重朋来乐，他日还应假数椽。

## 悼郑照南集龚

### （一）

箧中都有旧墨迹，文字缘同骨肉深。今日不挥闲涕泪，小桥独立惨归心。

### （二）

九泉肯受狂生誉，篆墓何须百字长。不信诗人竟平淡，西山暮雨怨吴郎。

## 海外喜逢故人

湖海飘零两不辞，十年离合耐寻思。酒痕襟上新翻旧，趣语灯前信且疑。
共笑须眉双茁长，相携肝胆一倾披。似兹万里终相遇，劳燕何须论疾迟。

---

① 黄鸿宾（1861—1936），名甲儒，晚号逸民，以字行。广东揭阳县蓝田都玉浦乡人，咸丰五年（1855）其父移居榕城北门。毕业于潮州金山书院。光绪三十三年（1907）贡生。长期任教，曾执教于石母守约学校等，曾任蓝和中心国民学校校长。著有《梦中梦楼诗文集》，未刊。

② 1916年，高吹万于张堰秦山之麓自营别墅，名为"闲闲山庄"，占地十亩。1917年落成，向诸友征诗。其外甥姚光于重阳日作《闲闲山庄落成序》，泽庵作是诗。刊《国学丛选》第十三、十四集，第1页。约1918年出版，于1922年再版。

## 自题嚣嚣草庐①额成口占俚语一首述意

斯世为何世？得逃且速逃。结庐任草草，行乐自陶陶。
或曰居夷陋，古称遗世高。无惭于孟子，则可以嚣嚣。

## 赠曲江酒徒

阮生日暮多泣涕，屈子天高枉叫呼。似此遭逢醒亦苦，醉中能得一佳无。

## 柬陈二仲容

忆昨空山里，殷勤枉顾余。依依三日聚，忽忽一年余。
千里同明月，双方懒寄书。莲塘多雅趣，诗思近何如？

## 柬林三芙初

回想去秋别，酒痕犹在衣。明知心两印，不觉语真稀。
满拟鸥同聚，何当鸟倦飞。此情期面罄，除是梦中归。

## 杂　诗②

### （一）
草不知名随意长，花如识我尽情开。小园八月足春雨，印我屐痕日几回。③

### （二）
草塘水涸蛙栖稳，老树风高猿下迟。催促朝暾慵不起，隔江晓吹为谁吹？

### （三）
檐牙余滴珠圆椭，屐齿新泥印正方。只是昨宵风雨健，晨光添上二分强。

### （四）
灯从密树偷光出，月借凝云晦迹行。满据画中收夜景，苦无方法点双睛。

---

① 嚣嚣草庐：吴泽庵居柬埔寨金边市与实居省时之住所。以木为构，以叶为顶，屋上爬满藤蔓。每年除夕，泽庵自书联："嚣嚣无惭于孟子；草庐行乐自陶陶。"
② 原刊《国学丛选》1917年第九集，第21页。题为"金塔杂诗"，署"揭阳吴沛霖泽盦"。
③ 《国学丛选》原注：此地七、八、九月为春雨天。第二首第一句"草塘"为"野塘"。第三句"慵"为"牖"，据诗意改为"慵"。《泽庵诗集》原注：南地七八月春雨季。

## （五）

雏猿色较鹅儿嫩，牡马神同狮子骄。丰草丛林闲踏遍，奇情如雨雨如潮。

## （六）

居民苟简栖鸡舍，过客堂皇坐象亭。吹起角声回返照，崇林如火野田青。

## （七）

山水来如潮暴长，林花起与鸟争飞。狂风骤雨溪桥路，一客惺惺未忍归。

## （八）

新篁蘸水青增重，野鸟当风韵倍高。春雨乍晴生意足，溪藤百尺缒飞猱。

## （九）

清漪四壁花临镜，明月一窗客钓鱼。春水骤来成泽国，旧题回首一轩渠。①

## （十）

老屋负花春意闹，方塘容雨水纹圆。井蛙见解真痴绝，不信人间别有天。

## （十一）

豆棚瓜架净无伦，细草茸茸绿欲匀。如此园林堪入画，浑忘身是画中人。

## 丰顺人掘土得宋钱陈君昌龄②异而购之拟拓影示世嘱余题一绝句

晦迹埋名久自期，何须拔与世人知。阐幽发秘陈夫子，此意慈悲带少痴。

## 梅　花

### （一）

嫩寒篱外访幽姿，碎玉零冰萃一枝。天意矜持人爱好，满身风雪立多时。

### （二）

雪自凄迷风自寒，深山镇日卧袁安。孤高尽是无双品，莫作凡花一例看。

---

① 《泽庵诗集》原注：第三句乃旧日戏为诗钟所得。
② 陈昌龄（1879—1950），字兆五，号愚甫，署所居曰"百衲斋"。广东省潮安县庵埠镇文里西畴美人，工书画篆刻。书法学秦篆汉隶，笔力遒劲稳健，圆润中寓端庄，凝练中见典雅，古朴中含秀丽；画学海派；印宗汉人为主，兼采吴昌硕法，甚见功力。

## （三）

小园月上夜荒荒，撩我清吟谅我狂。怪底东坡酒醒后，三更秉烛绕寒香。

## （四）

记从庾岭访仙踪，手折琼枝具晚供。结识水仙成二妙，双修玉骨度残冬。

## （五）

晚于秋菊早于兰，香可怡魂色可餐。凭赋小诗为写照，一枝斜插胆瓶看。

## （六）

缔月联云旧有盟，沉沉笼护夜三更。君身自是堪怜惜，莫怪倾心宋广平。

## （七）

虬枝如柏干如松，艾纳鳞鳞待化龙。偏是色香消未了，三生仍判住前峰。

## （八）

较蕙衡兰风格殊，评芳品定是仙姝。却从涉笔生遐想，悔不分身入画图。

## （九）

不待众芳不待春，水边篱下见幽人。昨宵冻雨今朝雾，是雪是花认不真。

## （十）

绕雾迷烟欲觅难，微香冉冉略相干。小桥过去吟鞍稳，折得冰花耐晓寒。

## 秋晚偶成

薄寒争逐雨声来，深闭篷门未忍开。烧烛默教书作伴，倾樽权洗砚为杯。
微听萧飒摧红叶，稍悔辛勤扫绿苔。此夜有诗秋有价，哀虫啼雁不须猜。

## 九月十三夜与家兄雨三同观书画①

检画论书兴未磨，灯前页页恣摩挲。北碑南帖评量久，顾绿倪黄展览多。
坐到月斜人不觉，烧将烛尽夜如何？人生乐事能频得，天若有心慰弟哥。

---

① 原刊《南社丛刻》1915 年第十三集。

## 十月十八夜与家兄雨三夜话①

一更絮絮两难禁，小别相逢乐且湛。世事但堪嗤腐鼠，人间几见识焦琴？
安排遁世成虚愿，犹得挑灯证古心。霜鬓半头髭半颊，相看莫作等闲吟。

## 雨 晴

林薄烟初散，溪山雨乍晴。鹧鸪啼未住，鼯鼠跳仍轻。
渔网刚刚合，刀舟稍稍平。晚风教暂忍，水陆看双清。

## 同宗弟乙通君挽诗

摧折临风玉树姿，忍泪呼冤痛此时。知音共惜论交晚，遗札深怜绝笔悲。
一霎终天真草草，五更入梦可迟迟。年来宋玉工愁思，楚些修成恐不支。②

## 晚晴即目

晴霞落照竞标奇，红树青山合有诗③。残雨未收初堕叶，晚风先动最高枝。
群狙跃跃相争久，独鸟飞飞欲下迟。却待月痕明似玉，赋归仍系十分思。

## 梅 花

### （一）

磊磊英华间气钟，论交许订后凋松。撑天老干巢饥鹤，拔地新梢起蛰龙。
自閟幽芳迟古月，睁持冷眼睨严冬。怪仙昨岁孤山侣，肯与人间作侍从。

### （二）

一枝轻折付银釭，雪压冷凝未肯降。狂笑朔风欺纸帐，相期皎月印纱窗。
梦中词伯诗魂瘦，夜半灯花玉蕊蹡。即舍丰神论骨相，棱棱④仙貌已无双。

### （三）

沉沉香雾有还无，薰草能清韵较粗。仙子缟衣因绝俗，道人赤足矧微癯。
蝶蜂好事相知晚，松竹无言古道孚。任是霜风寒彻骨，繁英依约尽情铺。

---

① 原刊《南社丛刻》1915 年第十三集。
② 《泽庵诗集》原注：指乙佳兄。
③ 明末王夫之句："清风明月不论价，红树青山合有诗。"《泽庵诗集》原注：借古句。
④ 《泽庵诗集》原为"稜稜"，现据文意改为"棱棱"。

## 别 意

### （一）

早被多情误十分，别离依旧黯消魂。何堪六幅潇湘影，染成斑斓血泪痕。

### （二）

痛哭情天劫未磨，柔肠侠骨感情多。凄凉一滴杨枝水，不渡离魂上爱河。

### （三）

三更风暖五更寒，赋就新词掣泪看。多少愁怀多少恨，曼声细度别离难。

## 集诗品句题芙初君听琴小照

### （一）

坐中佳士（典雅），其客弹琴（绮丽）。生气远出（精神），
泠然希音（实境）。识者已领（飘逸），如见道心（实境）。

### （二）

一客听琴（实境），神出古异（清奇）。悠悠天钧（自然），
远引若至（超诣）。庶几斯人（形容），少有道契（超诣）。

## 承乏榕江学校夜深无事独步藏书楼畔有感作

### （一）

画桥西畔我迟留，灯影虫声瑟瑟秋。三十六天都静遍，月痕挂在柳梢头。

### （二）

过尽方塘曲曲栏，月凉露冷况衣单。分明为惜花如命，来与芙蓉替忍寒。

## 白菊花

### （一）

洗尽铅华分外妍，人间别样羽衣仙。教他却立秋风里，素影盈盈绝可怜。

### （二）

百万生绡细剪裁，西风篱落尽情开。陶公去后秋无主，辜负花魂款款来。

## 秋夜有怀仲容羊城却寄

### （一）

菊绿蕉黄秋已迟，怀君千里寄君诗。避人写尽相思字，已是参横月落时。

### （二）

怪道离愁我亦云，分明三月未逢君。诗成为问秋消息，人比黄花瘦几分。

### （三）

偏觉离难合更难，百无聊赖倚栏看。可堪寂寞秋风里，夜半更添些子寒。

### （四）

听到秋声欲断魂，苦无人解共琴樽。你侬一例沧桑感，记否莲池旧酒痕？

### （五）

百叶窗前月影斜，诗魔无话睡魔哗。梦中不识羊城路，况住羊城第几家？

### （六）

占得新词墨细磨，怀人情绪只今多。秋风不解人心事，更送征鸿一度过。

## 晓征曲

### （一）

揽衣起徘徊，不教渠知道。渠若知道时，怕添侬烦恼。　一解

### （二）

信步出门去，晓风冷凄凄。一步一回顾，鸡声不住啼。　二解

### （三）

祝鸡且莫啼，好教渠稳睡。莫令远行人，看人倾别泪。　三解

### （四）

行行重行行，身入烟霞里。亏他倩女魂，无处觅夫子。　四解

## 犹　忆

犹忆秋初到，池塘水始波。一朝黄菊好，半夜北风多。
红叶萧萧下，飞鸿远远过。静言思往事，无奈解愁何。

## 题画三首

### 茅 庐

绿水桥南盖小庐，霜花灼烁竹扶疏。先生大有林泉意，盍赶秋风赋遂初。

### 潮 亭

三面荷花一面桥，石栏杆外水迢迢。游人去后西风起，送尽来潮似去潮。

### 雪 景

雪满山头风满庐，凄清木叶尽情枯。道人早起推窗坐，且自吟诗且读书。

## 晓 行

西望频回首，月痕半灭明。云从山下起，人在雾中行。

篷笈萧疏影，桔槔远近声。征夫多感慨，不敢听鸡鸣。

## 人隐庐即事

前窗日影后窗风，薄薄寒云尽日笼。午睡不知山客至，梦魂迟过万山东。

## 晚来曲

晚来天欲雨，好风常相从。碧纱窗外望，数尽落芙蓉。

## 奎楼秋望即景漫吟二律

### （一）

为甚登楼仔细窥？恁般情绪自家知。半江帆影潮来后，万树村烟日上时。

眼底连山新画本，窗前啼鸟小歌诗。城西城北花多少，看取芙蓉三两枝。

### （二）

别具深情欲觅秋，等闲来上最高楼。古榕城畔数株树，尖浦渡头一叶舟。

山雨初晴云意懒，溪风乍起浪花遒。凭窗写就天然画，拟挂蓬庐当卧游。

# 好回头①

俗尘纠扰，失真吾久矣。友有以此义相规告者，始憬然大悟。因作此歌致谢并揭诸左右以自做。

好回头，回头好。谁教红莲花，蓦地堕涂潦。层层拔出仗阿谁，我佛归来肠寸绞。惜我灵根未全荒，施波罗蜜为我道。一语动禅机，万念都了了。忆得本来时，形如枯木槁。何故自向苦海寻生涯，直取恁般空烦恼。是真是幻本来无，忽是忽非堪绝倒。人生几个满百年，便到百年终草草。试问十二万年转轮来，几人逃得病死与苦老？何如克念存诚自葆真，犹胜营营逐逐精神徒纷扰。吁嗟我佛无量慈悲心，当头一棒功匪小。

## 春行即事

小小东风漠漠云，梨花堤上雨纷纷。斑鸠遮莫人前唤，春在枝头已十分。

## 爱　根

爱根斩不净，儿女情更长。君看临歧泪，滴滴断人肠。

## 西楼晓起

晓风清彻②骨，拂面亦生寒。自怯衣单薄，徘徊倚碧栏。

## 艳体诗

### （一）

无端倩我写双蛾，素手纤纤墨细磨。恼却黑潮飞上脸，深深一吮晕红多。

### （二）

凝红灯下漏迟迟，亲解罗襦戏泥伊。万种娇羞遮不住，低头一任看香肌。

### （三）

香名娇小怼人呼，一笑郎当许丈夫。偏是夜来清梦醒，耳边故意唤奴奴。

### （四）

细数芳龄彼自轻，泥他见面唤阿兄。红潮上面嗳嚅久，始辨消魂一两声。

---

① 《泽庵诗集》原题后加"有序"，省去。
② 原作为"澈"，现据诗意改为"彻"。

## 暮春杂咏四首

### 风雨怨

九日不出门，狂风又狂雨。谁怜文明花，片片糁尘土。①

### 折枝吟

三枝两枝花，纷抛浑不管。归来始闻香，已恨相知晚。②

### 惜花吟

落红满庭阶，零乱不可睹。独自负多情，如何不拾取。③

### 观莲吟

新莲初出水，别具好丰神。寂寞春归后，兹花大可人。④

## 旅行遇雨

### （一）

远山欲尽近山迷，画趣天然暮雨时。请与南宫留绝句，雨中写尽画中诗。

### （二）

无端平地起风云，惨惨行人欲断魂。之子远来归未得，万山烟雨近黄昏。

## 古　意

### （一）

絮絮为郎道，妾自具多情。多情郎不解，莫怪妾无声。

### （二）

西海夜潮来，东海潮方接。处处寒侵郎，侵郎益伤妾。

### （三）

镇日酣梦里，不闻妾吟呻。忍教卧榻侧，鼾睡容他人。

---

① 《泽庵诗集》原注：伤政府摧残党人不遗余力也。
② 《泽庵诗集》原注：伤有才者不见用也。
③ 《泽庵诗集》原注：伤志士零落殆尽，而保护卒无其人也。
④ 《泽庵诗集》原注：喜后生犹有一线之望也。

## （四）

朝织自由花，夕纺文明线。纺织不辞劳，只为郎缱绻。

## 闻老母病束装回家途次香港占此

未报昊天恩，忽忽亲老矣。亲年我知之，一惧一以喜。汲汲赋远游，远游非得已。辜负老年人，日夕门闾倚。递书寄当归，血泪嵌纸尾。我亦有心肝，安视若敝屣。读竟九回肠，苍茫归来只。海角与天涯，可怜隔千里。安得火轮舟，破浪疾于矢。

## 春日感怀

### （一）

悔教插足误红尘，浊浊凭谁证果因。二十二年今已矣，春愁又铸一般新。

### （二）

唾壶击破剑光红，几度行吟苦未工。浊酒一杯愁万斛，花前依旧醉春风。

### （三）

匝地黄尘扑面飞，芒鞋依旧踏青归。伤心最是中原望，一发河山正落晖。

### （四）

无端歌哭到流连，一例伤情只杜鹃。寂寞花魂人去后，半帘疏雨奈何天。

### （五）

无那消愁强笑謦，今生又负一年春。伤心小院双蝴蝶，竟闹春风不解人。

### （六）

下却晶帘花影重，一年容易又春风。可怜旧帕经霜白，输与新愁染泪红。

## 海外旅夜有怀同寄

### （一）

一封书欲寄，相印托心心。墨短研情写，诗狂啸海吟。
人天多烦恼，山水少知音。明月三千里，思君感不禁。

### （二）

脑电纷无定，中宵梦复醒。书空常咄咄，冥想自惺惺。
故国鹃声哑，荒山鬼火青。相思谁解得？强起步空庭。

### （三）

滤得新诗句，递君隔海看。江山千里梦，风雨五更寒。
鬼域揶揄惯，神狮鼾睡阑。宵深人静后，无语倚栏杆。

## 闺恨六绝

### （一）

金屋多年惯养娇，娥眉深浅倩郎描。撩人一曲骊歌起，魂断江南廿四桥。

### （二）

郎如柳絮妾如丝，愿逐春风护马蹄。可惜情天多浩劫，不教心绪使郎知。

### （三）

憔悴容光懒下楼，盈盈眼泪倩谁收？来鸿消息三春杳，肠断潘郎已白头。

### （四）

百结情丝解不开，无端别恨撩人来。销魂最是楼头望，十二巫峰一雁回。

### （五）

自琢新词剪烛看，萧娘一纸泪千行。痴情怕与春怜惜，无那花时独倚栏。

### （六）

百转思量梦不成，情根漂泊怼三生。可怜匝地东风起，处处啼红怨绿声。

## 歌成意有未尽依前韵再和一过

### （一）

漫道新词韵最娇，满腔心事倩谁描？离鸾别鹤偏多恨，泪洒桃花第几桥？

### （二）

已结情根百万丝，愿将魂梦赶春蹄。凄凉一掬澜行泪，湿透湘裙君不知。

### （三）

百无聊赖下妆楼，碍眼疏帘不敢收。只怕东风能撩恨，落红飞上玉搔头。

### （四）

深闭蓬门不敢开，乱花无故入窗来。红肥绿瘦多消息，添与阿侬肠九回。

## （五）

消魂南浦卷帘看，晓起更添泪数行。一自当年杯酒别，朝朝暮暮独凭栏。

## （六）

旧谱鸳鸯挑未成，离离红豆压栏生。低呼小婢为君撷，不解人偏作笑声。

# 枯 坐

枯坐郁无聊，感情深如许。新病又新愁，怨煞连天雨。

# 弥勒寺晚游①

## （一）

瓦砾飘零夕照中，沧桑感事古今同。我来断碣摩挲遍，不见读书人姓翁。②

## （二）

顽云匝地动人哀，几度人来扫不开。天老寺荒谁解恨？一声钟逐晚风来。

# 寄闲楼郑照南君

## （一）

小谪人间卅载余，今生依旧好楼居。一更明月三更梦，绝好闲情梦不如。③

## （二）

软红尘味饱尝酣，小筑琅环南岭南。一枕黄粱醒也未？个中消息费详参。

## （三）

不管人间呼马牛④，胸怀洒落小庄周。梦中应化仙蝴蝶，栩栩高飞入画楼。

## （四）

了无愿力倦飞还，笑我灵根比石顽。等是空花观色相，多君犹得一身闲。

---

① 寺在今揭阳市揭东区玉滘镇梅岗山，日本侵略时断碣被日兵拆为工事，寺俱毁。现重建。《泽庵诗集》原注：寺在揭邑梅岗都。
② 《泽庵诗集》原注：旧传翁襄敏万达曾读书是寺，只今遗址茫然不可考矣。
③ 《泽庵诗集》原注：曩读"仙人好楼居"句，颇谓古人欺我。今观郑君得言外意。
④ 《泽庵诗集》原注：郑君句。

### （五）

道佛仙魔莫认真，琴樽风月属词人。倚楼一笑狂歌起，认取浮花梦里身。

### （六）

小辟洞天雅自娱，诗情画意两无拘。坐看明月行看树，如此闲人天上无。

### （七）

一窗花影尽多情，话到沧桑百感生。正是闲人多忙事，苦吟犹记月三更。

### （八）

恨海无涯又爱河，花花世界感情多。春风秋月萧闲甚，更上层楼谱细歌。

## 戊申①七月十四夜与杨（复初）林（伯桐）②同登梅岗山顶有感而作

### （一）

蛙鼓哓哓月照时，胡琴如醉笛如痴。与君一例多离感，我谱离骚试和之。③

### （二）

苦吟笑我可怜虫，唱到秋坟句未工。撩得一分寒意思，诗成都在明月中。

### （三）

琴声悲壮笛声酸，山月溶溶夜未阑。坐到三更人静后，半山风露湿衣寒。

## 代赠某君

半生市隐偏多暇，百尺楼居亦凤缘。风月多情姜白石，琴樽如意李青莲。
新诗于世称无敌，小洞个中别有天。莫道尘根删未尽，如君陆地已神仙④。

## 画梅自题

### （一）

宜众笑牡丹，折腰羞杨柳。破雪开几枝，万花齐低首。

---

① 戊申：1908 年。
② 杨复初，见《海外旅次送杨二丈回国》注；林伯桐，生平不详。
③ 《泽庵诗集》原注：时杨君弹胡琴，林君吹笛相和。
④ 《泽庵诗集》原为"迁"，现改为"仙"。

## （二）

北枝不独寒，南枝不独暖。一样气氤氲，尔相即我相。

## （三）

道他肌似冰，那知骨似铁。花花世界中，此花高一着。

## 轮船中偶成

电灯灼灼晚凉迟，揭起晶帘海上窥。绝好画图三万里，海潮欲上月斜时。

## 寄　内

寄尽相思字，书成付尔侬。离愁千里月，春梦五更钟。
鲽鲽鹣鹣里，风风雨雨中。倩谁嵌纸尾，泪洒杜鹃红。

## 闻香吟①

旅次日与菊生卓君同室列屏而居，卓君取鲜花供几案，香气袭人，感成二绝呈卓君。

## （一）

惜花起早我起迟，咏绿吟红苦未知。不是余香偏送我，今生辜负数行诗。

## （二）

谢却春风又一回，诗情记取剩寒灰。昨宵香梦今朝句，倒被花魂撩上来。

## 中秋夜聚二三同志饮酒问青天楼即席有诗②

毡芋凝酥照眼明，几生修得到今生？且倾北海金樽酒，陶写东山诗竹声。
一片诗心莲子苦，十分醉态菊花清。最怜楼北痴儿女，也伴嫦娥到五更。

## 题乘槎女图

## （一）

玉箫声里浪如花，仙子年年远乘槎。偏是尘心抛未了，只今犹在水之涯。

---

① 《泽庵诗集》原题后加"有序"，省去。
② 《泽庵诗集》原注：限"明生声清更"韵。

（二）

铺红结绿好安排，独乘长风天上来。白浪如山浑不管，回头犹自笑颜开。

## 为广西家健侯君画松梅图补以蒲草即题四语

岁寒三友苦无竹，无竹几乎令人俗。差幸蒲郎来不速，松耶梅耶愿斯足。

## 端午记事①

庚戌②客次羊城，遇江西雷舜渔、熊鲁民二君于旅坻中，一见辄引为知己。端午日置酒招饮，意气恳勤。席罢为赋是诗，以志异地相逢之感，亦纪实也。

（一）

准拟双拳细细猜，笑侬工饮不工枚。荷花影里擎杯坐，也算鸿泥印一回。③

（二）

戏折莲枝当酒筹，为君较劣复评优。雷公转觉多情甚，白苎筵前唱粤讴。④

（三）

客里光阴次第过，蒲觞又度一番多。相逢且酌樽中酒，莫向樽前唤奈何。

（四）

得酒枯肠倍洒然，狂奴旧态未全捐。无端背着人儿去，剪烛斜题醉里笺。

## 歌者误入寓中戏成二绝

（一）

可是桃源误泛津，入帘含笑更娇嗔。也知萍合原无定，悔结今生一面因。

（二）

半抱琵琶遮面来，披衣索坐两无猜。谁教催促堂前去，辜负渠侬已一回。

---

① 《泽庵诗集》原题后加"有序"，省去。
② 庚戌：1910 年。
③ 《泽庵诗集》原注：余雅不喜猜枚。
④ 《泽庵诗集》原注：酒半接得报纸且读且饮，中有粤讴，雷君辄高声唱之。

## 金娇墓①感事

诸老痴情极可怜，争将名字镂花阡。金娇已去无知己，笑汝诗成亦枉然。

## 息鞭亭②纪游

新篁簇簇影交加，一路清风晓日斜。我自游山人不识，息鞭亭里饱看花。

## 谘议局内二咏

### 曲沼观荷

贪看荷花兴未阑，披衣来倚铁栏杆。无端吹出三分冷，沁得诗脾如许寒。

### 东楼坐茶

半山竹影一池花，帘幕垂垂日未斜。都是倦游方坐久，呼童汲水更烹茶。

## 镇海楼③同芙初君坐雨口占

千里别离情，一楼烟雨里。对坐悄无言，山风蓦地起。

## 闻　歌

弹甚琵琶唱甚词，四弦落落一声悲。江州司马多情甚，泪落珠喉婉转时。

## 送　人

戏折陌头杨柳儿，赠君更縢数行诗。征帆此去三千里，暗祝春风好护持。

---

① 金娇墓：在广州市大东门外（今先烈东路北侧），为清末广州一妓女之墓。清末，广州东堤、大沙头一带，紫洞艇相连排泊，是娼妓聚集之所。其中有位佼佼者名金娇，天生丽质。有一位腰缠万贯之茶叶商最热恋金娇，几乎每晚都来艇上相会。1909年某日，金娇忽然对茶叶商说："往后一段时间不许再来会我。"茶叶商问其故，金娇说："日后便知。"几天后，一个月黑风高之深夜，东堤一艇失火，江边众艇因缆联集结，火势迅速蔓延，全部焚去，包括金娇在内的很多妓女和客人罹难。茶叶商闻讯，深感金娇劝阻脱死之恩，出资请人捞得金娇尸体，厚葬于大东门外北侧山丘上，即金娇墓。还在墓旁建息鞭亭，作为每年清明乘坐马车前来扫墓时的休憩之所。后来，金娇墓成为东郊一胜地。
② 息鞭亭：见《金娇墓感事》注。
③ 镇海楼：广州城北越秀山上，建于明洪武十三年（1380）。楼高五层，故亦称五层楼。形构雄伟壮观，有"岭南第一胜概"之誉。后辟为广州市博物馆。

## 秋日偶成

凤仙花下菊花开，屈指秋风又一回。茜草窗前红渐冷，碧荷亭畔绿先灰。
生憎杜甫吟诗去，恰好王宏载酒来。我醉欲眠天亦晚，飞鸿去去不须猜。

## 石母寺秋游成咏

黄草条条日影迟，我来踽踽独吟诗。空山石齿新晴后，古木蝉声欲晚时。
莫倚霜篁惊宿鸟，好编野菊上疏篱。可怜零落旧书院，一任秋风着意吹。

## 晚　景

晚景无端苦系思，碧纱窗下立移时。花如解语垂头笑，树作奇声故意吹。
风雨楼头人去急，溪山帆影客归迟。此情待诉天边月，可惜嫦娥苦未知。

## 栽菊口占

爱他松竹影交加，来种凌霜万朵花。笑煞西风忙过我，教他一夜尽抽芽。

## 秋蕉咏

无多能力待风姨，裂帛条条不自持。到是绿天多缺憾，我来为补一行诗。

## 榕江藏书楼晓望

独自上高楼，凭栏放远眸。一帆疏树里，万竹小巷头。
山断云为续，桥横水自流。诗情兼画意，都在此清秋。

## 秋　山

久恨笑痕减，秋来更不同。云峰天外白，霜叶岭头红。
石瘦风尤劲，松疏鹤久空。凄清萧寺影，合在画图中。

## 秋　葵

薄薄罗衣浅浅黄，美人颜色道家妆。凌波去后秋风起，半是风流半大方。

## 月中看菊

惜绿嫣红我自慌，问花曾解看花忙。撩人更掇一枝影，斜过疏篱印粉墙。

## 鼋山塔纪游二律

### （一）

冒过秋烟雨，来登古浮图。到门风骨冷，摩壁石皮粗。
小住胡为者，大观盍上乎。低看飞鸟过，已让一回轮。

### （二）

约得游山侣，同穿古塔云。斜行人度壁，倒挂鸟窥群。
溪水看三面，墙碑抚十分。山风如许起，不敢看秋坟。

## 鼋山塔纪游二绝①

### （一）

爱看秋云兴未休，鼋山塔上我来游。倚身七级最高处，只有青天在上头。

### （二）

三层塔势已凌虚，摩遍残碑没字书。行过石门门外望，溪山一览了无余。②

## 蛋妇晓妆

嫣然一笑晓妆时，衬绿匀红次第施。不是海波平若镜，眉痕深浅问伊谁？

## 偶　成

窥破穷通理，人间即乐天。高吟常得意，小饮亦颓然。
静读庐头月，闲调琴上弦。此情兼此景，应有旧因缘。

## 山　塔

塔非山不稳，山因塔愈高。登山复登塔，放胆读离骚。

---

① 《泽庵诗集》原注：用苏沨潮君韵。
② 《泽庵诗集》原注：塔第三层有碑一方，然残蚀不可考矣。

## 莫笑菊花开

莫笑菊花开，秋深已如许。陶令归去来，相对足千古。

## 多　事

细吹杨柳丝丝雨，暗数芭蕉叶叶风。不是老生好多事，料应情趣负天公。

## 自　寿

八千里外归来日，廿七年光过去时。大好头颅呼负负，每倾肝胆为依依。
可能攀佛除烦恼，那肯逢人学诡随。三万六千终有尽，何如早死早清夷。

## 庚戌①十月廿一晚与同居诸子看白菊

### （一）

白妆素袖碧纱裙，绝好丰神信不群。闷熬寻秋无觅处，对花犹得忆三分。

### （二）

他夸红紫若夸黄，偏是白家爱淡妆。待到月明风静后，与花一一细平章。

### （三）

瘦腰素影太清癯，吾不笑花花笑吾。花如解语休相笑，一例肥肠近已无。

## 忍寒坐碧纱窗下娟娟明月辄来窥人吟此廖破岑寂云尔

生憎明月忒多情，斜挂窗前分外明。恰好东风寒彻骨，新诗吟就十分清。

## 送　秋

### （一）

陡觉秋来秋已非，留秋无计送秋归。菊花一醉呼不醒，独自含情看落晖。

### （二）

一夜西风过短篱，恁般暌别我先知。无端滴下送秋泪，写作人间离恨诗。

---

① 庚戌：1910 年。

## 为芙初君题画�\[{箑}\]

与君同泛一叶舟，来看溪山委曲流。山上浮图堤上树，更饶清影入新秋。

## 游丁家园感赋

### （一）

数尽芭蕉百万株，琼楼记在此间无。伤心三十年前事，剩草零花半没芜。

### （二）

繁华如梦古难寻，高大园茔宿草深①。最是南溪潮去后，余声日夜作哀音。

## 杜鹃花

罗襦叶叶泪痕斜，哀艳还他第一家。不信子规啼半夜，人间红遍杜鹃花。

## 清明日纪事

廿四番风日日晴，昨宵一雨已清明。朝来误却看山约，怪道吟诗久不成。

## 读林氏②潮州西湖记得二十字

茶熟酒香初，雨细风斜里。何物最遣怀？一卷《西湖记》③。

## 遭林卢二君于途有记

踽踽吾独行，相逢初无意。天竟假之缘，促膝风雨里。

## 荷 钱

妃子朝洗儿，廉士春饮马。青青万选钱，没在水痕下。

---

① 《泽庵诗集》原注：丁雨生中丞葬此。
② 林氏：即林大川，字利涉，号莲舟，清潮州府海阳县人，著有《韩江记》《西湖记》。
③ 《西湖记》为清潮州人林大川的著述。

## 心　事

心事乱如麻，倩谁为解却？日课一行诗，聊当治心药。

## 落　红①

九十韶光忽忽过，一春花事又蹉跎。人间别具无穷感，吟到落红恨已多。

## 忆　春

春宵一刻价难猜，抛去玉壶买不来。最是杜鹃声子里，有人含泪上高台。

## 喜陈仲容君至

昆明劫后灰犹在，倒乘东风渡海来。我正送君怀别恨，得君还作梦中猜。

## 题　画

山翁度山梁，觅得山亭路。却爱涛声喧，徘徊不忍去。

## 又

写我胸中丘壑，挂上君家墙壁。啸傲尽有烟霞，何必山深林密。

## 又

山泉叠叠树亭亭，倒插奇峰似列屏。日暮溪翁桥上去，回头一顾万山青。

## 牛郎怨示李君

准备鹊桥供我过，天公也莫巧安排。却愁织女下机日，羞避牛郎不过来。

## 西楼坐月即景漫吟

### （一）

听彻虫声夜已阑，露丝风片不胜寒。挑灯写就新诗句，付与吟朋一一看。

---

① 《泽庵诗集》原注：三月三十日。

## （二）

厌听鸣鸥百转哀，安排读月上高台。无端亚字栏前柳，夜半吟风又一回。

## 亦佳为某作

生不如人死亦佳，拈花微笑蜕形骸。而今方信来时误，去去无须再挂怀。

## 坐　到

坐到更阑风起时，纸窗灯影读书迟。个中别具无穷意，说与封姨一解之。

## 哭陈孝元（倬云）夫子

### （一）

十一年间事，分明有眼前。青衫仍故我，黄卷缅高贤。
谁解真如相？竟登兜率天。凄然萦梦想，不见再生缘。

### （二）

宦海茫茫甚，公来无渡河。只因怀霖雨，不惜踏风波。
一病垂垂老，余生忽忽过。鹃声啼不住，其奈月沉何①。

## 六月十八夜与餐雪君及同学诸子坐棉湖桥

石栏杆畔坐移时，笑语无拘任所之。湖上竹梢湖里月，可人映出一枝枝。

## 南溪洲头晚眺

乱蛙鸣落日，丛苇趁归涛。几多飞鸟过，不及暮云高。

## 剪　叶

剪叶莫剪花，花开花易落。不见红颜人，千古嗟命薄。

## 睡　觉

夜来白雨倾林数，睡觉红日上窗迟。最是飞泉深竹杪，晴风吹落一丝丝。

---

① 《泽庵诗集》原注：夫子三月三日仙去。

## 夜 景①

古殿飞蝙蝠，空山啼鹧鸪。待看明月上，试问有诗无？

## 谒太虚墓

七百年前埋玉处，万千劫后拜坟人。先生应笑侬多事，剔草摩碑太认真。

## 好 景

绕树八哥先客笑，恋花蝴蝶较人忙。如斯好景休辜负，谱入琴声送夕阳。

## 闻人讲轮回语

大梦几曾觉，余生苦未闲。若教生可转，我愿得痴顽。

## 坐 雨

山与云俱暗，风因竹愈狂。三点二点雨，无碍野花香。

## 答人问诗兴②

晕黄月影三更雨，凝碧灯花一卷书。永夜自饶萧瑟趣，不须重问有诗无。

## 集李义山

一岁林花即日休，不知供得几多愁？回廊四合掩寂寞，只有空床敌素秋。

## 送别集李义山

荷叶生时春恨生，相思迢递隔重城。今朝相送东流后，怅望江头江水声。

---

① 《泽庵诗集》原注：蜈蚣山房。原刊《国学丛选》1912年第一集，题为"山寺夜景"。
② 原刊《国学丛选》1915年第六集。

## 月　夜

看山常爱月，无月不成看。自证三生果，还攀五尺栏。
飞萤池沼上，渔火远江干。眼底收罗尽，悠悠随所安。

## 柬埔寨公园纪游

玺碑铜像细摩挲，倚偏栏杆看鹳鹅。赢得十分晴里趣，喷池尽日雨声多。

## 山雨乍来慨然有感成一律句

淅淅山风约雨来，电花雷火拼相催。并教溽暑①消无着，不意新诗怒欲胎。
水墨一川披小米，丹青半砌晕微苔。何须更作招凉想，内热熊熊苦未灰。

## 小庐兀坐暮雨吹寒怅然有感辄成一律

萧萧暮雨酿秋寒，枯坐无聊遣闷难。天未怀人离索感，鬼方多事战争攒②。
颇嫌近岁百忧集，不似当年一笑观。世界未残身未死，茫茫何术勿相干。

## 集　唐

六翮飘飘私自怜（高适），辞家见月两回圆（岑参）。
偷随柳絮到城外（李商隐），愁对孤城落日边（王维）。

## 仲君将有远行因事不果某日与余同上蜈蚣山<br>鹧鸪一声适从山下起因相与感叹久之

劳劳鹧鸪声，哥哥行不得。携手上蜈蚣，对天三叹息。

## 小　园

小园花一角，镇日我频看。同是浮生者，应怜觌面难。

---

① 《泽庵诗集》为"溽署"，现据诗意改为"溽暑"。
② 1914 年日德战争，延及我国山东青岛。《泽庵诗集》原注：时欧战正恶。

## 漫 兴

曲径长茅绿缛，小园新月黄昏。未必花能解语，却教我亦销魂。

## 为陈二林三题像

移向花间读易，偶来月下弹琴。多少幽情逸韵，倩人画里搜寻。

## 竹

过雨千竿滴绿，临风万个摇青。最是此君不俗，顿教之子忘形。

## 赠芙初林君

里有颜回识者谁？布袍芒履自怡怡。文坛健将藏锋久，画界名师脱颖时。
朔也滑稽聊讽世，须哉学圃偶成痴。荔园来岁荔枝好，应寄我侬啖荔诗。

## 病中遣兴

病里偷闲策最神，呻吟无碍自由身。垂帘每看茶初熟，对镜休疑吾失真。
之子俨然居陋巷，老生遮莫是诗人。这般赋与那般受，也是生前未了因。

## 病中寄怀宗禹伯棠二君

### （一）

迢遥欲见苦无期，昨夜安排远寄诗。莫笑病中多眷恋，从来旧雨最相思。

### （二）

欲将别恨万千寻，吟付伊人仔细吟。剪烛掀髯忙煞我，苦无佳句慰知音。

### （三）

亦儒亦墨亦风流，唱和如君最自由。笑我多情兼善病，怀人日日寄诗邮。

### （四）

三斗俗尘同寄迹，一樽浊酒两埋名。论诗较画无虚日，羡煞双峰太瘦生。

# 读史感言四首

## 郦食其

狂生自道我非狂，入座居然一揖长。劲节肯教为若折，儒冠溲溺亦何伤。

## 诸葛亮

葛巾羽扇好丰神，大似隆中避世人。寄语孙曹休与敌，卧龙一恁是率真。

## 殷浩

殷浩才名推冠世，束之高阁亦何妨。庚①公自负当时健，试问胡儿何日亡？

## 韩愈

退之摇尾乞怜惯，一味愚人且自愚。侈说文章能载道，集中十九乞怜书。

## 多病

莫漫悲多病，病休悲转多。不观无恙者，谁得等闲过。
隐卧如春醉，呻吟当浩歌。病中多乐趣，何必唤奈何？

## 戏卢大②

春色恼人不得眠，宵来几度起蹁跹。一声试唤花常醒，刻烛来看人半仙。
值得老生供一笑，千祈之子解相怜。金身丈六须珍重，难遣风流乡里缘。

# 除夕遇雨纪事

## （一）

一岁几回除夕？那堪遇雨涟涟。笑将此情此景，搔首来问苍天。

## （二）

遥忆山前云重，共道屋后烟斜。束襟戴③笠妇女，匆忙何事家家？

---

① 《泽庵诗集》中为"瘦"，现据诗意改为"庚"。
② 《泽庵诗集》原注：以"春宵一刻值千金"为冠首。
③ 《泽庵诗集》中为"载"，现据诗意改为"戴"。

### （三）

人隐庐头酒意，梅禅室里诗魂。一声风雨惊醒，隔座围炉语温。

### （四）

壮志偏惊此夕，娇儿预语明朝。吟到诗成灯弛，满座风雨潇潇。

## 山居晚景

### （一）

白鹭飞飞破晚霞，炊烟远远上田家。西山一角留残照，照我吟身百丈斜。

### （二）

万壑千岩向晚时，天饶画趣我饶诗。惊鸦欲去仍难去，飞过人前故故啼。

### （三）

轻烟笼住一山山，谁得晚风数往还。别有清声如可觅，回头记在万松间。

## 石母山堂夏日杂诗

### （一）

我是双峰第五郎，一庵终老亦何妨。朝来刻竹看花后，剩有光阴尽一觞。

### （二）

芭蕉如障草如茵，落落山堂净不尘。写入画图供粉壁，榕阴着个老诗人。

### （三）

戏将"风谷"号斯堂，付与吟朋细较量。毕竟此间无炎热，空山一夜月如霜。

### （四）

荒坟四面故垒垒，与鬼为邻与俗违。最是五更山月落，清猿啼罢老鸦飞。

### （五）

嫩绿门前日影迟，芭蕉叶上好题词。却教午雨勤梳洗，不异清新似昔时。

### （六）

二亩榕阴一亩花，纳凉人入小花斜。竹炉红火分明在，欲觅新诗数饮茶。

## 壬子①四月七日信步到严亲墓②

老亲轻去世，游子几回家？赶雨着山屐，临风泣墓花。
半山啼乳燕，万树落惊鸦。凄然空怅望，魂兮安在耶？

## 偶 占

### （一）

衣香帽影忒鲜明，日暮前村作客行。秋水渡头风淡荡，彩云飞过一回轻。

### （二）

水村村外我行过，野艇归来一角多。笑煞竹阴深绝处，有蝉日暮正高歌。

## 海天月③

明月出海隅，影落海中央。飞轮海上过，无碍月清光。
清光照我身，泪痕尚汪汪。所恨所思者，远遗在家乡。
相去五千里，各在天一方。同兹明月明，空对明月望。
明月不解语，海风徒高张。知否闺中人，对月不悲伤。

## 赠复初杨君

杨子文章能泣鬼，吴郎词赋亦犹人。江湖落魄同幽怨，野草埋名并苦辛。
不信伯伦终托酒，定知叔向不忧贫。他年破壁乘风去，始识画龙大有真。

## 登 楼

落日滔滔去，登楼倍感怀。乱峰争突兀，啼鸟杂诙谐。
酷暑悠悠尽，微风处处皆。凄清山月上，天地一萧斋。

## 田家乐

看鸭溪头就浴，呼儿竹下纳凉。姑妄言之妄听，津津鬼论一场。

---

① 壬子：1912 年。
② 《泽庵诗集》中上一首《山居》与第一页《山居》重出，现删去。
③ 《泽庵诗集》原注：李青莲有《关山月》诗，余感其意而作《海天月》。

## 野寺题壁

野寺萧条甚，人来不见僧。入庭花作主，上座鸟呼朋。
老佛闲如故，残红腐可憎。别寻归路去，无待月东升。

## 野蔷薇花红白杂开诗以咏之

素影红妆乍并头，蔷薇花亦解风流。低声暗向天公问，如此因缘几世修？

## 夜雨偶成

碧纱窗外影迷离，夜半凉风着意吹。残梦易敲蕉叶醒，飞蛾时撞烛花痴。
沉沉宝鸭香初冷，寂寂铜龙漏已迟。听到打门声霖霖，诗成赢得句淋漓。

## 村居晚景

浅红云外青山出，嫩绿田头白鹭飞。不是村居风景好，晚游何故数忘归？

## 又夜景

青蛙阁阁犬猖猖，月影迷离大可人。我自向天搔首问，一年盍作四回春？

## 田家乐①

### （一）

墙头六月菊好，篱落申时花开。日暮笛声四起，牧童牛背归来。

### （二）

豚栅鸡栖了了，豆棚瓜架离离。南村风景如画，晚炊熟未熟时。

### （三）

把钓从烟里出，荷笠带月痕归。童稚欢迎笑语，可曾钓得鱼肥？

### （四）

晚馔羹添蚕豆，家酿酒熟荔枝。山妻篝火并坐，两人同酌一杯。

---

① 《泽庵诗集》原注：晚景。

## 题高钝剑花前说剑图①

### （一）

醉时磨剑醒时休，太息此生愿未酬。说与名花供一笑，可人无语尽低头。

### （二）

小堕人寰卅许年，雕红镂绿色新鲜。雄心未老剑先钝，只有花魂解爱怜。

## 赠钝剑②

大笑狂呼高剑公，新诗吟就夺天工。会当携酒乘风去，醉取梅花两朵红。③

## 夏日偶成

白莲花下午炎时，小小轻风叶叶吹。匝地清香如可觅，穿帘微忆一丝丝。

## 新　秋④

一夜西风起，朝来觉已凉。荷花辞故蒂，菊蕊破新囊。
小别悲纨扇，微疴怯玉床。放怀歌九辩，多惹几回伤⑤。

## 初夏偶成⑥

莫检送春昨日文，朝来佳意足三分。竹床残梦凉于水，石鼎余香冰似云。
可有白鸥常对客，都无青鸟再征君。脱巾解履无拘束，合与西山鸾鹤群。

## 汕头夜景

拍拍风涛逼耳鸣，海云深处海山横。飙轮夜半腾波去，汽笛一声秋月清。

---

① 原刊《国学丛选》1912年第一集，第二首第二句"色"《国学丛选》为"绝"。高旭（1877—1925），原名垕，更名堪，字枕梅，一字剑公、天梅，别字钝剑、慧云、哀蝉。江苏省金山县张堰镇秦山乡人。中国同盟会江苏分会会长，后任众议院议员。著有《天梅遗集》十六卷。南社社员。
② 《泽庵诗集》原注：用钝剑见赠韵。原刊《国学丛选》1912年第一集，题为"题钝剑用见枉韵"。
③ 《泽庵诗集》自注：君号天梅，我号梅禅，俨然南北枝也；雨三注：乙丑（1925）十一月廿二梅禅卒时，天梅已先四月谢世。天何夺我梅花之速耶！书竟为之呜咽。
④ 原刊《国学丛选》1912年第二集。
⑤ 《国学丛选》为"肠"。
⑥ 原刊《国学丛选》1913年第三集，第四句"冰"《国学丛选》为"冷"。

## 浮云何漫漫

浮云何漫漫？竟日飞天外。悠悠无尽期，何处与龙会？
浮云倘有知，应亦叹颠沛。猛然忆故山，别来春蔼蔼。
时闻鸟声喧，一一出埃壒。此中生意多，为乐亦云最。
归与盍归与，入岫杳霭霭。

## 少小篇

少小颇聪明，读书信口号。世事漫不察，轻视等鸿毛。
自谓羲皇人，为乐亦陶陶。如何二十余，苦海兴波涛？
欲济无涯涘，浊浪百尺高。渺小七尺躯，其何能遁逃。
妻孥添数口，尘事竞煎熬。爱根斩不断，日夕徒劳劳。
何当随白鸥，烟水恣翔翱。

## 晓起时

晓起步堂前，绿草稠且洁。清露压梢头，点点散珠屑。顾之神为夷，接之韵欲绝。
面东看朝曦，一抹红于血。好风着意吹，吹上东峰凸。炎威谁敢当，浮云殊狡谲。
故意遮一遮，时时见圆缺。方信大力量，未必不守拙。竭来回首看，四围山明灭。
平时连天高，今时刚一瞥。西方犹可见，南北不可瞩。东方尤迷离，何处山屹嵲。
昨朝日落时，隐隐犹成列。何期及今兹，浓烟尽掩闭。只有山鸟声，听来尚清切。
立软古榕枝，掉翻广长舌。又有茉莉花，吹来香如雪。带露摘几枝，莫待无花折。
持归插胆瓶，可以清内热。

## 柔佛国汽车道中夜咏示洪大二首[1]

### （一）

晶帘欲下电光寒，笑语喁喁夜向阑。飞过海山三百里，繁星万点不胜看。

### （二）

十万苍波映晚霞，红愁如海别尸牙。一声汽笛归去也，回首前尘安在耶。

[1] 原刊《国学丛选》1915年第六集，第一首题为"柔佛国汽车道中夜咏示洪大"：晶帘欲下电光寒，笑语喁喁夜向阑。飞过海山三百里，繁星万点不胜看。第二首题为"别尸牙"：十万苍波映晚霞，红愁如海别尸牙。一声汽笛扬轮去，水是人间电是花。第二首在《泽庵诗集》中有附注：别尸牙，马来人谓狮为尸牙，谓屿为波儿。尸牙波儿者，地以形名，即狮屿之谓也。自英人译为Singapore，华人再译为新嘉坡，知其义者希矣。

## 谢高吹万赠字①

蟠屈龙蛇归腕底，大家风范数颜欧。多君一轴遥相寄，尽日长看不倦眸。

## 晚风口占

过尽霜林有醉容，晚霞夕照况重重。丹颜赤脚飘然去，不听山中日暮钟。

## 一 夜

一夜听秋醒梦里，五更踏月去来时。山人自享山中趣，不厌人间笑小痴。

## 新艳体诗继吹万居士作②

### （一）

削笔写生枝，图成别一派。忍笑问郎君，何如西洋画。

### （二）

君书墨常蓝，侬书墨常赤。共书素纸中，展转对翻译。

## 集庾子山语自题小照寄北

其心长自寒，其忧惟悄悄。披图自照看，精神殊乏少。
故人倘思我，俱来雪里看。相看但莫却，已觉梅花阑。

## 为吹万居士作寒隐图成并题一律于其上

山隈又水隈，有客结庐来。避世宜幽隐，开窗任草莱。
秋高木叶尽，风急浪花回。可惜无倪瓒，空劳写一回。

## 送陈仲容林芙初之金陵

清才朴学数陈林，去我如遗繁我心。东海潮生多兴会，榕江月落费沉吟。
最难客里双携手，容易人间得赏音。从此高山流水调，暂停之子伯牙琴。

---

① 作于 1912 年。参见高吹万《答吴沛霖第三书》、吴泽庵《与高吹万第四书》。《泽庵诗集》中上一首《读陈二过随园诗》与第一页重出，现删去。
② 作于 1913 年。《高燮集》诗选部分癸丑年（1913）有《新体艳诗》。

## 夜雨即事

一庵容小隐，中夜雨凄凄。扫壁书新语，挑灯读旧题。
黯风张佛幔，寒叶下僧蹊。此景宁多得，低声问小奚。

## 读庾开府诗集

奇情艳骨庾开府，绝是江南爨后材。我也半生萧瑟甚，且翻绮语助倾杯。

## 抛 书

抛书默坐思量甚，别有奇情不可言。窗纸帘钩声瑟瑟，暮秋傍晚最销魂。

## 读姚石子浮梅草毕集义山成四语于其上①

野鹤随君子，依稀履迹斜。庾郎年最少，得句自堪夸。

## 壬子②重阳日逢故人

难得高朋来不速，陶然若醉菊花杯。秋容为我写真出，山色呼他入闷来。
断雁零鸿追往事，高谈雄辩杂诙谐。酒魂偶入睡乡去，欲送君回误一回。

## 月夜感怀③

### （一）

山河黯淡月凄清（沣），对此茫茫百感生（泽）。
搔首问天天不语（沣），苦吟空夜过三更（藻）。

### （二）

争说寻诗趁晚凉（泽），狂吟未就且倾觞（藻）。
多情枉对无情月（沣），天上人间两断肠（泽）。

## 春 行

绿满天涯路，春深独客归。千山红踯躅，一路野蔷薇。
树带丝丝雨，风吹楚楚衣。黄鹏无远近，欲别故飞飞。

---

① 宣统元年（1909），姚石子作《浮梅草》，至除夕刊印成书，寄赠亲友。
② 壬子：1912年。
③ 《泽庵诗集》原注：与苏沣君、李藻君联句。

## 夏夜楼居杂感

### (一)

侠骨半销尽，柔肠百转移。登楼宜读画，倚槛好吟诗。
佛理愁中悟，人情物外推。宵风多感慨，况是月来时。

### (二)

别抱沧桑感，沧桑事若何。一年金线永，十载泪痕多①。
认得生输死，权将哭当歌。悠悠天地里，得意是愁魔。

### (三)

已拼撑天志，和盘付大荒。等闲描鬼趣，随遇发诗狂。
参透养生主，无须辟谷方。者番清梦醒，悟得是黄粱。

### (四)

草草真如此，何堪到百年。孤鸣难醒世，绝口不言天。
已矣今已矣，其然岂其然。灯前灯后影，解与我相怜。

## 月夜观莲②

蜈蚣山房丛莲独秀。每月明风静之夜，流连花下，诗兴跃然，爰成四绝聊当纪事。

### (一)

坠粉倾红露最饶，一番映月倍魂销。我来夜静山房冷，合伴花魂慰寂寥。

### (二)

嫩绿油油绝世姿，十分慧带五分痴。太亏制就观莲曲，不是人间绝妙辞。

### (三)

兀自为花夜倚栏，撩人情绪杂悲欢。芳肢艳质都无价，羞与六郎一例看。

### (四)

万千玉叶③具神工，雕琢还须归太空。最是此花无俗态，可人况有月明中。

---

① 《泽庵诗集》原注：十年以来父母双亡。
② 《泽庵诗集》原注：用藻池君韵。
③ 《泽庵诗集》原为"页"，现据诗意改为"叶"。

## 小雨新晴后

小雨新晴后，高楼独坐时。晚风砭骨冷，新月上帘迟。
绕榻茶烟熟，当窗墨藓滋。欣然为假寐，一枕梦华胥。

## 赠梅痴

梅痴湖上住，湖云飞缕缕。愿共水墨盟，相将画里去。

## 偶　成

天气连朝冷，柴门尽日关。半林晴雨后，一角雾中山。
诗思茶烟熟，琴心佛梦闲。几生修到此？应不是尘寰。

## 绿　阴

移花常引蝶，倚竹偶惊禽。穿过绿阴去，前途又绿阴。

## 读餐雪君罗浮纪游诗得二十八字

二十首诗清彻骨，惺惺一读一惺惺。会当携入罗浮里，读与仙泉怪石听。

## 得家兄雨三促归信并闻杜宇

蜈蚣山啼遍杜宇，一声声不如归去。我自有竹涧松湾，盍构个茅庵小住？

## 戏题画双梅交抱

雪海冰天清绝处，鸳魂鸯魄梦侬时。梅花毕竟多情甚，说与人间总不知。

## 楼居偶成

最是楼居不染尘，粉屏垩壁十分新。清吟婉转都如意，好梦迷离不厌频。
四壁花能迎醉客，十年天许作诗人。蓬莱已绝瀛洲远，还我人间自在身。

## 过碧潭

竹里人家昼静，沙头渔艇晓喧。行过碧潭潭畔，回头秋水一湾。

## 偶　成

莽莽风云方百变，茫茫宇宙孰穷期。道人一片心无碍，人隐庐头月上时。

## 纪　事①

晚风吹入竹丝帘，寒意逼人太不廉。掩窗闭户挑灯坐，你侬我侬情意添。
你侬绣花我侬睇，我侬作画你侬视。荧荧挂壁一青灯，个中各有无穷意。
偶然辍笔偶停针，笑语移情夜已深。大儿无哗小儿静，分明一睡早沉沉。
低声细问你侬事，针穿线度好也未。回头看我写丹青，绿满红稠将已矣。

## 山居杂咏②

我自爱山居，山居会有时。今日果居山，应不复伤悲。孤云天上来，破晓飞入帷。
烟霞流几席，偬起小花猫。窗外鸟啾啾，翻动软花枝。病风胡为者，乃与云逐追。
缕缕穿窗去，再来不可期。出门引手招，徒自增怨咨。试取鸣琴弹，云去已迟迟。

## 夏夜偶成

近岁颇好静，夜深不忍眠。跌坐草堂中，消受静中缘。岂无草虫声，唧唧出阶前。
岂无蛙黾声，阁阁野田边。有声证无声，此景益杳然。谁云村居陋，于我实多便。
不然人人里，何道出天天。

## 检旧衣忆孟郊慈母手中线一语有触于怀成二百字

慈母手中线，犹存旧时衣。检衣念慈母，不觉泪双挥。忆自年小时，斑斓戏膝下。
一领一襟裾，弥缝无闲暇。儿身固不寒，不寒儿先假。不是慈母慈，谁能如此者？
吁嗟老萱堂，息息为儿忙。北风拂户牖，夜半不知凉。络纬鸣四壁，纺织声弥张。
低声更长讴，讴儿入睡乡。岂知儿睡后，尺剪益惶惶。渥哉慈母恩，天地岂能量？
自儿年十七，身长衣数易。阿母六十余，犹向儿度尺。儿亦既长成，多应自经营。
倘得温服温，尤应为亲供。可怜亲忽逝，无术能起死。检衣一念之，潸然为出涕。
天远地复深，此恨自沉沉。除却旧时衣，手泽何处寻？

---

① 《泽庵诗集》原注：示内。
② 《泽庵诗集》原注：用苏子瞻《秋怀》韵。

# 感 慨

## （一）

已忏痴情佛，无须梦大同。襟期任樆木，身世等焦桐。
债重因诗累，愁多借酒攻。弋人千古在，何篡是飞鸿。

## （二）

别说村居陋，我来兴正浓。与鸥盟白水，放鹤上青松。
性懒书任拙，心宽梦亦慵。偶然思画趣，信笔写双峰。

## （三）

早岁能多事，逢人未肯降。底今仍故我，念昔客他邦。
过去情如梦，归来恨满腔。低声问老佛，盍与我骏骁①？

## （四）

自返天南棹，吾尤爱君痴。有妻能解字，对客每谈诗。
并世忘文叔，三生笑牧之。芙蕖三五亩，叶叶示披离。

## （五）

十二万年事，迷离一刹那。几人能百岁，一霎起千波。
愿脱星球去，莫从地狱过。惜哉根器浅，未许证维摩。

# 偶 成

豆棚瓜下步迟迟，月影低斜人影敧。猛忆旧园花事好，最牵情是晚凉时。

# 访仲容榕城工业校

与君同作客，相见苦无多。偶赶新晴后，漫从旧雨过。
调筝宜笑语，得句好狂歌。莫学桓夫子，尊前唤奈何。

# 夏日偶作

九曲池边小绿天，芭蕉叶叶竹娟娟。先生午后多清兴，来看双凫傍草眠。

---

① 《泽庵诗集》为"骁"，据其韵改为"骁"。

## 归途口占①

青衫落落朴无华，卅里归来倏到家。博得山妻倾一笑，帽檐斜插两枝花。

## 塞上曲②

霜月高在天，披衣起就道。腰间双龙泉，吐气偃秋草。
大雪映霜髯，将军固不老。骑马上燕然，勒石依旧好。

## 塞下曲

上马杀胡虏，下马脱宝刀。宝刀赠之子，远远出临洮。
朝度玉门关，暮越雪山高。扫尽犬羊穴，千里任蓬蒿。

## 闺　词

紫薇花下独徘徊，好句迷离忆一回。却笑侍儿休解事，轻轻递眼报郎来。

## 偶　作

五郎颇愚骏，日坐乱书中。爱书如爱妻，相对乐融融。
有时扛椽笔，吸墨似长虹。页页加批点，笑比画眉工。
有时研丹朱，涂抹倍匆匆。窃比彼美人，桃腮晕薄红。
我既爱我书，书尤爱我躬。相依并相倚，息息意相通。
此外倘无事，乐哉果何穷。

## 读韩诗

退之多奇语，咄咄欲逼人。七古多慷慨，五古最璘斌。
长篇瞩今古，作意殊苦辛。律诗近自然，绝句亦鲜新。
吾读退之诗，感哩者逾旬。退之常自命，道统及厥身。
如何集中诗，十九是忧贫。

---

① 原刊《国学丛选》1912 年第三集，第一句"青衫落落"《国学丛选》为"春衫薄薄"，第二句"倏"《国学丛选》为"忽"。
② 《泽庵诗集》原注：用王昌龄韵反其意。

## 题胡寄尘兰闺清课①

### (一)

未离尘世未忘情,检得新诗②逸兴生。付与红闺深浅读,最销魂是晓莺声。

### (二)

如此奇情古有无③,玉朗不课课名姝。定教绣阁珠帘畔,尽是翩翩君子儒。

### (三)

绝代风流幼妇才,一编编就置妆台。分明夫唱妇随乐,南面王侯不及哉!

## 落 红

苔痕如晕上阶忙,暗谢昨宵风雨狂。却到漱芳亭子畔,落红无那断人肠。

## 夏 晚

彩霞如碎锦,一一丽中天。红日薄西山,欲下故缠绵。远远见连峰,若断若相连。
晚风作意吹,云气剧翩跹。或随岩泉泻,或向石谷穿。樵子荷柴归,缭绕云满肩。
得得云外去,疑是云中仙。我来瞻望久,凝想入玄玄。如此好风景,何事画中传。
猛忆横山图,大笑僧巨然。

## 山中夜坐有作

空山筑孤馆,而我虱其间。莘莘二三子,日夕数往还。呼我老画师,吾亦笑抗颜。
日暮白云归,诸子去联班。篝灯读近作,一一手自删。哀虫鸣四壁,离座起掩关。
此时方寸中,有如古佛闲。何事窥南窗,闻声觉潺潺。岂伊午后雨,尚在水田湾。
添我静中声,声声亦悠娴。撩我静中感,不觉泪黯潸。劳劳如此水,何苦坠尘寰。
水既不如石,一味是痴顽。周流无尽期,安不自嘲讪。感此怀身世,不能无忧患。
拈毫写作诗,多事笑老孱。

---

① 原刊《国学丛选》1912 年第二集,共三首;《泽庵诗集》只刊第一、二首。第三首据《国学丛选》补录。
② "新诗"《国学丛选》为"艳诗"。
③ "有无"《国学丛选》为"未有"。

## 对月调筝有怀陈二

抱筝调明月，声色俱可喜。况在乱山中，静尤静绝矣。古调时独弹，不觉念之子。
泠泠弦上音，越发越逦迤。撩我离群恨，增我索居悝。顿教烦恼纷，都从月中起。
此时证声色，声色俱不是。岂无君寄来，新词盈素纸。盍将调一一，谱入丝桐里。
倘亦作君音，宁不尽善美。岂知未闻声，情已难遣此。及其既闻声，意殊隔尺咫。
此时忐忑心，亦不知何似，不如走榕阴，暗处聊徙倚。上不见明月，下不见绿绮。
口不出歌声，声不到两耳。色色付空空，道在斯而已。所恨多情月，斜照又来只。
处处见月光，月在情宁死。不如再弄筝，对月道所以。月果负多情，盍告我仲氏。

## 杂 诗①

### (一)

跨马耀金镳，停骖傍柳条。落花随水去，飞絮向人飘。
一种诗心巧，十分画意骄。何当携玉笛，吹过洛阳桥。

### (二)

携筇朝出郭，山势画屏开。细草连天远，晴云渡水来。
看花诗胆大，听瀑俗肠回。倘遇陶夫子，不辞醉几杯。

### (三)

乘舟求避世，来往藕花前。水浅鱼翻浪，篷高鹭避船。
箫声姜白石，醉态李青莲。莫学灵均氏，临流独怅然。

### (四)

预话到明春，栽花作四邻。倘来探香客，定是赋诗人。
矫俗真成癖，举杯且上唇。南窗掀画本，随意见精神。

### (五)

苍茫人世外，何处觅桃源？蔽竹聊堪隐，连山任对门。
莳兰供北牖，种菊满东园。谢绝红尘事，读书秋树根。

### (六)

偶然因病隐，暂得恣优游。狭岸背船走，溪云逐水流。
酒旗山外树，人影雨中楼。一舸收罗尽，居然南面侯。

---

① 《泽庵诗集》原注：用庾子山《咏画屏风诗》韵。

## （七）

移情我亦愿，何处觅成连。不解琴中趣，空劳指上弦。
三更人静后，一笑月明前。搔首寻佳句，尽消此百年。

## （八）

宅对先生柳，门无长者车。莺哥啼骤雨，燕子堕残花。
亦自悲离别，能无感岁华。帘前何所见，一架紫薇斜。

## 赠吹万居士

冷羹残炙饶滋味，五百余年见此君。失笑人间疑腐鼠，隐忧薄海聚饥蚊。
但来白社倾时雨，不到黄天化彩云。每向江南翘首望，何时樽酒细论文。

## 送陈仲容林芙初之金陵

天风海水夜萧飔，撩我离怀不自由。入世本来多聚散，羡君此去最优游。
半杯热酒浇余恨，一缕寒烟送远眸。倘到孝陵陵上望，心香为我细绸缪。

## 卜居一首

我亦离群惯，寒山自卜居。一庵求容膝，半榻拟堆书。
地回秋风早，松深夜月疏。朝来无个事，种竹自挥锄。

## 秋游书所见

愤世金刚犹努①目，悲秋老佛亦低眉。黄花别具傲霜性，一任西风着意吹。

## 即　事

月影迷离人影斜，夜深信步过山家。荒坟冷落秋虫急，怪石嵯峨仄路义。
不见乱峰争眼底，微闻宵露湿岩花。到门万籁都无语，坐与伊人细品茶。

## 扶醉归来

扶醉归来月已阑，露丝风片不胜寒。远山隐约近山暗，北斗阑干南斗残。
微有奇声生远浦，自描清影过前湾。辗然一笑人天外，不向荒坟着眼看。

---

① 努：凸出。

## 偶 成

耿耿林梢月自明，空山入夜作秋声。露丝风片寒如许，却立吟诗天地清。

## 夜读林芙初君金陵来书却寄①

密书细字亲缄寄，千里怀人想见之。烛泪墨痕重尔尔，报君多怕是相思。
江南十月多风雪，旅况羁愁百不堪。欲遣吟魂为慰解，梦中何处觅江南？

## 返 照

绿蕉声里晚风早，红叶枝头秋意春。返照入林林返照，隔林别晕醉吟人。

## 过山家

白云重似山头石，红叶轻于雨后花。千里秋风无稿画，自描秀句过山家。

## 秋夜一绝

罗衣擎露重，远树缀星多。夜半山门外，徘徊发浩歌。

## 胞兄雨三五十生日祝寿诗并序

　　癸丑②冬，余将有南洋之行，胞兄雨三自揭闻信亲出汕岛阻之。是时，余去志甚决，而轮舟适将启锚将行，胞兄方他之余乃不待面辞而径去。抵洋后，胞兄寄示《分雁诗》，并有"此后不知何时相见"之语，余骤读之，意未尝不恻然动也。甲寅③冬，又得胞兄书，则以明岁年臻五十告。余频年跋涉风尘，久弛家虑，即我兄年纪亦都约略不复辨忆。既闻兄语，乃复书谓"明岁若果回家，当为文词以祝"云云。今岁乙卯④，余果如愿，鼓轮回梓，至是胞兄初度之辰将届，余惓念前事，耿耿在衷，乃与侄辈共谋所以致祝之意，并为诗十章以博粲焉。

---

① 原刊《国学丛选》1915 年第六集。
② 癸丑：1913 年。
③ 甲寅：1914 年。
④ 乙卯：1915 年。

## （一）

绿蚁新醅酌满堂，掀髯微笑未为狂。人生及岁须行乐，世态即今且坐忘。
一雁南来圆雁序①，百花西向拜花王②。年年记取池荷发，脱帽披襟尽一觞③。

## （二）

早岁尝为汗漫游，兄遵暹海弟星洲④。疾徐此去分劳燕，轻重从来任马牛。
蛮月晦明天万里，乡书断续日三秋。遭鸿会雁能随意，合上兕觥祝好修。

## （三）

工书能画画尤清，兰蕙葳蕤着手成。雾绢冰纨摹古本，露花风叶写骚情。
有时梅菊都成趣，近日丹青亦擅名。吾愿写松添一格，以介眉寿祝先生⑤。

## （四）

准拟乘风破壁飞，文章昔日重秋闱。吹求一语遭时忌，落拓十年与愿违。
同调凤怜陈下第，赏音难解李高欷。亦知得失浑闲事，执固无须笑古薇⑥。

## （五）

碌碌⑦无成吾自惭，廿年教诲负覃覃。山高妄说前卑后⑧，材陋空期青胜蓝⑨。
强识博闻君不愧，半知小慧我奚堪。愿教天锡百年寿，善诱循循弟泽庵。

## （六）

椿萱十载去如遗，丹桂森森折两枝⑩。寝穴五更风雨夜⑪，临坟百日暮朝时⑫。
兄真孝友出天性，吾不阿谀妄自欺。嘱付后生称祝日，人人须念此行诗。

---

① 《泽庵诗集》原注：指序中"分雁"语。

② 《泽庵诗集》原注：余家在揭阳城西，徐君穆移书胞兄有"桃李尽属公门"语，盖胞兄投身教育界久，及门弟子不下千余人矣。

③ 《泽庵诗集》原注：胞兄五月廿九日生，正荷花畅发时也。

④ 《泽庵诗集》原为"州"，现据诗意改为"洲"。

⑤ 《泽庵诗集》原注：胞兄工写墨兰，兼及梅菊小品，近来喜写丹青，亦饶胜概。

⑥ 《泽庵诗集》原注：癸卯（1903）秋闱，兄卷出，李公命三房已决取第三名及第。嗣以监临朱公祖谋，指谪卷中有"改良进步"四字，脱之。他日，李公遇揭人，辄谈及而惋惜之。陈雄思解元前也曾落第者。家兄曾课其孙醒民，阅其遗著而慨叹之。"陈"指陈雄思，"李"指李滋然，辑校者注。

⑦ 《泽庵诗集》原为"鹿鹿"，现据诗意改为"碌碌"。

⑧ 《泽庵诗集》原注：余幼时颇不顽蠢，胞兄故友遂有以前山高后山更高为语者，思之令人惭恧。

⑨ 《泽庵诗集》原注：胞兄教余每有青出于蓝之望，而余则比前材益弱、志益荒，负兹期望其矣。

⑩ 《泽庵诗集》原注：陈孝元夫子倬云，大埔人。为家母像赞有"丹桂五株，森森挺秀"语。

⑪ 《泽庵诗集》原注：家母殁时，停厝山中，胞兄常深夜思念而往哭之。偶遇雨，辄即穴中而寝处焉。

⑫ 《泽庵诗集》原注：胞大兄亡时，盗冢之风甚盛，胞兄旦夕临坟窥守，未或少间。

## （七）

洋海苍茫倏去来，是缘是业颇难猜。却看萍影能欢聚，为喜蒲觞有笑陪①。
莽莽六州风潮急，怡怡一室笑颜开。老当益壮非陈语，屈指神州几茂才。

## （八）

野绿峰青时雨过，宅家百载此山阿。儿孙绕膝欢情永，花鸟迎人生意多。
座有高朋来不速，邻非他族气滋和。明朝祝嘏称觞罢，出郭同听击壤歌。

## （九）

双峰并峙一峰低，大小吴郎定品题。史事罗胸任质难，书香绳武费提携。
鞭心犹感丁年树，苦学常醒午夜鸡。如此典型须致敬，醇醪斟上碧玻璃。

## （十）

忙煞书邮数鲤鸿，门生普揭冠群公②。教如时雨化偏远，口不悬河辩自雄。
忧世廿年频蹙额，解书万卷半医聋。阿谁摹得须眉影，百岁重来摹一通③。

## 胞兄五十林君芙初绘松为祝即题其幅

鳞甲披披出砚池，须眉冉冉倍多姿。倘教落笔逢风雨，定是神龙破壁时。

## 闻人菊④渡汕喜成一绝寄赠

绝爱秋花无俗韵，逢春每便怨天公。海山忽播佳消息，一客陶然到岭东。

## 乞人菊画山水寄一绝句

周郎雅擅描山水，可与一缣寄我无。子久不来黄鹤杳，仲圭颇恨欠工夫。

---

① 《泽庵诗集》原注：去岁胞兄示书"望遍酌蒲少二人"语。余阅之怆然。是时让美侄儿也与余同客高绵国，故胞兄云然。

② 《泽庵诗集》原注：胞兄曾任普邑官校教员二年，揭邑官校九年，今尚未去任也。

③ 《泽庵诗集》原注：胞兄近乃命画史摹一影像，神气极肖，邑中名流题咏甚众。胞兄自甲午以后，即留心时事，读书每下评解，语语皆为振聋启聩，发忧世忧民之心，盖无一时忘也。

④ 周伟（1883—1940），字人菊，江苏淮安府山阳县（今淮安市）人，南社诗人。

## 题家芷舲①先生墨兰

### （一）

所南凝炼道升秀，并作一家吾见稀。天特许公兰蕙质，传神绘影入希微。

### （二）

此是吾家老画师，一花一叶信多姿。从今我亦临千本，不署梅禅署蕙痴②。

## 山居晚吟

晚风侵骨诗心冷，山鸟呼朋蛮语清。日暮出门门外望，落花满地断人行。

## 吹万居士驰书论学精警绝伦谨答两首代柬③

### （一）

相对难堪大小巫，况教驽乘尾神驹。先生定是文殊利，古义今章冶一炉。

### （二）

拟仗名言作主裁，从今取善欲兼该。思量都是得人得，多博仲伦笑一回。

## 醉　里

满拟对花兼对酒，都忘忧道肯忧贫。阮公大哭陶公笑，醉里宫墙见两人。

## 题吹万居士殇子君明遗照④

### （一）

细叶柔条回易残，似兹丰艳下长安。何如一幅牡丹像，竟作昙花镜里看？

### （二）

秀外慧中望可知，丹山雏凤最相期。何堪容易匆生死，对影空怆十日思？

---

① 吴应凤（1842—1880），字芷舲，广东潮州府揭阳县梅岗都陈厝寮村（今揭阳市揭东区曲溪镇陈寮村）人。同治年间文秀才，善画兰花。

② 《泽庵诗集》原注：余旧喜写墨梅，因号梅禅。近见先生墨兰，心羡之，友朋索画，遂有以墨兰应者，其痴状大可哂也。

③ 原刊《国学丛选》第四集，出版年代不详。题为"吹万居士驰书论学精警绝伦仅吟七绝两首藉代复柬"，第一首第四句"今"《国学丛选》为"新"。第二首第二句"欲"《国学丛选》为"要"。

④ 1914年5月，高吹万第五子高丰（君明）病天，年仅七岁。6月6日，高吹万以怆怀之情，完成《哭丰儿文》，哀其子草草浮生，昙花一现。南社成员大多去书吊慰。泽庵作是诗。

### 读昭明忆语毕率成二绝寄慰姚君石子①

#### （一）

生成佛骨系前因，浊世宁堪溷净身。说与耶娘供破涕，何真非幻况非真。

#### （二）

茹素高吟几岁儿，倏来倏往我安之。凤雏多看五年劫，归到上清应语伊。

### 己未②春始闻曾月樵③师哀耗遥悼一首

人海汹汹浊浪横，屹然砥柱古先生。守身如玉着微玷，荷道以躬耻近名。
硕果仅存应郑重，修文乍召太凄清。谁怜万里三年别，木坏山颓惨未明。

### 写墨梅赠吹万古居士④媵一绝句

下笔沉沉有所思，绘声绘影幸优为。幽芳自赏秦山侣，想见吟风啸月时。

### 渔 父

一江春水玉鳞鳞，荡桨回旋不厌频。网得鲈鱼刚酒熟，支吾谢却问沽人。

### 戊午⑤季春携眷南下道出汕岛无意中忽逢卓榘然兄于东海学校十年旧雨久别相逢杯酒谈心连床话旧喜呈三绝句

#### （一）

相逢一笑两茫然，知否今生有几缘。试与吟诗消永夜，雪鸿留取证他年。

#### （二）

十年前事偶寻思，破浪乘风夙并期。何事海天分手后，羯来相忆不相知。

---

① 1919 年 11 月 25 日，姚石子（光）之长子昭明（昆璧）殁。年十岁。1920 年夏至，姚石子写了《昭明忆语》。

② 己未：1919 年。

③ 曾月樵，即曾述经（1858—1918），字撰甫，一字月樵，后更名彭年，广东揭阳县霖田都（今属揭西县）棉湖人。清光绪十五年（1889）举人，曾任福建上杭县知县、榕江书院山长。编校《薛中离先生全书》，著有《曾撰甫集》，未刊。

④ 高燮，号吹万居士，"古"疑为衍文。

⑤ 戊午：1918 年。

## （三）

此去风云莽变更，祝君无羡我南行。他时得句还相忆，碧海迢迢雁影清①。

## 舟上逢丁讷庵②先生谈诗甚畅呈一绝句

一再相逢惊六载，万千萦念赋三秋。如来不吝施甘露，肯揭杨枝洒我不？

## 悼霭南③如兄④

霭兄殁百日矣⑤。天涯回棹，闻耗怆然，谨赋俚词藉伸哀悃。嗣子育英世兄嘱题遗像，哀音苦短别索未能。他日像成，即以冠诸其上可耳。

爽飒英多可有为，十年万一未遑施。料应死后增哀怨，恨酿更阑月上时。

一席话终成绝响，两年前别即千秋。如来未老君先死，地下怀人应白头⑥。

## 小 立

飞花匝雨堕，落叶赶风鸣。小立回廊下，诗心无限情。

## 小李杜集俱有柳诗长句余亦效颦一首

绿鬓修眉写影工，瘦腰纤质不禁风。六宫罢舞腾飞燕，一路低声唱小红。

公子送行秦树外，美人待月画楼东。何时更立隋堤望，万线千丝烟雨中。

## 泪

写恨描愁不自持，背人偷洒一丝丝。珠教眼线穿难着，血是红冰滴已奇。

湘竹弗磨千古恨，岘碑留与万人思。更从缄札猜清晕，湿透罗襦恐未知。

---

① 《泽庵诗集》原注：君送行诗有"海水茫茫天万里，片帆遥指两诗人"句，故云。

② 丁乃潜（1863—1928），原名惠馨，字恪卿，又字文涤，后更名乃潜，字讷庵。署所居为匏存室。原籍丰顺，长期居揭阳榕城。丁日昌次子。清光绪十九年（1893）中副榜，光绪二十九年捐升浙江候补道员。民国后，居家专攻医学，以诗自娱，诗初主深峭，后归平淡。有《匏存室诗集》十二卷及《拟寒山诗》。能书，初学苏轼、赵子昂。晚年参以石庵，融会变通，自成一格。

③ 邱霭南（1867—1917），乳名碧，字传珠，讳瑞溶，号霭南。广东揭阳县玉湖都湖岗村人。光绪十六年（1890）潮州府试第一名。工诗文，擅书，学北碑。与双山吴雨三、吴泽庵昆仲，白石徐君穆，玉浦黄鸿宾等交情甚笃。黄鸿宾为其作像赞称其"学通欧亚"。存世有《黄鸿宾寿文》等。

④ 《泽庵诗集》原题目后缀"有序"，今省去。

⑤ 据邱霭南其孙邱锡熙回忆，邱霭南逝于1917年（丁巳年十一月十三日），是诗作于1918年春。

⑥ 《泽庵诗集》作者自注：兄曾称余为老佛，而自称为弟子，遗墨尚在箧中也。

### 寄小影赠高天梅縢一绝

梦向罗浮一笑归，癯仙面目未全非。不知天上梅花影，较与凡花孰瘦肥。

### 题姚石子浮梅槛检诗图

#### （一）

眉痕填就笔淋漓，又著人间绝妙辞。定是情禅兼慧种，浮梅一集信多姿。

#### （二）

清才艳福几生修，较紫商红恁自由。湖上春风湖里月，可曾供得倚声不？

### 曲江酒徒函讯近状赋长句寄长卿韵事仲子生涯俱纪实也

妇喜临书儿喜诗，调腔正腕幸优为。有时琢句酬风雨，尽日怀人绝履綦。
涤器当炉差韵事，辟纑织屦足生涯。晚来更约东邻叟，月下洞箫为我吹。

### 戊午九月初七日陆野翁①诗至步韵奉复 海天迢递辗转邮传正不知何时始尘藻鉴耳

#### （一）

尘世滔滔谁嗜诗，故山深恨我归迟②。一楼细雨怀君夜，四座春风启镜时③。
零落佳人依草木，弃捐秋扇薄蒲葵。蓷莃满地闾阎苦，端待明公斩乱丝。

#### （二）

恶风苦雨不成晴，惨惨哀鸿遍野声。鲁国幸叻三月治④。桓温终取万年名。
相期雾豹宁深隐，许结盟鸥定称情。乱子满枰仍待整，烟波浩荡我先行。

---

① 陆野翁，即陆开梅（1877—1951），字野桥，号野梅、野侯，晚称野翁。广东钦县（今广西钦州）人。民国五年（1916）任揭阳县知事，抗日英雄、诗人、书画家，出版《南湖诗社初集》。

② 《泽庵诗集》原注：丁巳腊月回国道经汕岛，迟留甚久。宗龙友谓余曰：野老嗜诗，苦乏同调，恨子不先来几月耳。

③ 《泽庵诗集》原注：龙友以翁所寓楼舍寓余，复以玉照见示。

④ 1915 年，揭阳北山叛乱，陆开梅任"揭阳清乡办事处"专员，带兵平定。《泽庵诗集》原注：指定乱事。

## 重柬野老四韵

能诗一语时惊众，善画连年不示人。点缀虫鱼归六法，商量风月答三春。
翩翩裘带羊夫子，落落胸怀柳逸民①。稍信知君君信否？从来大隐隐风尘。

## 庚申春日始居礜石②

拣水遴山廿载余，惬心何处觅攸居。却从海畔逢佳境，暂借一龛读吾书。

## 晓　窗

晓窗啼鸟破声强，起灭烟云罨画堂。住久熟知天意思，艰难晴雨一商量。

## 雨中记行

阴霾漠漠雨漫漫，倒卷③垂帘怯晓寒。布袜青袍沾湿尽，溪山未厌轿中看。

## 乙佳兄嘱题美人独立图口占一绝

收拾零愁待辗然，无端秋恨又缠绵。丹枫黄菊溪南路，独立茕茕忆去年。

## 钞蛰庵先生诗成一册题后

约束风华归料峭，商量性情写温存。陶公止酒身多暇，一日清吟一万番。

## 李仪阶先生六十寿诗三首

### （一）

儒术医功一掌兼，劬书想见尽纤纤。乡邦藉藉知名久，六十年来步履严。

### （二）

正语皇皇笑语迟，和平刚直实兼之。十分恺恻慈祥念，更看穷人苦觅时。

---

① 《泽庵诗集》原注：翁不卑小官，有柳下惠之风。
② 《泽庵诗集》为"角石"。
③ 《泽庵诗集》为"倦"，据诗意改为"卷"。

### （三）

欲与黄花较晚香，最难觞事值重阳。新诗写侑先生馔，后福潭潭未可量。

## 晚晴即目绝句①

落霞飞鹭两冥冥，一雨山添万叠青。收得画题归卷子，夕阳如水浸孤亭。

## 子元②先生以二十八岁绘像见示青衫玄鬓
## 神采奕然承索题辞爰赋小诗二首奉政③

### （一）

二十余年电逝忙，眼中人世几沧桑。披图省识当年事，出处安天第一场。④

### （二）

温文尔雅世无伦，佳士从来重写真。除却宦游三十载，今时方是旧时人。⑤

## 礐石山居杂咏⑥

### （一）

谷口栖迟世外身，眼看山色几回新。茶余奇兴消无着，躲向榕阴数过人。

### （二）

缺月扶疏影半遮，粉墙印上树槎枒。何来夜气清如许？开尽东邻栀子花。

### （三）

青峰排闼矗双鬟，变态阴晴顷刻间。阻得人来留得我，愚公何事苦移山。

---

① 又刊《谷音》1923 年第 8 期，第 97 页，题目为"晚晴即目"。《谷音》为礐石中学校刊。
② 周易（1859—1922），字子元，又字芷园、止园，自署葆松园主、二思楼主，以字行。揭阳榕城人。清光绪十二年（1886）拔贡，仕至广西郁林州知州，首任民国揭阳县县民政长（县长）。晚年执教于汕头礐石中学。富藏书，能诗文，著有《葆松园诗钞》《葆松园文集》等。书宗"二王"，以行楷为佳。
③ 又刊《谷音》1923 年第 8 期，第 97 页，题目原注"辛酉稿"。
④ 《谷音》原注：先生以岁选拔自后出膺民社几三十年，然进止安天命，盖纯儒而兼循吏也。
⑤ 《谷音》原注：以先生自题诗有"依稀非我非非我"之句故云。
⑥ 原刊《国学丛选》1922 年第十三、十四集，题为"礐石山居杂咏用周止园先生元韵"。又刊《谷音》1923 年第 8 期，第 97 页。

## （四）

漫天①浓淡总相宜，真景缋山并一辞。画兴乍阑书兴动，小窗闲②抚郑公碑。

## （五）

（瀄）（瀄）春泉留③一洼，横塘清浅雨如麻。谁家稚子山塍畔，笠帽蓑衣学种瓜④。

## （六）

山半⑤墓庐旧有铭⑥，一联爱好眼翻青。日斜更约寻幽侣，赓⑦续前游过小亭。

## （七）

画楼高耸峙⑧三层，昏晓临风悄一登。好是隔山深夜里⑨，云窗面面闪书灯⑩。

## （八）

擘窠小洞细镵刊，石自不磨名不残。绕树藤花工点缀，故呈雪色与人看⑪。

## （九）

南海迢迢水拍天，夕阳如火衬归船。拴胸别具苍茫感，月上云沉未忍还。

## （十）

惊奇石丈妙成形，释道荒唐语不经。试遣生公勤说法，昂头高卧可曾听⑫。

## 晚风乍起乘兴山游即目偶占

白浪兼风倏有无，海航欲下日初晡。春禽噪罢炊烟起，隔岸人家尽画图。

---

① "漫天"《谷音》与《国学丛选》为"漫拘"。
② "闲"《泽庵诗集》为"间"，《谷音》与《国学丛选》为"闲"。据诗意当为"闲"。
③ "留"《泽庵诗集》为"留"，《谷音》与《国学丛选》为"溜"。
④ 《泽庵诗集》作者自注：大池。
⑤ "半"《泽庵诗集》为"牛"，《谷音》与《国学丛选》为"半"。据诗意为"半"。
⑥ 《泽庵诗集》原注：指王氏墓道。
⑦ "赓"《谷音》与《国学丛选》为"温"。
⑧ "峙"《泽庵诗集》为"崎"，《谷音》为"峙"。据诗意为"峙"。
⑨ "里"《谷音》为"望"。
⑩ 《泽庵诗集》原注：耶士摩天道学校。
⑪ 《泽庵诗集》原注：中学前硕洞。
⑫ 《泽庵诗集》原注：大池上行不数百武，有巨石一方，上卧石人，昂首向天，神情绝肖。

## 残　阳<sup>①</sup>

残阳未下海风生，画趣天然半雨晴。付与化工描粉本，远山重染近山轻。

## 春寒十日花事阑珊小步楼西因以成咏

二月东风欲静难，海山日日滞春寒。画楼西畔红玫瑰，独自担烟冒雨看。

## 庚申<sup>②</sup>十一月十四日夜与周止园先生暨同居诸子步月

竹围松栅影鬇鬙，共喜宵光得未曾。百尺悬崖千叠石，四山明月一楼灯。
寻常兴会谈何易，料峭诗心罢不能。琢句还须呈众客，狂嘲互笑漫相矜。

## 病起柬周止园先生<sup>③</sup>

耿耿怜人扰病魔，擘笺珍重揖清歌<sup>④</sup>。青山久住夙怀好，乱世无功喜幸多。
拥褐自摊书啸傲，登楼尽与月婆娑。即今臣健公难老，相约讴吟定不颇。

## 砮石山中即景偶成

松秧簇簇吐新芽，蹬道纡回石齿斜。春鸟一声山日软，微风吹落紫荆花。

## 寒琼<sup>⑤</sup>寄示新诗有佛火一龛风雪里之句辞杂悱恻为报一绝解之

双修福慧兼三绝<sup>⑥</sup>，独辟畦町成一家。冷抱冬心亲佛火，何妨万法等空花。

## 寄天梅广州<sup>⑦</sup>

十年往迹怀双鲤，三月行旌上五羊。庄论入时谐脱俗，次公赢得是醒狂。

---

① 原刊《南社丛刻》1923 年第二十二集，第 18 页；又刊郑逸梅：《郑逸梅选集》（第 1 卷），哈尔滨：黑龙江人民出版社 1991 年版，第 419 页。

② 庚申：1920 年。

③ 原刊《国学丛选》1922 年第十三、十四集，第 1 页。第一句"揖"为"损"，据诗意改为"揖"。周子元《步泽庵韵二首》其一即步该诗韵。

④ 《泽庵诗集》原注：病中承赠诗多首。

⑤ 蔡守（1879—1941），原名询，字奇璧，一字哲夫，号成城、寒琼居士等。广东顺德县龙江坦田人。国学保存会会员，南社社员，《国粹学报》主笔。诗词、书画、篆刻、鉴赏、考据无不通晓。著作甚丰，有《寒琼遗稿》等传世。

⑥ 《泽庵诗集》原注：寒琼与其夫人倾城女史俱精篆刻，娴诗画。

⑦ 刊《南社丛刻》1923 年第二十二集，第 18 页。天梅，即南社高旭。

## 蔡子寒琼寄示南海冯孔嘉女士真书拓本阅竟率题一绝

定有灵根齐卫铄，不妨书格访欧阳。临池多少须眉彦，知否名家属女郎。

## 春晚散步海滨偶然有述

髯松灌木翠交加，谷口春深处处花。行到板桥回首望，乱山高下夕阳斜。

## 西窗寂坐寥落寡欢遥夜既阑奇寒陡起挑灯执笔即景成篇

### （一）

午夜孤灯影，丁年百感人。觉非惭未足，证果笑前因。
细雨蒸高馆，胡歌闹比邻。何当支渴睡，破笔慰吟身。

### （二）

阒寂增遐想，萧条浚古心。挑灯摹瘦鹤，长啸看焦琴。
凉意三更紧，秋声一夜深。捻髭真几断，补缀不成吟。

## 画 石

孰云画石易，画石须养气。孰云画石难，数笔称毕事。
自我来汕壖，索画接踵至。因应苦难周，乃以石游戏。
前日作两方，私忧谓可喜。割爱赠与人，念念情无已。
谁知受者心，弃置等敝屣。笑我乱涂鸦，谓谁不解此。
知音古所稀，不自今然已。得失寸心知，奚敢望之子。
所愿石丈人，相期一笑置。

## 止园先生见示自砲台至南潮道中所见诗历历如画彼间风景
## 余惯领略回思犹能追忆一二因步原韵成二首和之

### （一）

水木晴还好，溪云晓未收。市声喧北寨①，帆影倒东流。
即此是诗景，因之念旧游。搜罗余腹稿，蘸笔写林邱。

---

① 《泽庵诗集》原注：砲台旧有北寨司。

## （二）

野径缘溪曲，沙田逼海咸。长亭三面水，小艇半张帆。
往迹空回首，溅泥记满衫①。揭来随所遇，合署散人衔。

## 小病初痊夜深不寐即景漫成一律②

夜气沉沉逼袂寒，科头坐卧不成欢。孤灯诏梦相邀久，斜月穿楼欲下难。
松折骤猜龙破壁，石悬还讶虎窥栏③。战竞缘境都成幻，且断声闻息众观。

## 庚申十二月十九日广东南社同人集十峰轩作寿苏会④
## 用石禅老人⑤韵来征和章卒笔寄一首

东坡已死何烦寿，寿在骚人未死魂。今日羹墙赓薄海，昔年笠屐滞穷村。
残膏沾丐还千载，丑石供张略一盆。胜会不常常更胜，天南岁岁认泥痕。

## 夜 坐

爱闲宜静癖慵除，自构奇思喜有余。悄灭银缸还启户，放教明月满山庐。

## 枣林三

廿年旧雨今余几，竟日清风客不来。说与山灵应惹恨，松筠泉石负奇瑰。

## 蔡子哲夫自广州寄素笺来索墨梅既为写赠一枝复题四语其上

雾縠霜纨冷冰⑥身，满天风雪降花神。六如画格分明在，轻蘸墨痕晕美人⑦。

---

① 《泽庵诗集》原注：前游遇雨曾有诗纪事。

② 原刊《国学丛选》1922 年第十三、十四集，第 1 页。署"揭阳吴沛霖泽庵"。周子元《步泽庵韵二首》其一即步该诗韵。

③ 《国学丛选》作者自注：时汕乱方亟。第六句"窥"《泽庵诗集》为"穷"，据诗意改为"窥"。

④ 寿苏会：每年十二月十九日举行，纪念苏东坡。因为这天是苏东坡的生日。

⑤ 赵藩（1851—1927），字樾村，一字介庵，晚号石禅老人。云南剑川人。清末乙亥（1875）科举人，历任云南易门县训导，四川酉阳知州、盐茶道、永宁道、按察使，云南迤西自治总机关部总理，国会会员，广州护法军政府交通部长，云南图书馆馆长等职。清末民初政治家，著名白族学者，诗词楹联家和书法家。一生著述甚丰，遗有《向湖村舍诗初集》十二卷、《小鸥波馆词钞》八卷、《石禅文集》三十卷、《鹳巢识小录》十二卷等。此外，他还主持纂辑了《咸同滇中兵事记》《滇词丛录》《云南丛书》等文献（《翰墨菁华》，云南省文史研究馆编）。

⑥ 《泽庵诗集》原注：去声。

⑦ 《泽庵诗集》原注：唐伯虎写墨美人，但以淡墨晕其双颊，风韵独绝。余持以比水墨梅花，自谓取譬恰肖，不知寒琼居士其谓之何？

### 集西昆成四绝句寄广州月色龛主①

#### （一）

珠箔②风轻月似钩，脱尘还与比仙游。冰丸雪散成虚设，画格偷真意不休③。

#### （二）

耿耿寒灯照翠罗，相期宝婺夜经过。钟声但恐严妆晚，却助飘飘逸气多。

#### （三）

共怜洁白本天姿，扣砌苔钱晦履綦。多少好枝谁最见，圆荷清晓露淋漓。

#### （四）

凝尘满榻素琴横，独看瑶光近太清。漫托朱弦传恨意，尽供哀思与兰成④。

### 晓登碞石讲堂露天楼上有作

山色苍茫莽四围，风帆海上去如飞。平生爱好天然景，袖手危楼未忍归。

### 碞峰晓起每闻石匠裂石声轰然成趣为增一绝以纪之

濛山匝屿滚秋烟，岛国晨光淡愈妍。裂石一声天亦晓，海鸥飞在水云边。

### 登碞中校后最高峰

石磴盘纡欲上迟，四山草木示离披。瞥然身在中峰顶，绝似冯虚羽化时。

### 海滨晚望

靴纹浪细晚风微，海阔天空一鸟飞。欲转双眸心未忍，负他西岫展斜晖。

---

① 谈月色（1891—1976），原名溶溶，字月色，以字行；因行十，又称谈十娘。晚号珠江老人。所居曰梨花院落、茶四妙亭、旧时月色楼、汉玉鸳鸯池馆。广东顺德龙潭乡人。弱龄出家为广州檀度庵比丘尼，法名悟定。喜画梅花，有"梅王"之誉。民国九年（1920）还俗，嫁与蔡哲夫，时人以宋赵明诚、李清照故事比之。有《月色印谱》《月色诗集》《中国梅花发展史》等行世（参《二十世纪篆刻名家作品选》，北京：人民美术出版社2001年版）。

② 《泽庵诗集》原为"簿"，今改为"箔"。

③ 《泽庵诗集》原注：龛主曾与寒琼居士合作《海山偕隐图》赠余。

④ 《泽庵诗集》原注：指寒琼居士。

# 礐峰晓步即景杂述①

## （一）

晨曦如血照颜红，人影顾顾写意工。输与蜜蜂能早起，满肩花粉玉玲珑。

## （二）

晓山尽日摄衣登，江水江云爽气凝。海船且随潮上下，呜呜诉说有谁应？

## （三）

万千帆影逗微风，整散文章入化工。谁驶一舟如豆大，去来翕忽海天东。

## （四）

写意惊看枯树巧，闻香潜觉小松清。秋山人物不多见，让我朝朝画里行。

## （五）

烟水迷茫静不潮，天开画景异前朝。何当倩却辋川子，粉墨轻轻破笔描。

# 坠珠篇②

吾儿名联音，爱之似掌珠。虽曰女儿身，貌与男无殊。见者皆云然，儿亦居丈夫。
吾有男女五，爱此逾其余。民国七年冬，儿坠地呱呱。于时客日南，离家万里途。
越岁随母归，中路遭艰劬。暴国虐远人，百事多诋诬。谓母护照中，未见有儿俱。
再三苦留难，乃为利所驱。贿以四十金，始得返故庐。八年余北归，见儿美且腴。
牙牙学人语，唤爷爷颜愉。母则顾之笑，珍重小莺雏。越岁初夏间，携家礐石居。
礐石富山水，风光远近无。僦屋住此间，奇喜浃肢肤。课暇携儿游，儿兴不让余。
或临海之滨，或陟山之陬。或据石跳踯，或以松轩渠。或折花满枝，或拾石盈裾。
或晨观浴日，或晚听啼鸟。欣赏大自然，两两情不孤。兄姐偶寻踪，问儿欲归乎。
儿辄不愿归，逸兴我还输。流光倏忽转，谅哉过隙驹。行乐遂四年，未尝间须臾。
此时儿七龄，颜若渥丹朱。顾之益可爱，爱之每自娱。岂知造物心，弄我季春初。
初二清明日，饱食面盈盂。初三踏青晨，上山争走趋。初九微困倦，初十神不舒。
十一奄欲睡，十二卧达晡。十三嚷晕眩，从此蔓难图。虽有医药施，奈与病不符。
神志始终清，语言尤纤徐。一眩廿余朝，撒手竟长徂。不知命该终，抑别有故欤。
疑病复疑医，病医应分辜。肠断慈母心，眼泪哭欲枯。阿爷抱达观，至此暗涟如。
唤儿儿不应，救儿儿不苏。一棺三尺强，葬儿山之隅。吾兄老益壮，爱侄情逾吾。
为儿封马鬣，祝儿上天衢。儿知与不知，此理仍模糊。但见小坟碑，十字八分书。

---

① 《泽庵诗集》，第38页，该诗下一首《有寄》是高旭为苏曼殊所作，编辑误收，今删去。
② 《坠珠篇》刊《谷音》1925年第11期，第50页。甲子四月作，款署"泽庵"。

是爷亲手题，聊以志区区。从此赋山游，落落何萧疏。一身孑然行，顾影独踟蹰。归来草斯篇，冀将苦思撷。忍泪方属稿，掷笔又长吁。此恨竟茫茫，呜呼复呜呼。

## 峰头石藓经雨弥艳对之成咏时适读波兰普路斯世界之霉译本

斑驳陆离众妙兼，山川动植认纤纤。心知微物凭天演，不惮随缘一笑觇。

## 飞 洞

翻翻洞势欲飞腾，石压藤缠未许升。留与人间供胜赏，晓昏携手一攀登。

## 三月三日晚有寄

垂柳青青罨画楼，洞箫①吹罢月如钩。春光浪说三三好，不信三三便没愁。

## 二月廿八日大雾山行

岩谷深深春雾生，晓风催我绕山行。鸡声耳鼓分明听，何处仙源认不清。

## 寄题伤春集并慰芷老②

### （一）

老去词人例易愁，何堪更丧女华骝。晴弹一滴伤春泪，磨墨题诗恨未休。

### （二）

生天成佛不妨先，入梦引征人已仙③。说与爷娘供破涕，色空真幻暂随缘。

---

① 《泽庵诗集》原为"萧"，现据诗意改为"箫"。
② 1922年，澄海诗人陈龙庆之女丽春卒，陈悼以诗，征和四方，梓成《伤春集》，泽庵应征作是诗。陈龙庆（1864—1929），字芷云，晚号潜园老人。原籍潮州府海阳县，后迁澄海蓬洲。幼聪颖，未弱冠补博士弟子员。七赴秋闱，不取。后与丘逢甲等设岭东日报社，创办沦智高等小学，兼师范讲习所，复倡办毓秀女子师范。擅诗，服膺元白。所居近龙泉岩，游屐往返，日事题咏。才素捷，每有作，援笔立就，时人比之斗酒百篇。民国十一年（1922），爱女丽春卒，悼以诗，征和四方，梓成《伤春集》。民国十二年（1923），五子宗锦蚤世。喑和甚众，手自辑校，号《夺锦篇》。卒时，温廷敬、王师愈为之作墓表。（《似园老人佚存诗文汇钞》）
③ 《泽庵诗集》原注：用来书语意。

## 蔡瀛壶遐龄集题辞①

多文为富更何祈，展卷琳琅讶伏颐。天外鹤声收——，眼前今雨认丝丝。
真成才子兼诗福，独以狂夫傲数奇。我亦操觚从座起，抛砖微笑首题辞。

## 题林芙初君山水画幅即景

春水泱泱春桨轻，扁舟一叶载先生。只缘醉眼惺忪甚，叱退青山让我行。

## 病起遇雨②

　　仆本恨人自称秋士，西风萧瑟，情感良多，小雨凄其，怆怀益剧，况乃一病三旬，百忧丛集，对兹晚景，能无伤心。乃者，客以医来，病随竖去。自欣有幸，益觉无聊，因取唐诗时亲检阅，间至"崇云秦树"一绝，辄有感焉，于是摘其末语，实我首章③，勉成二诗，聊博一粲。嗟呼！犬子多才，诗人善病，虽不能至，心向往之。读我诗者，可以哀其志矣。

### （一）

茂陵秋雨病相如，镇日药炉火不除。凄绝碧纱窗外望，满庭憔悴客来初。

### （二）

茂陵秋雨病相如，睡起无聊自检书。行近菊花时一笑，你侬消瘦我侬俱。

## 柬周子元先生

### （一）

擎觥酌酒倾东海，搦管摛辞效麦邱。自是岁星长不老，天教福慧互双修。

### （二）

气概天龙同矫健，精神海鹤比清和。安知谏果回甘后，微笑掀髯乐孔多。

## 寄题绮芬浪墨

浪花如雪妙天然，点缀成文亦自妍。别有孙郎神变化，墨痕和水尽生烟。

---

　　① 作于 1924 年。刊《蔡瀛壶遐龄集》（第 1 卷），题词二；《小瀛壶仙馆诗府》（第 3 卷），第 11 页，署"岭东吴沛霖泽厂"。《蔡瀛壶遐龄集》1924 年由汕头自来水公司及高伯昂出资发行；《小瀛壶仙馆诗府》1928 年出版。又刊蔡竹铭《壶史》，题为"题遐龄集"，题前有注"吴沛霖泽庵，岭东揭阳，工诗古文辞，善画墨梅"。民国十八年（1929）出版，因残本欠页，未能查出其他出版信息，又台湾新文丰出版股份有限公司 1977 年 9 月出版发行。
　　② 《泽庵诗集》原题目后缀"有序"，今省去。
　　③ 《泽庵诗集》原注：《日知录》有此用法。

## 礐中新讲室三楼上远眺

水陆兼收画趣丰，登高望远思无穷。夕阳明灭西风起，长啸一声天地空。

## 树弟①三十小照将付刊盾墨集中书来索辞因题二首②

### （一）

男儿三十尚平平，天若矜奇假以鸣。昨夜月沉灯未烬，琅琅野幕放歌声。

### （二）

剑胆文心欲并难，披图此子得天宽。何当遂却济时愿，手挽危舟上急滩。

## 乙丑四月十二夜灯下读饶纯子来诗口占一绝还答③

呼灯剖鲤逢佳句，对月怀人动远情。料得病余子饶子，梅花风格一般清。

## 简陈无那④

太丘旧著难兄语，海国争传幼妇辞。吾自违时君不俗，未曾识面亦相思。

## 礐石海晓渡

一舸摇摇小欲沉，战兢几度懔临深。海鸥忽起春烟散，天半朱楼在水心。

## 汕揭小汽船中偶得

两岸青山笑靥微，风帆江鸟自飞飞。平生爱看溪烟景，安得移家住钓矶。

---

① 树弟，即林树标（1890—1925），字德绳，广东揭阳县锡场华清人，毕业于榕江书院。早年参加孙中山领导的兴中会、同盟会。民国四年（1915）参加讨袁运动，民国五年（1916）任护国军营长，民国九年（1920）任汕头市警察署长，民国十四年（1925）任潮梅警备军统领，同年九月，因公殉职，年仅三十六岁。擅诗文，师从吴泽庵，著有诗文集《盾墨余渖》。

② 刊林树标：《盾墨余渖》。又刊《青年进步》1924年第74期，第83页，题为"林生定一将以三十小照付刊其所著盾墨集中书来索辞因题二首"。

③ 乙丑为1925年。饶纯子，即饶锷（1891—1932），字纯钩，自号纯庵，别号莼园居士。平生致力于考据之学，且工于诗文词章，谙熟佛典，尤喜谱志，著述甚富，有《潮州西湖山志》《饶氏家谱》《慈禧宫词百首》及《天啸楼集》等刊行于世。

④ 陈无那（1893—1981），名素，字无那，以字行。原名予龄，又号慎五。广东潮安县庵埠镇文里西畴美人。广东法政专门学校（中山大学前身）毕业。同盟会会员，南社社员。武昌起义后参加学生军光复潮汕，曾主编《汕头新报》，任普宁、饶平县县长。创办武汉《中山日报》。抗战时任国民党港澳总支部执委兼书记长，抗战胜利后任国民党中央执委。后居台湾。善文牍，工吟咏。书法各体兼善。有诗词集《东海吟草》等。

### 游硕洞①

架石梯空巧思多，休论名实笑幺么。海山一角归风雅，袖手黄昏看擘窠。

### 徐兄君穆俞君曼云均有清吟之兴余因先唱一绝以为嚆引②

人兼万里经年别，客住群峰乱石间。偷得小闲来索句，语君莫负好江山。

### 海滨晚眺怅然有感口占一绝

轻帆细浪夕阳明，客去鮀江潮未生。看到南溟天作岸，几回枨触引离情。

### 礐石山村闻劫

不图邃谷穷山里，亦有风声鹤唳时。佛本无灵耶亦杳，天堂净土果何之。

### 游礐石王氏墓庐

叠石为庐结构奇，穿扉度磴步迟迟。几番欲去仍回首，不忘③门框幼妇辞④。

### 渡　海

临深履险意怦怦，莽荡刀舟一叶轻。却藉半帆偷过海，风潮莫作不平鸣。

### 与丘育英⑤世兄同登礐石峰晚眺

横山落日多⑥奇观，与子登高放眼看。马屿微茫鮀岛小，晚风千里不胜寒。

### 姚节母寿诗（代）

百年沉痛终天恨，廿载辛勤阿母心。料理群雏粗得所，定知啼笑两难任。

---

① 《泽庵诗集》原注：在礐石中学校前，内容甚小。
② 原刊《青年进步》，1924 年第 78 期，第 99 页。
③ 《泽庵诗集》原注：仄声。
④ 《泽庵诗集》原注：墓庐有联云"花侵洞户藤侵壁，山作屏风石作庐"，风景恰合。
⑤ 邱霭南之子，"丘"同"邱"。
⑥ 《泽庵诗集》原为"朵"，现据诗意改为"多"。

## 题海阳陈玉山先生芦雁遗画

剔藓摩碑两度忙，青山高隐剩空堂。芦花海雁容相觑，一笑题诗兴已狂。①

## 与丘育英君同坐礜石山楼玩月

摩天读月兴悠悠，谁锡因缘聚此楼。倚偏栏杆②还笑指，电光明灭是汕头。

## 病中口占答周子元先生

杜陵愈疟诗，奇气敌万夫。我今重读之，犹见血模糊。疟鬼倘有知，逃避敢趑趄。
颇闻古今情，时异势亦殊。治疾如治奸，刚柔时相需。或以干戈取，或以文德敷。
曩圣征有苗，悍哉虎负隅。及其舞干羽，向化来喁喁。安见文教施，不胜武功乎。
周侯今诗豪，吐语如吐珠。昨日颁我诗，讯我疟何如。劝我读杜诗，冀我将鬼驱。
我读周侯诗，奇喜浃肌肤。清如九霄露，润如初夏蔖。一读一沉吟，寒热潜散疏。
苦口西药方，时或饮些须。诗如井浆清，还剂药燥枯。疟鬼帖然平，奇功奏须臾。
归功独归诗，诗清药不如。周侯仁者流，经眼定葫芦。

## 赠止老③

老去泉明万念残，归耕还剩砚田宽。三秋止酒花空好，九月题糕兴未阑。
一邑词宗归父子，廿年政绩半师官。竭来海畔楼居暇，袖手看山意自闲。

## 戏取梅松竹杂插胆瓶中口占一绝

壁立潜楼长物无，方书尺画近区区。胆瓶戏插梅松竹，添我岁寒三友图。

## 及门生有悉余近状而羡余为善于乐天者余曰食稀饭饮清水席楼板而枕之乐亦在其中矣吾贫逾仲尼而乐与之等大足自豪人事无常恐此乐他时或转不易得也诗以志之时辛酉④春日

半近忧天半乐天，年来万事听天然。区区饿死寻常事，肯扰先生自在眠。

---

① 《泽庵诗集》原注：先生乾隆时人，住处名高隐屏，蓝鹿州曾作记。余曾两到其地。清海阳即今潮安。疑原注中的"州"为误用，"洲"为正确用法，辑校者注。

② 《泽庵诗集》原为"干"，现据诗意改为"杆"。

③ 止老：即周易（子元）。

④ 辛酉：1921 年。

## 索陆野梅翁作画先媵一首

少小无俗好，嗜画翻成癖。阅览积岁时，技痒不可抑。
有时伸索笺，闭门泼水墨。意造颇自矜，文过借苏轼。
一笑持赠人，谓足补破壁。六如义何如？吾实不知识。
卓哉陆野翁，工画妙难测。入潮三四年，曾不下一笔。
去去复重来，乃以画饷客。我从汕堧①上，时见两三则。
初见疑信参，再见倾心臆。三见返衷思，我寸彼则尺。
譬彼大小巫，相见常失色。颇愿索两帧，持归作矜式。
不知老画师，能许我求得？

## 读陆野乔先生离潮留别之作怅然有感赋和一律奉寄

体已胼胝鬓已蓬，苦心端在不言中。黄钟何事淆迎弃，青史会当判罪功。
矫俗自应行踽踽，临歧真惜去匆匆。故乡团扇裁成日，料得家家正写翁。

## 从报上读张白英②君诗喜而有作

冷眼冰心隐自贤，年来万事等秋烟。何因却读张先句，撩起诗怀一怃然。
工书擅文又能诗，三绝清才仅见之。累我登然空谷里，闻声凝想一些时。

## 山中有树名曰相思戏口占二十字讯之

不是红豆子，缘何名相思？所思彼何人？且与吾言之。

## 明日又戏为树答

侬有侬衷肠，侬待侬消息。所思彼何人？为君说不得。

---

① "堧"《泽庵诗集》为"濡"，据诗意改为"堧"。
② 张白英（1891—1946），广东东官（今东莞）人。工诗善书。筑"远山楼"于白云山麓读书。作画笔致取法戴熙，书卷气俱足。为人淡雅法饰，卓尔不凡。

## 读王约公七十自寿十二律句寄和二十八字即以为祝①

得天定享百年寿，垂老仍兼三绝才。六百余言诗小史，扪心一笑付公开②。

## 礐石山头晓望

飞鸟疾于秋雨下，风帆乱似海鸥浮。登高望远一舒啸，睥睨人间万户侯。

## 步瀛壶居士见赠原玉并柬江苏朱粥叟遯庸两孝廉昆仲

契家一夜忙载负，不计人间置可否。海山偕隐喜成图③，况有兄嫂同聚首。
挥书作画互评量，为诗固哉等高叟。何来三绝兄弟称，过情愧对瀛壶口。
更将风概比同人，许我追随两廉后。两廉道高年并高，独出斯世宁有偶。
将无一事差似之，同是弟恭而兄友。具兹奇福愿已偿，一任世事幻云狗。
日夕陪兄上礐峰，如意事得十八九。采菊悠然归去来，对花晚食歌止酒④。
近忆鮀浦远江南，翻让诸公酌大斗。

## 怀丁讷庵先生

讷庵先生书法其得意处当为岭东近今第一人，知者尚少，写寄此诗所以坚讷庵之自信，促嗜书者之共赏，非阿所好也。

松禅已死蔷庵老，海内书家竞炫奇。独守师承兼变化，讷公绝艺几人知。

## 姚君蒉⑤先生两次过访不遇予亦于昨朝走谒空旋即晚戏占二十八字奉粲

神同水乳交融久，貌似参商晤觌难。写寄一诗天渐晚，传灯定博解颐看。

---

① 作于1924年。王约公，即王延康（1854—1925），字稚筠，清末举人。自署王孝廉约公、王季约少筠、王约园。潮州城人，清代书画家。光绪二十七年（1901），吴道镕编《海阳县志》，他与陈占鳌、戴清源等人任总阅。辛亥革命（1911）以后，出任汕头市税务局局长、汕头商报主笔及汕头孔教会会长，晚年在家闲居，以书画自娱。擅长书法，真草隶篆俱佳。当时农村也皆以家中挂有王举人书画为荣。（辑校者按：《潮州人物》《潮汕历代书画录·潮州市卷》《潮汕历代墨迹精选》等书中王延康之出生年为1863年，有误，应为1854年。）

② 《泽庵诗集》原注："公开"二字绝新颖，点缀入诗不妨自我作始，一笑。

③ 《泽庵诗集》原注：辛酉岁，顺德蔡子寒琼绘《海山偕隐图》为赠并题跋卷尾有"人间何世无怪侪咸有负戴之志"等语。

④ 《泽庵诗集》原注：余与家兄均曾戒酒多岁。

⑤ 姚梓芳，见《传》作者注。

## 病起口占谢家兄①

我兄恩爱如慈母,只知有弟不有身。冒暑往还轻百里,登楼日夕近千巡。②
情方灼艾心滋痛,事信焚须误有因。口述一诗鸣谢悃,愧无涓滴报艰辛。

## 海外见闻杂诗

### (一)

笑绿嫣红尽自由,一双双上酒家楼。勤殷为问密斯忒,哀士格林饮杯不?

### (二)

弟妹居然作妇夫,惯将曼历系名呼。傥教同姓不婚媾,亲上加亲伫有无。

(巫人礼俗,除同母子女不得结婚外,其余同父异母及堂从兄弟等皆得附为婚姻,相呼以名辄系以曼历二字,曼历者犹云兄妹也。)

### (三)

一自麦加归去来,缠头博得锦巾回。亚儿欢喜家人哭,空掷黄金筑债台。

(巫人一往麦加参神后,头上辄高缠锦巾,人皆以亚儿呼之,亚儿者犹云老爷也。然麦加来往资斧常需千数百元,有因之而倾家破产,负债累累者,为状亦可怜也。)

### (四)

一年一度说瓜沙,夜食家家笑语哗。白昼满城堆饿鬼,杯羹勺水不沾牙。

(巫人崇信回教,岁必长斋一月,昼饥夜食号曰"瓜沙",谓可藉以免罪庚云。)

### (五)

娇啼婉转未亡人,惨绝刀痕印满身。地下若然逢夫主,定应痛哭问来因。

(大西洋中群岛译名"斐其"者,其风俗至为怪异,夫死妻必为其亲属杀之以殉。凡下手杀害者又必系其亲之人,盖彼以为若有爱于死者,故欲使其夫妇双双于黄泉路仍谐伉俪者也,亦背矣哉。)

### (六)

石台泥马崭然新,一岁营营忙事神。笑煞灵魂从孔过,居然马后是天钩。

(中印度卑列山一带居人迷信神权为最盛,其崇奉者如龙神、瘟神、痘神之类,名目繁多,不胜胪指。每届祭神必于山顶叠石为台,以供役各神之偶像,其旁必置泥马,马之

---

① 《泽庵诗集》原注:乙丑(1925)七月十八日。
② 《泽庵诗集》原注:礜石离故乡百余里,兄因弟病五六月中往返数次,至于冒暑得病,弟住楼上兄住楼下,日夜上下不能计其数。

尾后又必特凿一孔，如马之粪门然。彼俗谓凡人死，灵魂必从此孔经过，然后可登天堂云。）

## （七）

双双弟妹说无稽，生死何堪一听之。若使岛人都厌世，海山清绝应多时。

（印度又有一岛，岛中人供奉一绝大神像，系以巨木雕刻而成者，旁有二像较小，一男一女，女为神之姐，男为神之弟。据土人云，此神权最大，能使人立刻殒命，故凡欲求速死者，祷之莫不灵验异常云。）

## （八）

深宫触目尽骷髅，功德巍巍莫与俦。如许英雄差自慰，可怜夜半鬼啾啾。

［亚非利加州有代霍买者，一小国也。其俗女子初生即须报入军籍，稍长教之战阵，其勇猛不让于男子，盖举国相习成风，不但尚武而且好杀（杀人多者为胜），自古然也。故其国王宫内所陈设者无非骷髅，触目累累，令人望而欲却走。王之寝殿则遍地所铺悉皆人骨，王即以此示威于民，民之慑服其王者，亦以其富有骨殖，遂觉功德巍巍，莫与并焉。］

## （九）

既欲其生偏速死，如斯异想殆天开。病人若遇轮回理，他日应来踏一回。

（合了特亦，非洲一地方，其人最为愚蠢，有患病者当其垂危，则家中人轮流将病者竭力摇撼，并将足蹴踏颠倒翻腾，必至死而后已，亦可异也。）

## （十）

罪恶贯盈心莫焦，一翻痛骂一翻消。如斯忏悔真儿戏，竟说天堂路不遥。

（又其人死后，则群向死者之耳边高呼其名，将其生平罪恶暴而数之，加以痛骂，谓是代死者忏悔。数骂既毕，则罪恶全消，可直入天堂而无阻云。）

## （十一）

隆隆怪物发声时，申申诅骂向空窥。抛过破靴齐拍手，御妖妙法意何痴。

（又彼于雷电之理，非特从未发明，抑且视为怪物，故一闻雷声隆隆，辄惊曰怪物发声矣。于是咸昂其首，遥望空中作申申之诅骂。又以着旧之破靴纷纷向空抛掷，谓抵御之方莫妙于此，然后拍手相贺。）

## （十二）

偏是蛮风最善淫，偎丝倚绿拥多金。生生死死浑无着，竟向温柔乡里寻。

（秘鲁、墨西哥诸内地，文化不及，恶俗实未尽除，富豪之家有一男而娶数十女为妻妾者，甚或妻妾之多数至百余，粉黛充盈，恣情逸乐，虽寿命短促不悟其非也。）

## （十三）

斩下头颅换绣纹，斑斓五色证奇勋。袒胸夜半娇妻妾，赚得红颜带笑痕。

（又其俗最尚文身，每杀死一人则胸前多刺一纹，其纹多多益善，袒其胸而视之若五色斑斓、如花似锦者必为最有名誉之人。倘或不能杀人，胸无纹绣，则妻子反目，众口腾诮，咸以废物拟之。）

## （十四）

谬说阴魂寄豸虫，索仇未免等捕风。年年疑似杀人惯，怆绝蛮天黑暗中。

（澳洲土人愚者十居八九，其俗对于人之暴毙，必举家骇然，疑为仇人暗施符术所致，于是召集亲党，务必追捕仇人以快报仇而后已。不知人之死于猝病往往有之。而彼于此则有一定之成法焉，其法异死者瘗于高原，搥击上之土，使之极平而后群伺其旁，见有虫豸行过其上，即以为阴魂指示，遂视虫豸所向以卜仇人避匿之所，东西南北随所向而索之，如有所得，杀之勿赦，虽辩驳无所用也。）

# 书　后

自民国肇建以来，我国缀文之士，倡为白话诗歌。风气所趋，几遍全国。自是以后，报章、学校无不群然习之，当此之时而犹欲以古音古调之韵文印刷，以施行于世，所谓一肚皮不合宜者耶。譬诸担负章甫逢掖之人而入断发文身之国，未有不遭人唾弃者。虽然，亦有说泽庵生长僻乡，承学之士能吟咏性情者少，独能执笔而好为诗章。及长，好之弥笃，是殆与生俱来者耶。综其所作，侨寓南洋时特多，最后移居礜石，弹琴咏诗，尤为乐事，盖山石隐约，海水杳冥，成连之移情，伯牙之悟道，皆在是也。兼之一时人物荟萃特多，日与同乡周子元、郭五琴，丰顺谭愚生，江南万国同诸君子登高望远，谈笑赋诗，亦自谓此间乐不思家矣。而金山高吹万、澄海蔡瀛壶诸先生亦与鞶囊来去无虚日。设天假之年，浸淫而润泽之，何患不能如古人乎！惜乎强仕而没，不能老于斯道也。自是而后，诗稿藏于旧箧者八年，高吹万先生乃为之点定。适泽庵子梦栩娶妇，其二娘杨幼卿由安南归，闻诗稿未付印，跃然起曰："此好事！不可不急为之。"乃出资促余为之编辑。余以宿疾缠绵，惧其僵而散失也，乃为之略修而付梓。盖不欲负其苦心耳！非欲以此沽名誉也。

中华民国二十三年九月廿日，兄雨三汝霖记。

# 卷二　泽庵作品拾遗

# 诗

## 黄氏祖姑像赞①

卓哉贤姑，立人之极。遭家不造，匡难以德。当其结缡，将循妇职。
有弟茕茕，相依在侧。彩舆将登，弟跌阶域。族人袖手，莫拯颖蹶。
姑肠欲断，姑行顿息。雁乐齐飞，鹣勿比翼。衣弟解衣，食弟推食。
弟既成人，姑瘁心力。卓哉贤姑，人伦极则。庙食千秋，神灵凭式。
瞻容起敬，无分南北。肃摛赞词，以当铭勒。

民国五年重九佳节顿首拜撰并书

## 淡卿出团扇索诗为题二绝②

### （一）

十载江郎才尽矣，更无词调宠红妆。拟将雅意深深却，看汝濡毫兴已狂。

### （二）

浅唱低随苦未修，十年浪迹等沙鸥。而今拟谢人间事，消得团圞似此不？

## 学书一首③

三十吴郎兴未阑，别储见解问毫端。涂鸦苦费三升墨，画虎还亏六幅纨。
真草随缘无定见，描摹信手得余欢。何曾谬作钟王想，借作消奇如是观。

---

① 录自原作，题为编者所加。黄氏祖姑，明代潮州府揭阳县蓝田都人。私谥贞静。
② 录自《南社丛刻》1914 年第十集。又刊胡朴安选录，沈锡麟、毕素娟校注：《南社丛选》，北京：解放军文艺出版社 2000 年版。淡卿，即作者之妻黄淡卿（1886—1969）。
③ 1913 年作，录自于《国学丛选》1917 年第九集，第 21 页。

## 贺瀛壶居士六十寿①

### （一）

以狂为隐托思奇，此老胸中那得知。直与东方齐狡狯，蟠桃偷过第三期。

### （二）

廿年前事记还清，惭愧班联榜上名②。我竟无闻公耳顺，题诗但劝酒杯倾。

## 三月初四日晴③

宿雨初晴万象新，青山历历示微嚬。眼明苍翠岩前路，一鸟啁啾调过人。

## 礜石中学每饭鸣钟为号晚游闻此陡增佳趣遂成一绝④

倚天楼角灿金黄，回首西峰驻夕阳。蓦地一声催晚饭，暗泉流水倍锵锵。

# 词

## 罗敷媚⑤

离愁且未喁喁诉，密下珠帘，彻起香奁，脉脉情怀一笑添。　　灯残夜静天无语，一味廉织，两不猜嫌，喔喔邻鸡声太尖。

## 喝火令旅夜⑥

晚院吹红叶，吟窗罩碧纱。重门幅幅绣帘遮。微风初逗月初斜。　　昔夕仍今夕，离家数忆家，十分消息五分差。何事银灯又吐一枝花？银灯欲灭故亮一些些。

---

① 录自《七绝》，蔡竹铭：《蔡瀛壶退龄集》（第4卷），第20页。
② 原注：甲辰（1904）岁同试高等。
③ 录自《谷音》1925年第11期，第51页。
④ 录自《谷音》1925年第11期，第51页。
⑤ 录自《国学丛选》1917年第九集，第36页。
⑥ 录自《国学丛选》1917年第九集，第36页。

# 联

嚣嚣无惭于孟子，草庐行乐自陶陶①

书体浑雄或参米，词华高古欲师迁②

# 文

## 觉非说③

沛霖于是生二十六年，行数万里矣。退而自省，始字其字曰觉非。觉非云者，取陶彭泽"觉今是而昨非"意也。虽然，犹是说焉。沛霖曾闻西哲额拉吉来图之言矣："世无今也，有过去，有未来，而无所谓现在。"然则昨之云者，特对乎未来而分别言之耳。必谓昨非而今是，安知昨日之今，何尝不以为是？而今日之是，又何非异日之非也耶？噫！吾生也有涯，而觉也无涯。茫茫后顾，杳杳前途。后之视今，亦犹今之视昨。计惟是长此非非以没世已耳。觉乎？否乎？觉非，盖犹不自觉矣。

## 哀声序④

何处青山，夜夜杜鹃泣血。渺兹碧海，年年精卫沉冤。此固骚人墨客之所扼腕咨嗟，而武夫侠士之所灰心短气者也。夫流水落花，原有去日；恶风苦雨，岂乏明时。宛其死矣，亦末如何，啜其泣兮，岂徒无益。不知瓜经再摘，果属仅存。系铃护花，固其所愿也。焚琴煮鹤，谓之何哉？老子谓造物不仁，孟轲称华州善哭。呜呼！此哀声之所由作欤！

## 吴日千先生集书后⑤

壬子十月初六日，金山高子吹万以所编印《吴日千先生集》见寄。余取而读之，耿乎余心乎，余心若有怀也；快乎余情，若不可以已也。于是乃执笔为书其后曰："节义之风之足以感人也，有如是乎！夫以大江之南，古称为人才荟萃之区。自朱明以迄今日，中更

---

① 自题"嚣嚣草庐"。
② 录自原作，款署"翼臣四兄大雅之属，泽庵沛霖书"。
③ 1909 年作，录自《南社丛刻》1914 年第十集，第 7 页。又刊胡朴安选录，沈锡麟、毕亲娟校注：《南社丛选》，北京：解放军文艺出版社 2000 年版。
④ 作于 1911 年 5 月，录自《国学丛选》1912 年第一集，第 2 页。原注"辛亥（1911）五月为赵伯先烈士作"。
⑤ 录自《国学丛选》1912 年第一集。

数百载，文人学士接踵名世者众矣。日千先生以明季一诸生，隐居自乐，不求闻问，既绝述往待来之志，复潜经时衡世之谈。暇力所及，著为是编。其不欲以此名世也决矣，而'寒隐社丛书'之刊，卧子遗文而外先生与焉。然则先生之集之足重也，岂斤斤在文字之间欤？嗟乎！士之所贵者，在气节不在才智，古人言之屡矣。然吾谓气节之不易言于才智者为尤甚，盖有明知其非而故蹈之者矣。一失足成千古恨，自非毅力坚定，矢志不渝者，岂易语此！而日千先生独岸然有焉。"此余读《留穷词》《凤凰说》等篇，所为不禁感慨系之也夫。

## 罗庸庵先生遗诗序①

有明末造，海内鼎沸，而吾邑贤才独盛于其时。吾读邑乘，至天启崇祯间事，未尝不泪涔涔下。叹夫所谓榕江七贤者，何其遭遇之恶，而仅得存姓氏于人间已也。继求诸公遗集，或存而不完，或完而不彰，或残毁消灭，并单辞片语而不存于世，于是乃知吾邑人士之不好贤，而诸贤之卒不能炫耀于世为可惜也。最后，乃求得罗庸庵先生遗诗而读之。既毕卷，则使及门生别为钞存。执笔而叙其上曰："先生名万杰，有明名进士也。弱冠登朝，所志固不在小。崇祯末，既以丁艰回乡里，不得与知国家事。未二载，鞑虏入主中原，而明社屋矣。一时冠冕大臣，稽首屈膝以取容悦者踵相接，先生知天下事不可为，于是乃构草庵于黄岐山麓，削发斋居。终其身以僧隐焉。呜呼戚矣！"今读其遗诗，幽雅闲逸，一若遗世独立，绝不知有人间事者，而岂知其避秦苦心，固亦有大不得已者在耶。观其《山中答邑令》诗，委曲婉转，不疾不徐，令人想见当日搜取遗民之急而士之托生于斯世者，实为至难。先生独能以淡漠处之，使夫一般为虎作伥者，绝不存罗致心与妒忌意，先生亦可谓善自韬晦也哉。吾观当时奇才辈出，而诱于禄利屈于权势者常比比。聪明如梅村，博学如药亭者，皆不免受其笼络，则可知当时之卒能自立者甚少，而终身不受羁縻者为尤可贵也。夫先生当鼎革时，齿尤未也，伤心故国，勿咏黍离，蔬食庵居，不求闻问，卒与亭林、黎洲、船山诸子同以遗民称。而先生韬光匿迹为状尤苦，而为志尤隐，其诗尤洒落自得。令人相忘于不知不觉之间，自非有道君子，其孰能与于斯哉。今者去先生世已二百余年矣，先生他种著述不可见，仅序先生遗诗而存之。讵先生意，然使后之览者，尚得仿佛先生之为人。则是诗者，又未尝不当发明而光大之也。世有崇拜孤忠如我者乎？取是诗而刊布流传之，是则区区未竟之志也。

## 吴若凡先生传②

先生讳钟杰，号若凡，广东潮州丰顺县人也。少而聪颖，读书异常儿。年十二，通四书五经大义，解吟诗，脱口成诵，人咸奇之。顾先生负大志，不屑事帖括学，视人世科名淡如也。尝以乡父老之催促，抑才就范。赴郡应小试，又未尝不冠其曹，人以是称其能。

---

① 录自《国学丛选》1912 年第二集，第 1 页，署"揭阳吴沛霖泽庵"。
② 录自《国学丛选》1913 年第三集。

已而补博士弟子员，未几复食廪饩，非其愿也。然自是文益奇，学益博，志益高，而名益闻于远近。先是先生族人集资设文会于里中，率请族中硕士较优劣，至是先生适承其选。先生痛人才之日乏，国力之日微，欲图有所建白，而不得尺寸柄也。于是乃慨然曰："尽吾力以陶冶斯人，安知成吾志者之不在吾党耶。"庚子（1900）而后，清廷颇切更新。先生则跃然喜曰："而今而后，吾志其可以少舒也夫。"盖冀学术之日明，民智之日开，而国力亦得因之而增速其进步也。会科举罢，学堂兴，先生就馆揭阳，乃谋返故里，拟设族学以为各乡倡，未果。而先生门人辈已有蓝田学堂之组织，既就绪，则请先生董其事，且拳拳以校长一席相倚任。先生虽许之，而意甚慊然也。乙巳（1905）正月，莅堂任事，至则遴选教员，编制学级，劳心焦思，以求伸其素抱之愿。执事数月，学子乃大至。先生于是因其程度之高下区之为三班，班各五十人，而蓝田学堂之规模气象乃焕然成大观矣。先生课暇，辄披卷冥索，于教育原理，尤考究不遗余力。故凡订一章程，抒一议论，无不出人意表。而尤能参酌情势，无迂阔难行之弊。人以是益服其才，而叹其所藏之未可量也。先生曾谓旧日教师，每以严厉束生徒向学之志，其碍教育，实非浅鲜。于是乃一以和平诱掖为主义。而注意尤在鼓其气而使之自奋，诱其衷而使之自悟，导之以羞恶之念，养之以廉耻之存，使之乐就范围而不敢越矩蒦。当是之时，人之谋教育者，盖莫不以先生为导师，而先生教育之名乃大噪矣。先生既任蓝田学堂三年，竭精惫神，贤劳已甚。顾尚以为成效可期，虽愈犹不自觉，至是疾乃一发而不可为矣。当疾亟时，全堂学生辄络绎就先生流涕问问所欲言者，先生惟谆谆以学问相劝勉，未尝一语及其家中事也。戊申（1908）九月初四日，先生卒，得年四十七。及门生一百五十余人，咸痛哭失声，不忍离去。卒待其子若媳至，然后始将其灵柩移回旧里云。

吴沛霖曰：吾始识先生于郡城旅馆中，先生方篝灯碧纱窗下，聚六七学子，讲学问文章之大要。顾其时吾年尚稚，未足窥先生深也。然聆其言论，瞻其风采，观其循循善诱之态度，固已心折而神往之矣。其后吾南渡滇海，与先生绝音问者二岁奇。戊申春，返棹天南，始再谒先生于蓝田学堂之接应室。先生语吾以教育之道，以所见所闻相质证，且兢兢道歉，一若甚惭其规画之不足以厌人望者。然试进而阅其章程，窥其教授，参观其种种布置，无不井井有条，叹为得未曾有。呜呼！盖亦可矣，而先生以是之故，卒乃损其天年，即区区拮据卒瘁之蓝田学堂，亦不克少延残喘，以竟其所志。痛哉！先生卒后，及门诸子，念其劳绩，为悬遗像于堂中，以为纪念。迄今登堂而望，丰姿秀伟，穆然想见其为人，则先生其不死矣。

## 先妣事略[①]

先妣之殁也，沛霖生二十有二年矣。是时年少气壮，不愿郁郁家居。邑侯虞公（汝钧，侯官人）又时以励学相劝勉。于是清光绪三十一年（1905）正月初二日，决意就学省垣两广师范学堂。当别母时，母惟频频向沛霖作左右视，意若甚苦者。沛霖为之恻然不安。然以去志已决，母又健甚，强自解慰，未他虑也。而孰知此日一别，即为吾母子最后

---

① 录自《国学丛选》1914年第五集。

之一诀哉！抵省后入堂肄业，未数月，时为三月五日，日将午，得家书，言母病剧，沛霖乃狂骇，急束装就道。及抵家，而先妣弃养已六日矣。痛哉痛哉！忆先妣在时，未尝疾言遽色，自家人以及闾里莫不爱敬叹其度量过人。里妇有以孩子起争端，解者莫不以先妣为谈资。而听者亦莫不因而知愧，悔盖至今然也。始先妣尝谓沛霖曰："儿顾闻少时事乎？何听吾言？"沛霖乃唯唯侍侧，母悒悒言曰："儿生时，适吾病，乳于姨氏者逾月，乳于妗氏者逾月，乳于邻居某某者又各逾月。我病少间，儿始来归，则瘦削甚。是时，吾元气尚未复，而儿则竟能成长，岂非儿之命也！"语竟哑哑作笑声。沛霖亦跳踯怀中以为乐。此如前日事耳。而孰知已成隔世耶！方沛霖之初抵家也，妇谓沛霖曰："姑念子时，辄呜咽流涕，语不能出诸口。吾前慰之，姑益悲伤不能解。"当其时，病急矣，而犹未绝，意将有待也？而孰不知竟不能面耶！悲夫！悲夫！沛霖之罪真不可追矣！念沛霖自十岁随兄游学四方，一岁之中，实不得一月承欢。他日，母谓沛霖曰："此子乃大类其父，终岁出门，若惯经者意盖有所不谦于怀耳。"沛霖亦每以为恨。然终冀学成之日，闭门不出，可以比吾身以事吾亲也，而岂知亲年之不及待耶？此沛霖之所心痛而无已也。母林氏讳柔和，生子五人，长澍霖，次汝霖，又次溥霖、甘霖，沛霖最少。卒时年六十七。

## 题梦中梦楼诗文集[①]

鸿宾先生五言绝句可以独步一时，惜秘不示人，知者尚少。余曾于蓝田校中得观数首，惊为得未曾有，比复承示《络纬》《石母寄居》各作，情韵悠然，小诗中无双品也。兹读全集，琳琅满纸，美不胜收，允推必传之作。

## 杂　说[②]

秋稻将熟，群鸟自东南来，聚食之。农人患焉，乃束草为人，衣以衣，冠以冠，执以刀钩剑戟之属，植之垅上，将为群鸟警也。群鸟疑焉，则突其前，而彼顽然不动也；噪其后，而彼懵然不觉也；又衔其衣、爪其冠、啄其刀钩剑戟之属，而彼犹憖憖然，莫相知如故也。群鸟于是窃窃然私议曰：吾固知是之仅有其表也，吾固知是之不足以为也。于是鼓翼延吭相呼相属，尽力食之至尽。而农人犹不觉。托非其任云！

## 观元祐党籍碑记[③]

同邑某君，自粤西还。检行箧，得元祐党籍碑一纸。他日举以示余，余既检察始末，摩挲姓字，而不禁为之感喟不置也。于是乃作而言曰："是碑之出，君子之不幸，而小人之所大快也。自是碑毁，而小人之气焰少衰，而君子之禁网亦稍解。然则是碑也者，殆即

---

① 录自黄鸿宾《梦中梦楼诗文集》稿本。附《络纬》：缥素从蚕出，吐丝不一鸣。怪他秋络纬，空作弄车声。《石母寄居》：东南西北人，难自定来去。今在此山中，明年又何处。
② 录自《南社丛刻》1914 年第十集，第 7 页。
③ 录自《国学丛选》1916 年第八集。

君子小人进退消长之一大枢纽也乎。夫以小人不容久存，而君子终必有大白之一日。言之，是碑殆不可一日存于人间。顾吾读倪玉汝题元祐党碑篇，一若深幸是碑尚存，为足资后世之考订者。而余兹觏此亦喜不自胜，此其故何耶？呜呼！善恶自在人心，千秋公论，宁容诬蔑。原夫立碑之意，固将为示信天下后世计也，而岂知天下后世善善恶恶之心，固将待兹以为感发之具耶？"某君又为余言："是碑在某邑中，自毁灭命下，乃弃之某寺之岩石上，拓者甚难也，故传者绝少。"余曰："是碑为蔡京所书，考之于史，盖当日之人心矣。而粤西此碑独存，岂当时固有意保存以待后世欤？抑亦蔡京碑可毁名不可灭之意欤？顾拓者甚艰，而传者犹得是纸，然则善善恶恶之心，恒欲藉兹以为感发之具，人胥此情概可见已。"记而存之，愿以质之后之获观是碑者。

# 五　箴 (并序)①

五箴者，吴子所告戒其徒，而纳之轨范之中者也。吴子授徒于双山之麓，双山地僻而山清，去人世颇远。及门数十余人，皆悠然有以自得也，吴子喜之。吴子又以晚近风气之坏，自远及近，恐过此以往，将令举世不有一片干净土地。于是惴惴焉，病之。病之而不足，则述此箴以预防其徒于未染之先，扬此箴以援拯世人于既染之后。非以为文也，但使知斯意者，揭诸座右以共儆，则吴子之心于是乎慰矣。

### 修己箴

芸芸众生，于中有人，饥而食焉，渴而饮焉，起而行焉，倦而伏焉。物皆有之，何独斤斤谓人类为高尚？高尚无他，修身而已。丧节败行，寡廉鲜耻，有一于此，生不如死，戒之戒之！人禽之辨辨于斯，人禽之辨辨于斯，戒之戒之！

### 力学箴

力学为己，何待他人之奖励。得一分光阴，尽十分推寻，尚恐知者其浅，而未知者其深，而况敢放心。呜呼！聪明者勿自恃，鲁钝者勿自弃。自恃终于虚，自弃终于愚。呜呼！

### 习勤箴

縈彼精神，用而愈生。縈彼力量，用而愈见。户枢不蠹，流水不腐。何由哉？惟用之故。噫嘻勤兮，不可忘兮，偿其忘兮，日即于荒兮，吾又安所望兮。

### 持俭箴

我衣我食，我用之必，实罄吾父兄之心力。我即兢兢以俭自持乎，于我心犹惻惻。痛哉后生，习与性成，饱食暖衣，而互相夸耀矣。安问修学之前程。偿返心而自问也，果不愧乎父兄。

---

① 录自《国学丛选》1915年第六集。

## 择交箴

交固不可无，交也不可苟。无交者隘，苟交者败。择交择交，其毋有不慎哉。呜呼！一损一益，其几至微，已入而安之，又孰从辨其是非。是非纷如，善恶茫如。于是而清者益清，污者益污，圣者益圣，愚者益愚。所谓入芝兰而不闻其香，入鲍鱼肆而不觉其臭者，其是之谓乎？

## 赠卢生序①

使人生无失意事，则嬉然以生，茫然以死。虽窒耳目蔽，心思而不病，人世宁复有所希冀，造物患其然也。则为之艰苦以督促焉，为之忧患以激动焉。当其冲者，或狃于目前之境遇，往往深以艰苦忧患为不祥，而避之惟恐其不速。避之而不克，则又牢骚愤恨以终其身，或至诋詈造物以为快。呜呼！使造物而不我眷也，将听我嬉然以生，茫然以死，窒耳目蔽心思而不病矣，尚何艰苦忧患之纷乘哉！古之贤人，察而知之，是以顺受之而不疑。且不特顺受之而不疑已也，默审乎造物之本怀，冥修吾未来之幸福。渊乎其若思，悠乎其若忘，浩浩乎率所由而不计其所止。其得越乎艰苦忧患之境也，命也。其卒不离乎艰苦忧患之境也，亦命也。虽然，由此锲而不舍，其卒必越乎艰苦忧患之境也，势也。势也者，命固无如之何也。夫水不激不上山，石不击不得火。当其激之击之之时，固违乎水与石之性也哉，及其既足于用，然后感此一激一击之功。彼造物之为是艰苦忧患也，亦激与击之类耳。卢生华，方从余游，而适有不得意之事，余惧其致怨于造物而将有所馁也，故为之序，以赠之。

## 盾墨余渖序②

始余与树标暨诸友同结吟商诗社于石母山麓，冀以文字相砥砺。树标年少气盛，虽初学未精醇，然锐进甚速，又力学不少倦。余与诸友咸以后生可畏目之者屡矣。其后树标遨游南洋，与余相去益远。洎其来归，余又南之蛮徼阅五六载，不一相值。九年春，余既来居礜石，树标则自漳州旅次寄书相问讯，琳琅满纸。余且读且为之大骇。念余与树标先后同客南洋，余既学殖荒落，视前日几如隔世人，而树标独能以游为学迈进不已，人之造诣相越顾不远哉。于是树标既来汕壖，复以历年所得之《盾墨余渖》相寄视，且索为之一言。余审视再三，既报树标谓检观全集，文优于诗，诗则古体优于近体。树标亦不以余语为不是。树标年齿未三十，努力扩张其所得，将来成就讵可限量。虽然树标方致力于警务，冀为国家社会有所尽力。顷又力治阳明先生学说，身体力行，雅不欲以空言垂世自期许。然则古人所谓三不朽者，余所期于树标，政在立德立功二者焉耳。区区立言，且非树标所宜措意，而况诗文末艺。杨子云所谓为雕虫小技者耶。树标勉乎哉！海山深邃，余且

---

① 录自约《国学丛选》1923 年第八集。
② 录自林树标：《盾墨余渖》，第 1 页。

思息影潜楼，冀与人世相隔绝，异时探首听中原消息，见有功德巍巍轰大名于我中华民国史上者，即为吾树标其人，余心于是乃大慰。树标勉乎哉！余又奚言。

民国九年冬泽庵居士题于磐石山村之潜楼

## 国学丛选第一二集序<sup>①</sup>

高子吹万与余神交且十年，书问往还岁常十数起。余足迹远及海内外，至则声应气求，与余称交好者不乏人，然求其志同道合，阅时既久而嗜好趣舍仍不异者，则无如我高子其人也。岁壬子，高子创国学商兑会于江南，余即与焉。其编《国学丛选》也，又谬采余诗文以入集。近顷以来，新潮勃发，一跃万仞，趋风气者罔不摈斥国学，或相与催陷、陵夷、鄙屑之，以为不足复道。余曾贻书高子，谓处今日而为是寂寞之学，惟有抱自乐主义，吾固不敢谓他人为非，顾吾若必以保存国粹自居，人将益以迂腐无用相诋，学求自得，各行其是可耳。高子复书谓所志乃不谋而合。余知高子无求于世，无惭于心，必能实践自乐之言可知也。今高子复取往岁《国学丛选》而再版之，高子岂将以此倡导风气为是兢兢哉！曾涤生有言："今之君子之为学者，吾惑焉。起一二强有力者之手口，群数十百人蚁而附之。竭一己之耳目心思，以奉承人之意气。曾不数纪，风会一变，荡然澌灭，又将有他说者出，为群意气之所会，则又憔神悴力而趋之。"噫！何其言之沉痛也，新潮之生也，趋附者争先恐后，既难逃曾氏之讥，一旦物极则反，风会又将一变，余固不乐蚁附者，余尤不愿高子遂居一二强有力之位。高子之重印是集也，无亦仍持自乐主义，俾一二志同道合、嗜好趋舍久久而不异者，得藉此以一实旧学商量之雅意欤！子曰"古之学者为己"，又曰"夫我则不暇"，览是集者，可以识所归矣。共和十一年冬揭阳吴沛霖。

## 记曾德炎<sup>②</sup>

吴子曰："吾读陶元亮《桃花源记》，颇信其事不尽子虚。顾吾求之十五六年矣，卒不见人世有此境焉，何也？曩客海外，遇一人焉，述所遭逢，则大与桃源类。文以传之，亦使人世知陶说不为无因，而桃源未必不可以再至也。"作《曾德炎》篇。

曾德炎，粤之海阳人。世隶耕。至德炎贫不能自存，乃浮海之新加坡岛，充苦力焉。居岛年余，病所业劳，郁郁常怀他徙意。既不得当，则习为航海以自□航海术者，亦彼中治生一种小营业也。德炎既往来各小洲岛中，贸有易无，力食自给，于意殊适。日者乘风行，至一海岛，势绝高峻，讶不经见，则试与冒险一登跻之。抵其上，乃有居人二百余，藉渔耕为活，与人世绝往来也。见德炎至，竞奔就之，且皆愿留德炎居。德炎乃尽出其所有以饷之。居人益悦，则相与为德炎构茅屋、辇器物，以畀德炎用。德炎安之。居既久，乃度其地势之远近，得其途径。商诸居人，愿乘舟出购器物为居人作抠注计，居人皆大喜过望。德炎既出，为人备述其事。有识者曰：此岛盖名婆罗丁御，华言译为高岛，或竟呼

---

① 录自《国学丛选》1923 年再版第一、二集，第 1 页。
② 录自《谷音》1923 年第 8 期，第 81 页。

之为将军帽。水土极恶，除岛中土人外，入者辄死。故与人世绝往来，初不知岛中尚有居民二百余也。德炎既乐其地之安闲，与其人之淳朴。购货毕，复乘舟入。自是岁往来新加坡岛者二次。惟九十月以后，北风陡起，则浊浪排天，舟不得行。终待来岁三四月，始得放棹乘东南风出耳。德炎既与余遇，为余言岛中形状甚悉。且谓是中居人，相爱戴如父母。得其手书片纸，作钞币用，可以通行全岛。以彼中人固不爱金钱，得钱亦无所用之也。余闻而羡之，证其确为世外人间，拟冒死一往入焉，卒不果也。是时德炎居岛中已十七年云。

## 题墨梅图（一套四帧）[①]

冬夜战寒写此，笔墨疏忽，自在意计中事。石母山人泽庵子并识字。（一）
双峰人隐庐主写于曲江旅次。（二）
觉非子背学童二树先生大意，未识俏有肖否。觉非并志。（三）
癸丑腊月八日，将有汕岛之行，道过曲江，夜深剪烛挥毫浑涂四帧，即奉精秀宗翁大雅指正，泽庵五子沛霖并署。（四）

### 题墨梅图（一）[②]

甲子岁杪[③]驻足礐石山中在涧庐度岁。偶掀旧箧，得此数画，因略志数言，以存于后。回想石母山堂作此画时，至今十余稔矣。

### 题墨梅图（二）[④]

白沙先生墨梅别具一种风韵，见者几忘其为道学巨子也。乙丑正月泽庵偶识。

### 题墨梅图（三）[⑤]

此幅老干新枝，写后颇为得意，因赘录古句以点缀之。泽庵五郎。

## 丘母黄太安人七十寿序[⑥]

丘君瑞溶既与林君亦溪、徐君君穆及余兄雨三约为兄弟。异时丘君母黄太安人年六十，余乃随诸兄至丘君家，奉爵称觞，为老人寿。于时宾客盈堂，絮絮道太安人事，或称其勤于治家，或称其俭于持己，或称其宅心宽厚又乐善好施，或且谓丘君弟兄之臻成立，

---

① 录自作品原件。
② 录自作品原件，刊卢位凡、吴晓峰编：《吴雨三吴泽庵书画集》，揭阳：揭东文联 2003 年版，第 1 页。
③ 原作为"秒"，现改为"杪"。
④ 录自作品原件，刊卢位凡、吴晓峰编：《吴雨三吴泽庵书画集》，揭阳：揭东文联 2003 年版，第 28 页。
⑤ 录自作品原件，刊卢位凡、吴晓峰编：《吴雨三吴泽庵书画集》，揭阳：揭东文联 2003 年版，第 1 页。
⑥ 录自民国十四年（1925）春季汕头礐石中学谷音社出版礐石中学校刊《谷音》第十一期《文苑》第四三页，香港商务印书馆承印。署：泽庵旧作。

皆太安人一人之力焉。余既备闻其语，则思叙列其事以为丘君祝。且以博老人欢。乃以此意质之丘君，丘君曰："诸客所称者是也。溶请道其详焉，可乎？盖溶父弃养时，溶甫弱冠，弟幼事嚣，辍学者屡矣。母则呼溶前而诲之曰：'努力读书，若父志也，若其勿以家事为念，其以克成父志为急，家中事吾自为之可耳。'自是躬亲家政，洪纤剧易悉总其成，每每先鸡鸣而兴，后斗转而息，左提右挈而不以为劬。人是以称其治家之能勤也。晚岁以还，家业颇振，人方羡母之善持门户，而母则歉然若不足者，疏食菲衣，自奉甚约，而不以为陋，人是以叹其持己之能俭也。至其御妾婢以宽，抚儿媳以慈，待佣仆以恕，此尤彰彰在人耳目者。而又拯饥济困，不吝余力。每有贫人负债，力不足偿者，辄因母言而减偿所负。人是以称其宅心宽厚又乐善好施也。今日者，溶与瑞芝、瑞荣、瑞珍诸弟，亦既得从当世贤士大夫后而不见摈于大雅矣。然揆厥由来，倘非吾母黾勉求成。不以家累系溶心，亦曷至是？是吾弟兄之得底成立，其皆吾母一人之力。不又人言之可信而有徵者耶？"余曰："有是哉，太安人之德之高也。"传曰："故大德者必得其寿。"其太安人之谓欤？余虽不文。不可以不序。序而献之，其在十年之后乎。今年春，太安人年七十矣。回忆往事，历历如在目前，而预祝之期忽焉已届。于是余兄及林、徐二君又将登堂祝嘏，重修十年前故事。既拟献文以彰其盛，乃嘱稿之责畀余。余因缕述前闻，藉申前此愿言之忱，且以表诸兄殷勤致祝之意。他日诸兄联翩上寿时，及阶而望，想见太安人健康无异曩时，则继兹以往而耋而耄而期颐。亦皆转眼事耳。春酒在觥，盛事再观。诸兄如不以余言为谫陋乎，十年廿年三四十年之后，余犹将执笔一一序之，而不敢以不敏辞也。

## 亦乐亭跋[1]

礐石高小第十二班生之在校肄业也，名其社曰"乐群"。洎其修业期满将届离校，则又结亭校园，籍存纪念，而以"亦乐"名之。因文生义，连类而及第十二班生，其善于命名也哉，余承乏礐中讲席，偶值课暇，辄与一二旧友来游斯亭。甫入园门，则见其间绿绕青葱，草径曲折，可念循径而上，则四围花卉、树石、瓜果、蔬荳一一标新迥巧，以效于兹亭之外。洵哉，其可乐也；昔孟子见梁惠王于沼上，王曰："贤者亦乐此乎？"孟子对曰："贤者而后乐此，不贤者虽有此，不乐也。"今亭位于校园之中，所与昕夕涉趣其间者，当无非一时贤士乐哉乎游。此亭此名足与礐校同千古也已！

余因校长李君楚生之嘱，于是喜而略为之跋。

## 杖　铭[2]

杖，先考之遗存物也。先考素健，于杖固未尝一用之。然自得是器，颇深爱惜，暇时辄取出而摩挲之，不则举而藏诸榻上，窥其意，若将贮以待用者。惜乎先考年未迈，力未衰，而竟乎杖之用，而忽辞此人间世去也。不肖手承遗物，敢不敬，谨保存，铭而藏之，

---

① 录自《谷音》1925 年第 11 期，第 43 页。署：泽庵。
② 录自《谷音》，第 85 页。期号不可考，原题目后"并序"省去。

心滋痛矣。铭曰：

汝之能，吾父知之。汝之质，吾父奇之。汝卒不见用于吾父，孰为为之。吾为吾父而藏汝。

# 书　信

## 与高吹万书（一）①

吹万社长先生阁下：

耳先生名久矣。顷从《太平洋报》上读所作《〈姚氏遗书志〉序》及《〈吴日千先生遗集〉序》二篇。声情激越，气格老苍，伟乎大哉！汹汹乎其文章一之正法眼藏也。沛霖自束发受书而后，于他艺能，自度无可努力，惟于文之一事，则颇矻矻求之而不厌。顾空山寂处，启迪无人，暗索盲求，所得常不敌所失。坐是辄用以自废，盖自戊己以来，文学一道，久矣不敢向人间道只字矣。结习未忘，得暇又复时时观览，以自娱悦。然于文之是非，又不觉探讨愈深而纷扰愈甚也。敢为先生一一陈之。夫文自宋元而后，习尚纷歧，不可究诘矣。嘉靖之世，七子主盟文坛，声华烜赫，而归震川氏独不谓然。震川之文固有非七子所可望其肩背者，然谓七子尽为庸妄，则遗文具在，谁敢信之也。且震川之文亦惟于满清乾嘉之际，得桐城诸子为之扬其波而助其流。故后世始有爱而好之耳，而谓文尽在兹，然乎？否乎？曾涤生平生自谓私淑姚惜抱，惜抱文字以淡远擅胜场，虽近取方刘，远祖韩欧，然究其恉归，何曾不与震川相近？震川为文，常谓取法司马子长，子长又永叔之所从出也。故归氏每一篇文成，波澜态度，与永叔合者为独多。曾氏既取法于姚惜抱，且变其束缚而驰骤之，亦震川亚也。是以曾氏之文有时亦与欧阳为最近，而曾氏为震川文集书后，顾乃极意诋之。文人相轻，不太甚乎！至若望溪，首标义法之旨，以号于众，其言亦颇足倾动一时之耳目。然必谓秦汉以前之文，无一篇无义法；秦汉以后之文，知有法而不失于法；宋元以降，则全无义法之可言。一若数百余年间，知有文之义法者独望溪一人。噫！何其背也。自今日观之，望溪之文实不足以肩随震川，而何论欧曾诸子。望溪顾于欧阳，亦多所讥议也。真所谓多见其不知量者哉。钱大昕氏云：方氏波澜意度，颇有韩、欧阳、王之规抚，惜乎其未喻乎古文之义法耳。以子之矛攻子之盾，方氏坟土未干，而议者已蜂然起矣。然则方氏之言又何可信也。是故考订愈多而愈乱，主旨愈求统一而愈纷。摇摇心旌盖不啻挂风帆于巨海中，茫然不知何者为涯涘矣。岂不惜哉！迩者一孔之窥，自谓偶有所得，以为龙门，而后当推永叔一人。永叔，性情人也，故苟有所作，无一不雍容逸豫，蔼然如闻其声。自非昌黎之故为高旷者可比。昌黎性情卑鄙，好强为大言以欺人，故其文适足以为欺世盗名者之具，且泥古过甚，往往故立奇异，以为高，立乎其外而观之，未有不见为可笑者也。不过，历代文人囿其范围之内，习焉而不之察耳。沛霖观先生大文，实与欧阳子如出一辙。志序一篇，末幅淡宕深折，尤是文忠集中得意文字，先

---

① 录自《国学丛选》1923 年第十二集，第 5 页。题为"与高吹万论文书"，署"揭阳吴沛霖泽庵"。

生果何修而得此乎？昔徐青藤评归震川之言曰，归有光今之欧阳子也。惜乎青藤子之遂不可作也。使得起九原而以先生文质之。安知不回翔雒诵，不能舍去。如当日避雨士人家时乎。沛霖赋性粗鲁，固不敢以文长自居，而先生之文则诚今之欧阳子也。蠡测管窥，不识先生亦许以为然焉否耶。文坛得间，伏惟时锡伟论，俾钝根不慧，得仗佛力作扶持，而不至长堕于黑暗世界中也。岂不幸甚幸甚。

吴沛霖顿首

## 与高吹万书（二）①

吹万社长先生侍史：

八月廿九日接到惠函，狂喜欲笑。呼童剖鲤，则中有尺素。縢以双文。环诵再三，益叹先生之丰于情而精于为文。沛霖前书之言之果为不谬也。于是又得得自负者累日。圹铭一首，义法甚深，赞叹之词，丝毫不溢其分量。铭语寥寥一十六字，而无限情感俱孕其中，谓非斫轮老手，安能若是。太夫人事略一首，如泣如诉，如怨如慕。文情在《陇冈阡表》之间，收幅惘惘。痴想数语，令人一读一坠泪。不意无母之惨怀而未发者，先生乃竟一一为我描写而出，令沛霖如亲其境，如闻其声，碎其肺肝而不之觉。情耶文耶，文耶情耶，何其微至一至于斯耶！至于评文伟论，钩纲撷领，大可书绅。

《韩文去毒》之选，尤所甚愿。忆曩岁曾为《读韩集》一绝句云："退之摇尾乞怜惯，一味愚人且自愚。侈说文章能载道，集中十九乞怜书。"当时举以示人，无不相顾咋舌。今果得同志于先生，可谓不恨也已。抑沛霖更有议者，昌黎自谏佛而后，贬谪潮州，《谢表》《琴操》俱成于是日，其气概卑无足道，识者早嗤之以鼻。或者犹谓莅潮八月，过化存神，其有功于潮人也甚伙，功过犹可以相掩耳。然以吾观之，实大不然。其必以野蛮鄙陋拟潮人者，非真也，盖欲借此以冀人怜悯而夸侈其政绩之隆盛也。夫潮人而果鄙陋蛮野矣，进士赵德、老僧大颠，何以昌黎一见面即延之友之，若是其亟亟哉！沛霖尝谓昌黎入潮八月，所最足镌潮人之脑筋，而至今尚未弛其信仰者，独迷信神权一事。夫鳄鱼，恶物也；鬼神，孔子之所远也。宋时，恶溪潭水犹有鳄鱼出没其上，太守某使人杀而殪之。见诸府志，事迹彰彰，大可考也，而昌黎必以祭闻。夫祭果可以为训哉！昌黎既祭鳄鱼，复事鬼神，读其文集，祭文甚多，而怪诞不经者，尤比比而是。是以潮之人士，至今一言一动，总不脱迷信之范围。至今城东浮桥，亦谓仙子韩湘所造，立像桥旁，塑土昌黎庙内，黄冠道貌，恬不为怪，一若不知昌黎之曾经辟佛也者。此其故，岂非昌黎之种之因，而后潮人乃敢荒唐附会若斯哉！自东坡子有庙碑之作，世人传诵不置，而昌黎莅潮，声价日益高。其实贫而善谄，富而善骄（吕医山人有求而来，退之遂骄慢而不之礼，即其确证），乃如是之人，安有事业之可取也。世人以耳代目，而潮人尤②未闻有一言辨及者，致论昌黎道德者，且举潮人钦仰以为证佐，而岂知其实固大大不然哉！深恃见爱，故敢历陈所

---

① 录自《国学丛选》1923年第十二集，第8页。又刊《太平洋报》，1912年10月6日。题为"与高吹万论文第二书"，署"揭阳吴沛霖泽庵"。

② 原作为"犹"，现据文意改为"尤"。

怀，以一证高明之所见。"蚍蜉撼大树，可笑不自量。"起昌黎于九原，而以是语吓我乎？所弗计也！所弗计也！

　　拙作早经录就，兹即附函寄交理事长处，一得半知撮拾无当，殊负本会旧学商量之雅意。先生有暇，倘能斧而削之，绳而正之，俾樗栎贱材，得与梗楠豫章，同见重于人世，其幸为如何也。拙作《先母事略》一篇，文法无当，然情之所存，必欲发之而后已，工拙未之计也。同病相怜，先生傥亦悲此意乎！附寄水墨画一幅，伏惟哂存是荷。

九月初三日弟吴沛霖顿首

# 与高吹万书（三）①

吹万社长先生侍史：

　　十月六日接到华翰，环诵再三，且惭且感。

　　先生奇才朴学，要自有真，即沛霖艳羡之言，亦了无装饰。在先生良贾深藏，自当谦让不暇。然以沛霖观之，又不得不谓先生之谦为过谦也。论韩之语，沛霖颇信为理足词圆，然以恕道待人，自是恂恂长者。先生云云，视沛霖高一着矣，安得不服。

　　画学一道，性所素嗜，惟缺于就正，故略无所成。山水一门，自十八九岁时，已滥收邑中画界名誉，嗣以艰于酬应，遂乃学写水墨。自此多亡歧羊，遂无就己。猥承推奖，夫何敢当。嘱写尊图，本不克任，谬托知己，遂乃泼墨挥毫，涂抹既终，又未尝不爽然自失也。

　　平生读画见解，颇异时流。以为吾人始临古人，继当写我胸中邱②壑，区区摹古，殊无生气。但知守一家法，尤为眼界不宽。故每一下笔，苦心经营，必欲使景致逼真而已。然以学力不足，游踪不广之故，藐兹怀抱，殊无以副，亦可慨也。即如尊图，描一"寒"字犹不出，则其所得，不亦仅哉。《先母事略》辱赐删削，喜莫名言。兹再寄传状二首，先生诲人不倦，愿再细为斧正，以归洁净。《黄义姑传》鄙意拟请先生为作征诗启，并传寄登海上报中，以传其事。先生主持风化，乐道人善，倘亦不以所请为太奢而许之乎。

　　小影一片，附函寄上，抛砖引玉，别有会心，敢请复函之日，即将尊容一并寄来，令沛霖既闻其语，又见其人，曷胜愉快？此询道履安好。

社小弟吴沛霖免冠<br>十月十二日

---

① 录自《国学丛选》1923 年第十二集，第 10 页。题为"致高吹万第三书"，署"揭阳吴沛霖泽庵"。
② 原作为"丘"，现改为"邱"。

## 与高吹万书（四）①

吹万社长先生侍史：

十一月十五日接到惠函，并法书一纸、玉照一张、吴集一册。拜受之下，感何可言！尊书古香古色，咄咄逼人。不意三十许人，而书法老苍若此，知其所养者至矣。持示同人，群谓是合石庵松禅于一炉而共冶者，先生以为然欤？诗词一道，沛霖殊未深求，少日信口讲吟，谬得一二文坛有力者之誉。自是辽东白首，妄自夸张，至以直抒情性为能事，以推翻家数为美谈。浮调滑句，遂凑集笔端而不之觉矣。辱承纠谬，佩也奚如。至若为文，尤少心得。曩岁托迹星洲②，曾参报界末席。凡有所作，但求适时，延蔓支离，过后观之，殆不成语。戊申回国，自视益觉慊然。乃思致力学文，以求夫所谓文之义法者。然以素日谬博过情之誉，故所怀未遂。而皋比坐拥，弟子盈堂，俨然为人师矣。个中疵略，谁肯为沛霖言者。今遇先生，乃如盲之得导，跛之获相，掬诚相与，乐何可支！此情又何以为报耶？北向望风，惟有额手而已。《黄义姑传》遵即膳写寄去，匆促临楮，不尽欲言。顺颂著安！

社小弟吴沛霖免冠

## 与高吹万书（五）③

吹万社长先生侍史：

邮人来迟到明信片。辗转翻读，甚喜欢也。前承寄赠陈卧子先生文集，先生见赐之隆，与沛霖受惠之惯，曷胜谢谢？卧子先生文章生气盎然，求之古今作者，似与侯朝宗氏为近，然其经济弥纶，不区区向字句间讨生活，则较之侯生相去远矣。文章中得此一派，以调和之，乃觉大不寂寞。不然，若震川氏之纯讲神味，桐城派之纯讲格局，美则美矣，其如不济于实用，何哉？丛选二集中，《论学》一门最为特色。尊者如精金美玉，令人爱羡不置。《论道》《论德》二篇合之，前集《论理》一篇，正成三美。是等文字，殆可谓前无古人，后无来者矣。以冠全集之者，其足为吾社光者，岂浅鲜哉？"通信"一门，亦多可玩索，如《答景盘第四书》《答朴庵论文书》，均见解超卓，可令多士一齐俯首。但以沛霖之文乃亦添附其中，似不类耳。抑沛霖更有言者，沛霖前此读文，既以往性情真挚者为主，故阅读古书而外，喜治欧文，兼及顾氏之作。欧、归文章，纡徐为妍，实足令人百读不厌。然彼既得于道以为文矣，往复停顿，自不得不时作波澜以助其势。曩者会怪曾涤生氏论归之作"乃有神乎味乎？徒辞费耳之语"。评剔古人，何太过也，岂归氏真有足以取訾者欤？抑曾氏致力既殊，挟持亦异，则其所见亦不免有一偏之处也。及读先生书，然后废然迫，翻然悟焉。呜呼！先生所谓一篇之中，往往有可删节处者，非即曾氏所裁之义，皆可以下陈之意欤！自今而后，吾乃知所趋向矣。昔者吴仲伦言曰："学者学文须从

---

① 录自《国学丛选》1912 年第三集。
② 原文作"州"，现据文意改为"洲"。
③ 录自《国学丛选》1914 年第五集。

韩柳入手，勿喜欧会之易也而先之。"自今思之，斯言殆有至理。顾韩则非吾所欲学矣。取古人而定于一尊，吾其师柳也。夫迩者，潜心柳州之文亦既数月，顾以素日空疏放任之故，一旦学兹缜密奥妙之文，自顾都无一得，率兹以往，吾又安知其不终府于危也？先生爱我者，可亦肯为再进一解，令沛霖有涣然冰释之？快乎临楮神驰，不尽一一。顺询道安！

小弟吴沛霖上言

## 与高吹万书（六）①

吹万社长先生侍史：

大著四首，都一一读过。悦服之忱，与次数俱长，喜可知也。《王祖康圹铭》一则，尤绝出色。作此题时，想见窄巷短兵，大英雄终不肯示人以无用武处，其气慨为何如矣！刻已代钞登《大风报》上，令人世同兹欣赏，质之先生想亦首肯，不吾让也。暑假多暇，拟到金陵、西湖及尊处一游，刻恐又不果矣，如何如何？

七月廿九日社小弟沛霖顿首

## 与高吹万书（七）②

复书收到，快慰有加。商兑会一切如常，尤堪庆幸。投稿虽少，但得先生一力维持，定不至为潮流所摧折。吾辈既无意于人世，当此土苴旧学之时，人弃我取，敝帚自珍，殊大快事。愿先生其无馁也！新潮发生，苟能持之至终，未尝不可以救世。但恐进锐退速，正如梁卓如倡诗界革命、文字革命，一时何等烜赫，不旋踵而冰消云散耳。总之，无论如何，吾辈生此乱世，终当抱"无道则隐"一语为宗旨。其于文字虽复有所论略，亦须守定二种意思：一不争，二自得。不争则人世虽臻若何变更，均可置之不理；自得则猎史渔经，在在视为淑性陶情之具。鄙见如斯，不知先生以为是否也？夫生此世界，安有正谊！我如以挽颓救弊为声张，人必以腐气顽物为訾詈。何如各适其适，各是其是，勿相排毁之为得哉！

社小弟吴沛霖拜启

## 与高吹万书（八）③

不通音讯，遂逾数月。悬悬之念，未曾一日忘也。弟伏处潜楼，吟读颇适。惟懒于执笔，迩来迄无一字出诸腕间。去岁周子元先生同住礐石，颇多酬唱之作。先生曾赋《山居》五十首，索弟步韵，弟仅步其十首。然婢学夫人，甚惭不类。兹寄呈一粲。周先生五十首中有一首云："过从晨夕迭赓酬，读书看碑尽箧搜。闲向乱书堆里坐，歌声金石出潜

---

① 录自《国学丛选》1914 年第五集。
② 录自《国学丛选》1920 年第十二集，第 1 页。题为"与高吹万书"，署"揭阳吴沛霖泽庵"。
③ 录自《国学丛选》1922 年第十三、十四集，第 1 页。题为"与高吹万书"，署"揭阳吴沛霖泽庵"。

楼。"即为弟而作。惜此时不能全数录观，而周先生已于秋冬之间归道山矣。惜哉惜哉！此地山明水秀，风光绝好。弟赁居此后，意惓惓不忍他适。日前曾口占二十八字云："拣水遴山廿载余，惬心何处觅攸居。却从海畔逢佳境，暂借一龛读吾书。"语虽不工而意则挚爱此地已极。故携眷居此一年余矣。先生亦有南游之兴欤？五六月间，此间假期。届时各校生徒大多归家，遗此一座清绝海山，归吾辈心知其意者享受，其趣味有非笔墨所能罄者。先生如能来此避暑数月，则不但弟之幸，亦此间山水非常之遇也！

弟吴沛霖拜上

## 与姚石子书①

阁下《荒江樵唱自序》一篇，持论伟哉。抑与沛霖论诗之旨重有合者。敢固愚见一尽所怀？阁下傥亦不嗤为老生常谈，而且笑存之欤！沛霖曾谓文章之事，不从古人入手，殊无以通晓途辙，而启沃性灵性至于领解之余，吾有吾之遭逢，吾有吾之见解，古人自古人，吾自吾，至不同也。既不同矣，而于文字之间犹必斤斤仿效。其失真不亦多哉？抑其薄待乎，已亦太甚矣。若夫有韵之文，尤为陶写性情之唯一文字，遂古未有书契，先有歌谣，凡所云云，类皆若。自己意之所倾向，进而至于商周之世，风诗三首，依然真意涴纶。降而至于汉魏之间，古诗十余，亦觉寄情真挚。傥必强分派别而后始可言诗，试问如此佳作其师承果何自欤？此沛霖所为对阁下言而狂喜欲笑也。嗟乎！自晚近数百年来，士日揣摩于帖括科举之学，风雅之失传久矣。满清末造，所谓文坛有力者，又复划疆分界，居居然以好尚宁诗为得意；以剿窃一家为能事；捕声掠影，侈为微妙之辞；艰涩、涩僻、枯诧为深至之语。凡古所谓诗以言志，及读其诗而可想见其为人者。至是已大不可问矣，岂非诗道之一大劫运哉？阁下年少多才，见解又超卓如此，纵情孤往，成就何可言量！他日登高一呼，众山皆应，挽回风气。微斯人，其谁与归？若沛霖者，中年渐至，旧学就荒，亦惟是行吾素志，聊以自娱己耳，偶感崇论吻合下怀，辄复发愤一道。阁下其亦引为仝调而愿辱教之否耶。沛霖顿首。

左书一通，拟于前日寄去，嗣得吹万居士来笺谓拙诗出之太易，宜加药焉。憬然有悟，此书遂乃弃置不递。既而思之，人各有怀，本难强出一辙。各以所怀，互相勘较，勘较既审，昔非今是之观念益精。则改途易辙，亦较易，兹故另行缮写，上质高明，抑所谓商兑云者，或也不外是欤。

## 致蔡竹铭书（一）②

尊辑《文字因缘录》两册经照收到，欣谢何既。集中讷老五君咏及尊者《次闲闲山人韵》数首最所喜诵。余亦美不胜收，诚哉其可存之作也。黄君仙舟、孙君裴谷皆十廿年前画友，彼此不相闻久矣，闻其寄来佳作多张，急思一饱眼福。五天以内或者到汕一偿所

---

① 录自《国学丛选》1912年第三集。
② 录自蔡竹铭：《蔡瀛壶退龄集》（第4卷），第52页，1924年作。

愿，且得以倾聆大教，俾开茅塞，其为感幸又将何如！

## 致蔡竹铭书（二）①

接手书惊悉黄陈二兄去世，感悼良深，仙舟处境极优，何天竟靳其年寿若此？每念廿年前客星洲时，同好无多，一时交情亲密，有如手足。不意别后天各一方，竟断闻问。久思倘得机缘，当谋良晤，今竟已矣，痛何如哉！芝卿兄虽只一面，观其翩翩洒洒，讵是短命之人？天意如斯，何其酷也！吾公数年间屡受师友身后之托，而皆能不负死者，方之东汉节义之士何以加兹？滔滔斯世，竟有如公其人者，仗义若此，即此一著，已足风世而传后，况其他哉！讷翁复诗已收到，读之狂喜。但有一事不能不令泽惭恧者，忆前日郭君楚琴曾戏呼泽为吴隐居，泽谓为笑话，今讷公竟亦隐君相称，岂不令人更为颜汗！偶然涉笔及此，愿公谅而哂之！

## 与卢育尧书②

育尧贤弟：

久不通音问，想诸事定多清吉。兹寄去书画约二种十张（雨五张、泽五张），到请收起。此件非欲广招生意，乃欲止住来源，即三二知交亦可藉兹免受他人托付之苦。倘遇吾辈旧人，即可将此意述明而送与之。想见者当能谅此区区，不至令人长叹画债难偿之苦也。

泽庵手泐
完月十九日

## 与二兄雨三书③

二兄大鉴：

匏存室诗经收到，读之多有……其妙者。甚矣，此老诗心之奥也！自兄回后，尝邮寄一信，越数日，又寄去报纸五张。想皆收到矣。今晨拟寄□报，植坤来，乃托其带去，内有信与兄一谈。兹故不复赘焉。

即付植坤去买物沉。

弟顿首

① 蔡竹铭编：《寄楼鳞爪集》，第17页。
② 录自信札原件，刊卢位凡、吴晓峰编：《吴雨三吴泽庵书画集》，揭阳：揭东文联2003年版，第38页。
③ 录自信札原件，刊卢位凡、吴晓峰编：《吴雨三吴泽庵书画集》，揭阳：揭东文联2003年版，第38页。

# 卷三　雨三诗文

## 诗

### 题兰诗<sup>①</sup>

#### （一）

泛棹曾经湘水浔，旧游仿佛画中寻。美人香草分明见，不独灵均寄托深。

#### （二）

相思遥望楚江浔，香草丛中寄托深。写出离骚千古恨，不知谁识美人心。

#### （三）

露冷香飞展素心，碧丛芳草伴幽襟。湘皋千里空瑶瑟，何处春风托指音。

#### （四）

读罢离骚九畹词，美人空谷起相思。数茎时向毫将吐，不是同心妙不知。

#### （五）

湘流渺渺远烟氛，对影重招楚客魂。一种幽情消未得，却翻残梦写秋痕。

#### （六）

笼雨和烟湘水滨，羞从桃李斗芳辰。幽魂一种何人赋，笔底春风烂漫生。

#### （七）

深山空谷少知音，一卷离骚好寄吟。漫道幽香皆服媚，月明楚客梦常深。

#### （八）

托根巨石少知音，一卷离骚好寄吟。漫道幽香皆服媚，月明楚客梦犹沉。

---

① 据吴雨三 1915 年《兰谱》手稿整理。

**（九）**

泛到光风气自薰，幽兰扇发冠花群。梦回燕国三更月，露冷湘江六幅裙。

**（十）**

绝胜天骄增俗艳，更能尘滓蔽清芬。披图雅擅兰亭笔，空谷吟香若可闻。

**（十一）**

一枝珍重谢家庭，蕙带蓉裳撷远馨。湘水旧游秋月皎，沅潭遗恨晚江青。

**（十二）**

雅怀谁向闲中取，逸兴空教纸上经。堪羡幽贞林下挹，北山想见草堂灵。

**（十三）**

几阵春风认畹兰，美人玉质寄毫端。离骚亦欲纫秋佩，浓墨淡妆雨后看。

**（十四）**

春风春雨送潇潇，为垂湘帘意寂寥。欲赠素心谁寄得，故人遥在白门桥。

**（十五）**

粗笔淋漓墨未干，悠然写出菊与兰。此花旧号贤明友，莫作寻常小草看。

**（十六）**

雪来霜林未着花，闲将秃笔写枯槎，问谁领略春消息，只有孤山处士家。

**（十七）**

学画剩有墨三升，闲绘孤山□剡藤。雪冷霜寒花始见，一生傲骨自崚嶒。

**（十八）**

江山随处播清香，幽谷无人亦自芳。一自骚人翻楚调，几人立□吊三湘。

**（十九）**

香自清幽韵自超，澄吟密句咏离骚。素心底事甘寥寂，毕竟空山位置高。

**（二十）**

兰生空谷，谁识素心。惟介老石，相契益深。

**（二十一）**

兰幽而芳，芝灵而秀，合作一图，以颂眉寿。

（二十二）

写出数枝清淡影，空山流水月明时。

（二十三）

莫道条条淡数笔，山中兰种本所□。

（二十四）

石是米家袖里攫，花从楚客畹中吟。

（二十五）

原草离离死复还，美人偏受棘荆残。

（二十六）

除却松根与竹节，欲寻高格似君难。

## 题瓶兰盆菊①

幽兰白菊影参差，和墨和烟共写之。记得礜峰园半亩，浓阴满径月来时。

## 答蔡瀛壶见赠原玉并柬朱粥叟遯庸两先生②

蔡子独断多抱负，人皆趋炎彼独否。孝乎父母且友于，询之众人齐点首。
文字结交遍国中，声气感及盐溪叟。两廉文章冠吾曹，亭在江南碑在口。
元方季方难弟兄，继承无愧轼辙后。姜家大被惯同眠，允矣无独而有偶。
我与我弟本庸庸，以画诗书相爱友。我书象形等涂鸦，我画画虎反类狗。
我诗佶屈尤聱牙，未曾读书愧欧九。只因庸拙惯同居，醉翁原意不在酒。
何堪并公修庸行，逊却诸公才八斗。

## 竹铭先生六十寿诞绘兰四幅为贺并题诗四首即请正之③

### 素心兰

我读公诗感不禁，超如天籁发清音。曲高和寡知难敌，聊托王香表素心。
（余自十余岁即知摹我家芷畇先生兰，至今年五十九，尚无佳趣。至于文字，虽有弟兄之唱和，未有父子之继承，视翁相去远矣。雨三）

---

① 录自作品原件。刊卢位凡、吴晓峰编：《吴雨三吴泽庵书画集》，揭阳：揭东文联 2003 年版，第 21 页。
② 1924 年作。录自《小瀛壶仙馆诗府》（第 3 卷），第 11 页。署"岭东吴泽霖雨三"，"泽"为"汝"之误也。
③ 1924 年作。录自蔡竹铭：《蔡瀛壶遐龄集》（第 1 卷），第 20 页。

### 同心兰

中原滋蔓草难图，兰蕙馨香幸不孤。多谢江南高处士，远贻芳契到山隅。

（我与竹翁居相近，年相若，因平昔未通音问，故彼此失把臂欢。而翁子少铭君征诗诸书竟得自松江高吹万君之手，岂不奇哉。雨三）

### 报喜兰

芝滋百亩流香远，蕙树一庭布叶蓁。最喜阶前添报喜，栽培应手得佳儿。

（翁子少铭君年少气盛，文章彪炳，虎父无豚子，信矣。雨三）

### 倒悬兰

入世而今周一甲，共和见过颇堪怜。小瀛壶里多玄秘，肯为苍生解倒悬。

（自民国至今十三年，岁无宁宇，疮痍满目，几不忍视。我居山中每一念至，为之怆然。甚愿有道者以解此也。雨三）

## 礜石赋归来①

礜石赋归来，托迹荔园里。树阴惯行吟，理乱不知矣。
孙生爱春晖，有母歌天只。闻我居闲闻，乞言到梅里。
我读征诗文，备载母行止。少壮尝居贫，如荼甘如齐。
苦尽甘旋来，爱心发桃李。丹桂树五枝，女萝见两美。
灌溉尽诗书，叶叶皆荣伟。母年今平头，吉事都萃□。
诸子善引抛，摛词偏遐尔。□把小毛锥，来……

## 题自作墨兰②

画兰不可多，多则画成草。数叶两枝花，依稀自然好。

## 冬梅秋菊③

冬梅秋菊，合作一图。异时同聚，见德不孤。

---

① 作者手稿，残，无款。
② 录自作品原件，刊卢位凡、吴晓峰编：《吴雨三吴泽庵书画集》，揭阳：揭东文联 2003 年版，第 30 页。题于作者之画上，款题"雨三题"。无年款。
③ 录自作品原件，刊卢位凡、吴晓峰编：《吴雨三吴泽庵书画集》，揭阳：揭东文联 2003 年版，第 10 页。题于作者之画上，款题"礜山雨三作"。无年款。

## 昂友公像赞并序①

吾祖至霖，居双山者，盖七世矣。闻之先考邦士公曰："祖奇男子也，其先人实由闽之云霄来潮之饶平，又由饶平来潮阳之徐厝寮居焉。徐厝寮山僻之一小村也，穷苦硗瘠，不适生存，而又杂姓聚居，颇无佳气。祖既生于其间，幼而病之，既长以壮。清康熙时，乃择地于揭阳城西三十里之石母山麓，携君子居焉，即今吾等所居之双山乡是也。"呼呜壮哉！以一山野小民而思想超卓如此。果也迁地为良，迄②今相去二百余年，而人数已达六百左右。呼呜壮哉！后起有人睹兹遗像可以兴矣。于是乃拜手稽首而为之赞曰：

是惟吾祖，实世伟人。观厥历史，炳炳麟麟。先世在潮，曾经再徙。
郁郁久居，无状可喜。迁于乔木，祖首发明。伛偻提携，尽室以行。
卜居揭阳，石母山麓。歌斯哭斯，斯聚国族。六传而后，以及于霖。
叔伯弟兄，其族林林。以长以生，皆祖之赐。伟哉祖功！卓哉祖志！
肃此遗像，作纪念碑。后有起者，表无忘兮。

裔孙汝霖谨撰

## 黄氏太孺人号义贤像赞③

在昔汉中，有刘中垒。特传列女，以为风轨。载在册文，备见汉史。
遵其范者，莫不静美。考诸训词，在饬纪纪。肃雍闺门，先重廉耻。
勤厥纫缝，以佐夫子。奉养公姑，谐和娣姒。教子育孙，门内修理。
令德无忝，如是而已。乃有孺人，义贤黄氏。平生庸德，堪古女比。
无怨无恶，必恭敬止。傅诸后人，以为率履。

门晚生吴汝霖顿首拜撰并书

## 清太学生卢通诵公像赞并序④

此吾姨表叔像也。叔性明达，常为和事老，议论风生，能以片语折服人。现年七十八而强健异常。余在碞石课文归来，闲日辄一至，至必尽欢而去。少极贫，与吾父为姨兄弟，彼此相依如手足焉。今即其所知者略记之：十五始创卖糁肥业；十九丧父，始任家务；廿二岁助成桂岭开墟；廿九岁开糖房；六十三与众筹创石母学校，明年校成；辛亥六十四，倡建集义公祠；癸丑又于桂岭市建铺十九间，以为祭业；生子六人，五十一岁始抱

---

① 录自吴佐熙纂修：《陵海吴氏族谱》（第5卷），第20页。《陵海吴氏族谱》于1916年出版。
② 原作为"乞"，现据文意改为"迄"。
③ 录自像赞原件，该件现存新亨陈代裔孙处。题为"恭赞太孺人号义贤黄氏像"。其夫陈公继周像赞为丁芝英所作。
④ 录自像赞原件，该件现存龙岭村卢氏裔孙处，20世纪50年代初该件重新装裱时，卢氏裔孙请陈国沂先生重抄像赞缀于像上，雨三先生所书遭弃，止留像赞内容。

孙，至今年已有孙男十五人，女十二人，可谓盛矣。爰为之赞曰：

> 矍铄哉翁，卓有古风。幼稚孤苦，长大亨通。桂岭开市，创建有功。
> 守约兴学，善与前同。集义置业，有始有终。孙枝苗长，德业无穷。

共和十三年甲子，表侄吴汝霖

## 卢母何太孺人像赞①

> 懿哉慈母，女德不愆。事亲尽孝，教子以贤。鸿案相庄，白头到老。
> 佳妇佳儿，六双都好。善与慈母，葭莩联姻。岁时人事，蔼蔼可亲。
> 儿孙绕膝，欢乐有余。左右问安，点额纤徐。摛斯菲词，母闻应嬉。
> 藉作家乘，以为母仪。

表侄吴汝霖撰并书

# 联

传神古有李思训，识字今无杨子云②

山居且让孙思邈，市隐无惭韩伯休③

闲门向山路，深柳读书堂④

地僻门常闭，心闲境自宽⑤

兰香欣满座，玉屑羡盈居⑥

---

① 录自像赞原件。

② 录自作品原件，款署"翼臣四兄大雅属，雨三吴汝霖"。

③ 录自作品原件，揭阳博物馆藏，刊黄舜生，许习文编：《潮汕历代墨迹精选》，汕头：汕头大学出版社2004年版。款署"崇庸宗先生正，雨三弟汝霖"。

④ 录自作品原件，款署"克益学兄属，雨三汝霖"。

⑤ 录自作品原件，刊卢位凡、吴晓峰编：《吴雨三吴泽庵书画集》，揭阳：揭东文联2003年版，第16页，款署"雨三"。

⑥ 录自作品原件，刊杨得鸿编著：《历代潮汕名人书画》，广州：岭南美术出版社2004年版。款署"振德仁弟雅玩，雨三书"。

# 文

## 跋郑小樵梅谱①

壬子，学生家宏韬②由亲戚寄到《郑小樵梅谱》二册，予意欲置此册，查其板系浙江私家所藏，知非易得者，因命学生徐名柔摹梅，子让美摹字，数日遂成此册，订而藏之，以备写梅之格。

时民国元年十月十六日，雨三氏书于榕江西院

## 延陵公画像记③

甲寅年夏，倡修陵海宗祠族谱。汝霖忝任揭属采访职，亲履□□一带各地广搜旧籍时，时偶过揭城某氏家，出所藏吴中名贤□像一帙，观其跋云："自周至清共五百六十余图，道光时经吴抚陶□封刊石入吴中景贤阁壁，原画稿本为丁雨生中丞携带□潮。今虽仅得十七图，而我祖延陵公即其开卷第一帧也！□节季子传一则，为石琢堂所亲书者，陶序谓诸像或得之□□拓，或得之家传，无一意造者。"汝霖奉观之下，无任庆幸。窃惟泰伯封吴至延陵，而益显清风亮节，虽详载往籍至丰神道貌□二千余年之遥，末由而窥今获偿愿望，乃亟摹出，谨冠诸谱，□使群子群孙获遂瞻仰之私，亦未始非祖灵之有以默护焉。

裔孙汝霖附识

## 跋兰谱④

兰谱二字，杨君淡吾所书。吾与杨君同住榕江学校五六年，颇挹兰言之奥。

明年，杨君应工业学校之聘，将从此分袂，乃请君题此谱以作纪念。……盖民国四年……冬月。

---

① 1912 年作，刊卢位凡、吴晓峰编：《吴雨三吴泽庵书画集》，揭阳：揭东文联 2003 年版，第 16 页。《郑小樵梅谱》为吴雨三之子吴让美与学生徐名柔合摹。

② 吴宏韬（1894—1952），字君略，号梅隐。广东揭阳县曲溪路篦村（今属揭东县）人。广东法政专科学校毕业。民国时曾任揭阳县主任丞审，后任家乡学校校长。喜画墨梅，画学吴泽庵。逸笔草草，富有生气。能诗，著有《梅隐诗品》《吴君略诗草》，未刊。

③ 1914 年作，刊《陵海吴氏族谱》（第三卷）。

④ 据 1915 年作《兰谱》手稿，《兰谱》为雨三摹前人或当代写兰名手所作兰画之稿本及题画诗句等。有李晴江、吴应凤、林苍石、黄剑香、林岩耕等诸家。于《兰谱》中可见其习画兰之径也。杨柳清（1874—1944），字淡吾。揭阳榕城人。清末附贡生，早年从同邑何子因先生受聘往就新加坡端蒙学堂教席多年。返梓后，历任汕头华英中学、揭阳榕江中学国文教师，一生以培育后学为职志，刻苦自励，诲人不倦，蔼然有儒者风，民国二十二年（1933）六十初度，门生吴文献、郑楷、林清扬、许照宴、黄干修等数十人，缕屏制锦，演梨祝寿，揭阳县长谢鹤年颁赠"教育英才"匾额，并亲诣杨府祝贺。

## 跋吴嫂魏夫人录①

右诔挽词赞诗文等若干篇，我宗伯谦兄为其夫人魏氏征诸当世缙绅先生之所作也。夫人生上寿不过百年，惟文字乃足以传久远。古来忠孝节烈，孰非藉此以存于今哉。伯谦知其然，痛魏之不寿，谋所以补天祚之不足，而征文于当世诸公，吾知其必有以遂厥志也。昔颜回短命，得夫子一恸而名彰。曹娥侧陋小女子耳，有黄绢幼妇之辞，至今传之。我邑前明冯公，因黄月容之夭折，为之建寺铸钟，又得郭忠节之奇作传，至今过黄岐山月容墓者，如见其为人。今魏虽无奇节异行，而一片爱国苦衷，已足千古，又得当世诸名公作诔文等，以彰之。他日择其与夫人最关切者勒诸贞珉，安知不能与曹娥、月容等并垂不朽耶！昔余居榕江最久，与伯谦共事者半年，间曾到城隅伯谦宅，见氏古朴幽闲，有荆钗布裙风，以为伯鸾、孟光，必能齐眉到老。及闻噩耗，颇疑与所见者不类。呜呼！孰知彼之所以不寿者，乃其所以得寿也乎。爰跋数语，聊以塞我伯谦之悲也。

宗弟　汝霖

## 题兰石图②

庚午秋七月一日，余自揭来礐石，因家香谷③年六十，到县写屏，该屏是乡中人做送，属余书写作者在邑带来索书画者之纸多张，泼墨横刀，时孙植添请画，因记之。

## 题兰图④

雨三氏民十九九月三号作，盖阎锡山、冯玉祥、张学良在北平开扩大会议反对蒋介石云。

## 跋泽庵墨竹小品⑤

此画为泽庵所作而贴于笔简者，计自泽死后，凡有所作皆收藏之兹同□□也。庚午冬雨三记时年六五。

---

① 1928 年冬作。录自己巳年（1929）吴文献编《吴嫂魏夫人追思录》，第 123 页。魏夫人为吴文献之妻。吴文献（1890—1952），字伯谦，署所居为榕石园、文献楼、谦庐。原籍揭阳曲溪，后居榕城。毕业于保定军官学校。以军功升任军区参谋长。曾任潮安县长。擅书，初宗王右军《十七帖》、苏东坡《大江东去》，笔走龙蛇；晚改师魏碑，一变而为沉着，柔中带刚。以行草名世。

② 录自作品原件，刊卢位凡、吴晓峰编：《吴雨三吴泽庵书画集》，揭阳：揭东文联 2003 年版，第 21 页。

③ 吴香谷（1870—1942），原名树芳，以字行，揭阳县人，附贡生民。民国四年（1915）当选为首届揭阳县商会会长，民国十年（1921）任县议会议员，民国十二年（1923）任地方保卫团总局局长，民国二十二年（1933）任县救济院院长。先后参与重修揭阳孔庙、翻印《揭阳县志》、重修黄岐山塔等公益事业的财政工作（《揭阳八十年乡宦耆寿闻见录》《榕城区志》）。

④ 录自作品原件，刊卢位凡、吴晓峰编：《吴雨三吴泽庵书画集》，揭阳：揭东文联 2003 年版，第 16 页。

⑤ 录自作品原件，刊卢位凡、吴晓峰编：《吴雨三吴泽庵书画集》，揭阳：揭东文联 2003 年版，第 17 页。

## 跋林则原赠春联小册页①

林则原老所书，宜存之，因此老亦佳书人。林名宪，曾为榕江校长，予与同事多年，民二十年暑天终。年七十。

## 题夫人何淑芳像②

何氏性慈，作事果断。一生自量，不敢希冀非分，故从重一世。虽无甚荣作，而亦无大辛苦。民国二十年辛未十一月初七日酉时因胃病卒于家，年六十五。余尚在礐石舌耕，以后即为鳏鱼之人矣。

壬申二月十二日雨三年六七记

## 跋重抄五十寿辰友朋所作像赞③

此余五十岁居榕江作教习初造像，友朋作之为余赞者也。后二年即往礐石，今忽忽十七年矣。幸小女子颇能文墨，故自去年得水肿病，一切功课女子韵香肩任之。今年长孙植添高中毕业，能继余事，余拟就此赋闲以优游林下，倘苍天许我，亦一生幸事也。

共和纪元后二十二年岁次癸酉六月二十号即阴历五月廿八日。

雨三记于礐石在涧庐，时年六十有八云

## 岭东浸会七十年纪念大会特刊序④

岭东浸会自美邦传来，七十年于兹矣！当时西士梯山航海，披荆斩棘，冒风雨、历霜露，以传基督之道于中国。其中不乏嬉笑弃唾，石击拳逐，以及欢欣鼓舞，奔走偕来之群众。而诸先达，无论遭逢若何之待遇，皆守之以智如蛇，驯如鸽之训不移。故薰其德而信之者，初不过一二人。而由暹罗、马屿，而礐石，日增月盛。至于今日，即有洁名会众五千余人，大中小幼学生五千余数，不可谓非上主之灵有以默佑之也！今日者，又有岭东同人等发起之纪念堂，峩皇典丽，以应此七十周年而行落成之典礼。中外人士，西不尽流沙，东不尽东海，趋跄左右，共唱大同之歌以表禧年之朕，皇哉堂哉！堂哉皇哉！顾犹有不能无遗憾者：自前年有修史之委托，因堂会一百十余所，兼之医院学校，以及诸先进人士，应编入者之众且多也；乃通函各堂会，至再至三；其中详悉答复者固不少，间有邮递四五次，仅录数言以应付，甚有并一字而亦无者，委办等既已笔秃唇焦，亦惟付之以无可如何之列而已！后此史成，则其疏漏阙略，鲁鱼焉鸟，当自不能幸免。委办等惟有守孔子

---

① 录自作品原件。对联为：初度际良辰，玉钩秋晓蓬莱近；大年庆周甲，金鼎烟浓兰桂香。甲子又重开，银钩和写长生字；神仙原不老，玉树争开富贵花。
② 1932 年作，题于原像背面，该像为雨三之学生吴植昆所绘。
③ 录自像赞原件，刊卢位凡、吴晓峰编：《吴雨三吴泽庵书画集》，揭阳：揭东文联 2003 年版，第 27 页。
④ 吴雨三：《岭东嘉音——岭东浸会七十周年纪念大会特刊》，岭东浸会干事局 1932 年版，序。

述而不作之义，及有史阙文之训，既不敢拟夫春秋之成，邀人之知，且甘以受人之罪。后之君子，继起而嗣辑之，即藉以作岭东教史之嚆矢，未为不可也！

吴雨三序于礐石在涧庐<br>1932 年 6 月

## 跋自作焦墨兰册①

题邦彦兰，自余得肿病，苦无聊赖！乃复添以左手足不能运动，苦又更何堪言！窃意陈琳草檄能止头风，杜甫吟诗能逐疟鬼，吾之作兰正藉以去一切邪魔撒旦耳。果也，病既三月即能举止自如。因志数言，以慰同道邦彦仁兄。

甲戌二月十八日，雨三

## 题自作墨牡丹②

自蔡石生仙游后，此花不见生于吾揭久矣。今特绘之，未免有东施效颦，诮然临场施箭，势有固然，识者谅之可耳！

雨三书于读吾庐

## 题兰竹图③

### （一）

清影摇风。

时在庚寅年仲夏之月抚郑，邦裕家叔台雅正，三仰漫作

### （二）

《易》曰："二人同心，其利断金，断金之言，其臭如兰。"

三仰写

### （三）

宁可食无肉，不可居无竹，无肉令人瘦，无竹令人俗。

时在庚寅之夏月生写之

---

① 录自作品原件，刊卢位凡、吴晓峰编：《吴雨三吴泽庵书画集》，揭阳：揭东文联 2003 年版，第 19 页。

② 录自作品原件，无年款。蔡石生，名蕴玉，字良辉，号石生。揭阳月城五蔡赤岸村人，清末秀才，县衙讼师。公余喜爱涂鸦，犹精水墨牡丹，作品清新淡雅，自成一格。

③ 录自像赞原件。该作为木制屏风，现藏双山村永裕居。原八屏，其他四屏因故无法抄录。据永裕居主后人谓屏风为雨三所绘。雨三为旧历五月二十九日生，第三屏有"夏月生"，则雨三曾字"三仰"，号"雨生"。然无其他可佐证，待考。光绪十六年为 1890 年，雨三时二十五岁，考取秀才。

**（四）**

竹影摇风。

光绪十六年仲夏月端阳后十天仰记，雨生学禅

## 题金底墨兰（四帧）①

**（一）**

兰生荆棘，愈见其真。孤臣孽子，生性尤明。甲戌十月作，雨三。

**（二）**

兰生石下，云气下生，欲与战尘，不莫生棘薪，雨三。

**（三）**

见吾家紫庭先生有此，雨三。

**（四）**

兰生幽谷，历久无涯。馨香之德，继往开来。民廿三年十月久病初起，稍有画兴因作此，雨三。

## 题瓶兰②

余逢甲戌忽忽六十九春秋矣！自去年得肿病又添偏枯，几成废人，幸女孙植娟来家扶提，遂有起哀哀之望，书此志之。雨三。

## 圣诞文③

洄溯天地由来，五行待用，阴阳诉合，万物孳生。七政德刑，施与日月，四时生杀，显于春秋。风雨和调，九州共庆。星辰④灼烁，四海咸歌。人杰地灵，祥光被于军国。山明水秀，瑞彩洽于闾阁。农为国本，币帛周流。商于货昌，金珠堆积。师讼爻兴，机关布濩。玄黄斗启，气象苍茫。弓刀箭石，枪炮先声。干橹轮蹄，鱼丽导线。迷雾满天，蚩尤布阵。东风卷地，诸葛登坛。五教宜修，国家叵测。三军当备，边徼不宁。大将操征伐之权，圣人行修齐之教。此儒释道三教乘时并兴，天地人三才克日俱动者乎。盘古氏，身躯高杰，故持日月，以照苍生；有巢氏，度量纵横，故操斧斤，以营家室；神农氏，口舌伶

① 录自作品原件，刊卢位凡、吴晓峰编：《吴雨三吴泽庵书画集》，揭阳：揭东文联 2003 年版，第 33 页。
② 录自作品原件，刊卢位凡、吴晓峰编：《吴雨三吴泽庵书画集》，揭阳：揭东文联 2003 年版，第 20 页。
③ 1936 年 12 月 20 日，美国浸会《岭东嘉音——岭东浸会历史特刊》序，署"在洄庐"。（第十卷第十一、十二期合刊《圣诞文》）。
④ 原作为"晨"，现据文意改为"辰"。

俐，天命遍尝百草；轩辕氏，心胸开拓，天命明著内经。其余若燧人、伏羲、尧舜、禹汤、文武、周孔、伊吕、阙闽□洛，有片长足录，滴□□矜。上帝莫不假以天时，资以地利，给以人和，而令展其射强、挽倒、扶弱之能事。中原若此，异国尽然。读《创世纪》，亚伯有三礼之才，名垂天壤。以诺有避世之智，身游乐国。挪亚重天爵，船泛长空。伯兰怀大信，家兴异域。雅各承天运，四百年之旅况悠悠。约瑟启祯祥，八十岁之威权赫赫。摩西丰姿俊秀，终为师长之尊。嫩子才德殷勤，竟成军阀之职。其余如参孙、基甸、耶弗大、撒母耳、大卫、所罗门、以利亚、以利沙、以赛亚、耶利米等，或以才力，或以智谋，或以经济。或以预言，或以传教，或以文教，或以武功，莫不受命天宫，奠安畿辅。陵迟至于季世，天命失败，风俗浇漓，哲王不至，先知绝迹。罗马置藩，以治其国。圣殿因官，以行其政。祭司贿选，议会滥。律例堕落，典章失修，水火、盗贼、淫风、痢疾、夷官、私党等，充斥于四境，攻诘于三途，国势岌岌，朝不保夕。约拿若到，四旬亡国，必复大呼。基督若到，七秩亡国，必不绝口。上帝有机缄之圣。将付基督，相机行事，侮则树斧可收，逆则鹰兵速集。当基督降诞之夕，马槽临蓐之宵，天使唱歌，牧野洞照，景星流曜，博士献金。奇迹既出于天家，刀剑遂动于希律，影响甚大，旋踵即成。结局，犹太忤旨，基督殉暴。罗马兴报复之兵，撒冷受屠城之苦。天国之宝座，既已高骞。五洲之教务，遂加扩展。至今万国信民，环球教会，崇拜宗旨，纪念遗徽，四时所守。有礼拜日、晚餐日、复活日、受难日、降灵日、圣诞日。诸节日中，惟圣诞日，最盛最广，为礼最重，普天同庆，薄海胪欢。演乐送礼，日夜不辍。中国素守旧礼，未念新恩。基督救一国，转而救万邦，再转而救犹太与夷邦。经书所载，转瞬将应，禧年大会，不久成功。夫齐一变，至于鲁；鲁一变，至于道；光绪一变，民国再变，离道不远，只一间耳。倘早晚会心，大行改教，中西合辙，四极联镳，登云程，而趋金阙，指顾间事。跂予望之。曷胜馨香祷祝之至。恭贺　圣诞。并祝　新禧。

礜石在涧庐

## 在涧庐记①

达濠岛之北，有角石焉，地属潮阳，与汕头仅隔一衣带水，群山盘郁，草木森茂，无严寒酷暑，盗贼兵戈患，时人或以小桃源称之。予于前十年就馆于此，居停主人雅相得，特于两山夹水间，筑楼以舍予，因名之曰"在涧庐"。即挈老妇同居，就此讲学，不问世事，洒然而为山中人矣。既予季泽庵，在高棉国，闻之而来归，赁屋其旁，嗣竟促予楼而居之。于是言有从也，唱有和也。视《考槃》诗所谓独寐寤言独寐寤歌者有间矣。忆往岁上巳之辰，曾集山中朋旧，共话庐中，乐且无极，时而登红澳之高峰，俯瞰东海，闻波涛澎湃声，震耳荡胸，尽举俗虑而涤之。归途赋诗，俨然有雩山沂水风浴咏归之概，何其快欤。乃人事推移，转瞬已成陈迹。泽庵既物化，诸君复多星散。春秋佳日，吾庐虚若无人焉，能无慨乎！幸而瀛壶居士倡壶社于岭东，不我遐弃，忧患余生，彼此同之，嘤嘤之

---

① 刊蔡竹铭《壶史》，民国十八年（1929）出版，因残本欠页，未能查证出版信息。又台湾新文丰出版股份有限公司 1977 年 9 月出版发行，款为"岭东吴汝霖雨三"。

鸣，竟移而作脊令（鹡鸰）之爱，凡远道朋旧佳作，多弁原笺相示，视联床对话，又何以异？而予亦每为击节而朗诵，读至高、朱、金、庞、张、吴诸先生患难关怀语，更心仪其为人，而悠然向往。窃以诸君子与壶公结神交于数千里外，而余以山陬闲民，亦得通声气于在涧之内；我爱我庐，不仅时读我书，斯非甚幸者欤！至庐外风景，洵非楮墨所能尽。兹就其有关身世者略记之。戊辰（1928）花朝日。

瀛壶与在涧庐主人兄弟交，介自闲闲山人。山人与主人之弟吴泽庵交最稔。泽庵殁，其兄以遗诗一集，丐山人序以存之，并志生前交谊焉。雨三先生称长者最，我得交之，皆山人之贶也！

在涧庐主人心仪居士兼心仪居士诸知己，一多情爱才人也！居士称为长者最，我亦心仪主人矣。

馨　吾①

# 书　信

## 致瀛壶居士书（一）②

握别以后，息影家园者月余矣，由舍弟泽庵转到《学海余波》一册，粗阅一过，愈悉文郎文章简洁，每篇多呈短小精悍之象，可喜也。嗣又寄到《文字因缘》，开卷有宗子威诸老，俱时下名流，彼此一唱一和，如两军对垒，旗鼓相当，再接再厉。非如《三国演义》中某军对某军，不过三合而即败北也。余尤欣赏其覆闲闲山人第二书。叙述人纲诸语，倘世间人能就此而行，则父子、兄弟、夫妇、师友共表天真，各行正路。有不呈嗥熙气象者，吾不信也。第三书论文断以明理，折衷取材等等，此即先生自道生平之得力，而欲以此金针度人者也。然而奉以语今日空疏人士，未有不目眩心寒，虽金针度尽，恐终格不相入也。惟以闲对闲，心心相印，不比等闲。且非忙里偷闲，同气相感，故不觉长言之不足。又咏叹之且不啻手之舞之足之蹈之也。吾弟约五天后往谒趋侍。时兄弟雁行，座中又添一新客，但未识能得闲中趣否耳。

## 致瀛壶居士书（二）③

承高君吹万递到尊著《寄楼余墨》并云笺三张，开卷一读如入娜嬛福地，目不暇给，给东方生食过蟠桃三次方有此吐纳。弟画兰四幅，不过聊答雅意，藉表馨香耳。然与公并

---

①　馨吾，即庞友兰，字馨吾，待考。
②　1924年作。录自蔡竹铭：《蔡瀛壶退龄集》（第4卷），第51页。
③　1924年作。录自蔡竹铭：《蔡瀛壶退龄集　别志》，蔡竹铭自印本民国排印本1924年版，第19页。

寿固所愿也。舍弟泽庵素颇以画梅著名，愿嘱挥写横斜一枝，庶月明林下，姗姗其来迟，较之讷翁效力之言，尤为省事。明公得勿意喜乎。书不尽意，愿强饭不宣。

## 与高吹万书①

承赐《国学丛选》十三四集（十三、十四集），浏览一过。见满卷琳琅，如入嫏嬛福地，目不暇给。而尤以先生诸戚族如姚方等篇及天放楼诸序为压卷。至于诗如金松岑、胡石予、杨了公、张伯贤、姚鹓雏；词如陈师曾、杨了公等，亦能独步一时。现拟将公等诗词录寄登汕头《大岭东报》文艺栏内，以见今日白话风行，尚有注意国学如几社者。吾知好古之士见之，必有不图今日复见汉官仪之叹也！抑犹有言者，在昔弟亦颇究心汉学，然所得极浅。自到礜石任事后，见世界之大，有四之三奉耶教。心窃窃疑之，及接其人见诚信谦让，多与常人不同，心更奇焉。乃立志研究其道。久之诚有如令甥所谓立言较易，行之匪艰者，于是遂虔心奉之，俾身心无滋罪戾。以贻爱我羞而从前一切不遂意事，俱付之东流，惟冀于社会上作些善事，以补罪愆而已。然其初自以为旧学根浅，见异思迁，一经道破，必至见笑大方家。此所以先生昔日有入会之招，虽心许已久，而至今尚未踵行也。今见僧弘一复石子书，亦见收贵集。知泰山之高，土壤无让。故敢进朋友所编批评非教书二册，请先生暇时一观。想必别有见解或批评之后加批评焉。则幸甚矣。贤郎君介等并此不一。

弟汝霖启

---

① 录自《国学丛选》1923年第十五、十六集，第11页。署"揭阳吴汝霖雨三"。

# 卷四　酬　赠

## 诗

### 揭阳双山乡邦士公像赞并序[①]

陈倬云

　　此吾友吴雨三君之尊翁像也。翁有子五人，雨三其次，泽庵其少也，在庠有声。余与交有年，因得悉其家世焉。雨三告余云："先大父道光时因乡里械斗，挈眷避居新亨市中，乃产吾父焉。父□□□还乡，家徒四壁。及长，出充盐商，获其赢余，稍赡家室。后退居乡里，凡青乌家言以及星日之术，莫不研究而通晓之，故历代坟茔悉资以修葬。世居双山之下寨，而亲属皆居上寨，两寨常有斗争，动辄寻衅。人劝移上寨以避患，吾父曰：'父祖安之，何轻去为，且两寨各挟意气，无人居间，难日至矣。吾之居此，正欲调和其间，并使子弟辈守弱不敢与人争也。'厥后两寨卒以相安。其用心类如此，今年六十余矣。往岁曾命工绘一像，衣冠正坐。吾子相知有素，乞为之赞，题诸帧首，藉以增光家乘，可乎！"余谢不敏，不敢率为。然雨三之意则勤矣，因就所闻，略序梗概而为之赞曰：

　　　　世奚宁静，和族睦邻。谦卑巽顺，人乃相亲。
　　　　末俗陵夷，睚眦寻衅。意气偶乖，相仇白刃。
　　　　翁家先世，避居村墟。孤儿茕茕，乃还故居。
　　　　长而豁达，耽书嗜酒。遂占市籍，以赡家口。
　　　　乡分上下，彼此訾訾。翁处其间，守黑守雌。
　　　　所处鲜亲，或劝他徙。翁曰否否，先人安此。
　　　　让则不争，和则不离。于人无忤，我何去为？
　　　　噫嘻晚近，南强风劲。安得如翁，以息争竞。
　　　　惟翁之教，纯笃一门。眷言弓冶，永矢弗谖。

---

① 录自吴佐熙纂修：《陵海吴氏族谱》，第18页。

## 雨三先生五十玉照赞①

郭　颖

城西三十里，岧峣双山蠹。下有高人居，龙蛇间隐伏。繄彼吴先生，淡寞如秋菊。
南容凛白圭，安贫甘藜蓿。涑水戒奢华，章身尚质朴。冰雪净聪明，神情弥渊穆。
责己重以周，接人温且肃。势利了无缘，藏诸宁韫椟。好古偏成癖②，书画工跻独。
南面拥书城，珍奇偏搜蓄。兴到临墨池，不知笔几秃。桃李复成阴，兰桂竞芳馥。
五十称寿觞，儿孙报育鞠。画工工写生，栩栩真面目。须发虽半苍，精神实炳煜。
南极星正辉，吉人享遐福。小子郭介吾，芜辞聊当祝。

## 吴雨三先生肖像序并赞③

杨柳清

先生揭阳双山人也。湛深学问，尤工书画，与弟泽庵皆有名于时。民国纪元前一年，
予与同事于榕江学校，今五年矣。先生之为人简易木讷，言若不出诸口，而谦抑端重，和
煦可亲，人尤敬爱焉。今年三月，其世兄让美倩画工章氏为先生映肖像，并放光填色。像
成，嘱余赞之，余爱先生端朴自好，又喜让美之能，先意承颜也，爰赞数语为之赞曰：

匡衡好学，黄宪居贫。里闾秭式，今古同珍。我爱先生，追踪芳躅。
学成米家，草参张旭。少能苦学，长负盛名。谦衷道貌，共仰先生。

## 恭题雨三先生玉照④

何俊英

双山之英，道义之灵。爱人以德，秉心惟诚。为闾里范，作艺林型。工书善画，钟王
齐名。

---

① 录自 1932 年雨三抄录像赞原件，1915 年作，时雨三五十寿辰，刊卢位凡、吴晓峰编：《吴雨三吴泽庵书画集》，揭阳：揭东文联 2003 年版，第 26 页。款署"雨三先生玉照，郭颖"。题为辑校者所加。

② 原作为"僻"，现据诗意改为"癖"。

③ 录自 1932 年雨三抄录像赞原件，1915 年作，时雨三五十寿辰，刊卢位凡、吴晓峰编：《吴雨三吴泽庵书画集》，揭阳：揭东文联 2003 年版，第 26 页。款署"愚小弟杨柳清拜题"。

④ 录自 1932 年雨三抄录像赞原件，1915 年作，时雨三五十寿辰，刊卢位凡、吴晓峰编：《吴雨三吴泽庵书画集》，揭阳：揭东文联 2003 年版，第 26 页。款署"兴宁何俊英"。

# 雨三先生写真①

### 郭玉龙

吴氏二秀才，生长双山麓。石母振双松，寒风飙高谷。乡人守耕耘，雨三始诵读。
与弟耦而耕，砚田岁屡熟。山村起弦歌，讵吟答樵牧。质朴剩皇淳，非欲玉球球。
腕下生梅花，胸中长修竹。丹青老不知，庸庸无谤讟。不鄙乞余言。薄劣久自恶。
非分望琼瑶，双山临尺幅。

# 题雨三先生玉照二首并序②

### 徐君穆

雨三，朴讷士也，能文章，工书画，尤热心教育，与余交最久。今年五月廿九适五十
诞辰，哲嗣让美为之绘其真容，余因撰五言俚句二首，聊效冈陵之颂云：

#### （一）

百年称上寿，五十日方中。冠履何须着，须眉已见衰。
但观神奕奕，那计童发童。卅载交情重，殷勤效祝嵩。

#### （二）

君岂不知足，眉端似带愁。桃李栽无限，沧桑感不休。
书画齐颜赵，文章冠斗牛。天伦饶乐趣，此外复何求。

# 岳翁吴雨三先生像赞③

### 许士翘

我翁笃于仁，抱璞而含真。虚怀深若谷，和光睦四邻。文登秋闱选，书成踵右军。
兰香标翰洁，涧泉处独清。神交秋水外，自觉慰平生。友于敦手足，唱随并贤荆。
峥嵘儿女辈，成器自陶均。噫呼嘻！我翁吴先生，人称翁是双峰灵气所钟毓，我
谓双峰得翁德艺以扬名！

---

① 录自1932年雨三抄录像赞原件，1915年作，时雨三五十寿辰，刊卢位凡、吴晓峰编：《吴雨三吴泽庵书画
集》，揭阳：揭东文联2003年版，第26页。款署"郭玉龙"。
② 录自1932年雨三抄录像赞原件，1915年作，时雨三五十寿辰，刊卢位凡、吴晓峰编：《吴雨三吴泽庵书画
集》，揭阳：揭东文联2003年版，第27页。款署"愚如弟徐君穆题"。
③ 录自卢位凡、吴晓峰编：《吴雨三吴泽庵书画集》，揭阳：揭东文联2003年版，第2页。款署"二女婿许士翘
敬题"。

## 酬吴泽庵惠画并答其见赠之作①

高 燮

黄岐秀出天南角，亭亭盖峙如帷幄。派分化作桑浦云，异彩纷披看不足。

寻源览胜恣探穷，飞泉递迤遥相通。黛光更接麻田色，至今高士留余风。

缅维高士吴子野，灌园隐居于其下。黄门一顾重千秋，八百余年谁绍者。

揭阳樵子（君自署揭阳岭樵者）高士宗，千丘万壑罗其胸。未经识面先心契，驰书追逐如云龙。

淋漓泼墨一尺纸，图成寒隐具妙理。烟霞顿起顷刻间，数椽位我山林里。

愧乏神仙鸾鹤姿，不成避世托遐思。著书志愿何由遂，人事频频日月驰。

苍凉已分穷酸死，神交肺腑谬倾企。远道瑶章屡见投，殷勤怀抱情无已。

好句能将画境传（谓赐题《寒隐图诗》），有时艳语亦缠绵（谓赐和《新体艳诗》）。论文尤撄骊珠得，虚受何难众善兼（君近惠赠诗，有"拟仗名言作主裁，从今取善要兼赅"句）。

如今道丧风雅息，文章乃随元气蚀。障川挽澜要有人，维持合仗吾辈力。

浩荡江湖路几千，侧身南望邈无边。何时握手共相见，纵酒豪谈结胜缘。

## 泽庵书来问山居状况若何亦有南阳气象否书二十八字答之②

高 燮

未误苍生未著书，萧疏门巷此山居。南阳本在人间世，也是当时旧草庐。

## 寄吴泽庵③

高 旭

揭阳吴子振奇士，文笔诗才画复工。千里闻声擅三绝，相思何耐蓼花红。

## 吴梅禅寄造像并诗次韵答之④

高 旭

天上花魂刚唤归，不图城郭已全非。可怜人比黄花瘦，只有山中猴子肥。

---

① 1913 年作。录自柳无忌主编，高铦、高锌、谷文娟编：《高燮集》，北京：中国人民大学出版社 1999 年版，第 499 页。

② 1913 年作。录自柳无忌主编，高铦、高锌、谷文娟编：《高燮集》，北京：中国人民大学出版社 1999 年版，第 505 页。

③ 录自高旭著，郭长海、金菊贞编：《高旭集》，北京：社会科学文献出版社，2003 年，第 176 页。

④ 录自高旭著，郭长海、金菊贞编：《高旭集》，北京：社会科学文献出版社，2003 年，第 199 页。

## 自砲台至南潮道中所见①

周 易

### (一)

路转榕荫蔽，潮回海气醎。溪声通石脯，树罅见风帆。
解渴黄芽茗，生凉白袷衫。往还程半日，前岭夕阳衔。

### (二)

近市尘嚣隔，沿村画意收。瓜棚支曲岸，苇箔障微流。
野犊眠沙软，溪凫狎浪游。几时专一壑，揽胜傍林邱。

## 柬吴泽庵②

周 易

### (一)

曾闻不药是中医，强似灵浆乞上池。止虐凭谁惊鬼胆，劝君高诵杜陵诗。

### (二)

彻夜无眠苦颇同，四更山月到帘栊。独从醉梦寻清醒，坐听松涛万里风。

## 步泽庵韵二首③

周 易

### (一)

灯火青荧破睡魔，相随形影伴行歌。书难割爱残篇补，纸怪盈堆索字多。
战垒风云惊倏忽，山栖岁月付消磨。隔邻幸有喁于侣，欢若平生似蔺颇。

### (二)

海气迷蒙④酿暝寒，萧条林莽拾余欢。花犹有信娱秋晚，云自无心出岫难。
浊浪排空谁作楫，乱山衔日独凭栏。阶前斗蚁缘何事，敛手相从壁上观。

---

① 录自周易著：《味菘园诗钞》（第 5 卷），第 18 页。民国印本，约 1921 年作。吴泽庵有和诗。
② 录自周易著：《味菘园诗钞》（第 5 卷），第 17 页。民国印本，约 1921 年作。吴泽庵有和诗。
③ 录自周易著：《味菘园诗钞》（第 5 卷），第 17 页。民国印本，约 1921 年作。吴泽庵有和诗。
④ 原作为"濛"，现据诗意改为"蒙"。

## 自题二十八岁小影①

周 易

### （一）

昔逢乙酉今辛酉，三十余年暑纬移。剩有拈毫旧情绪，书窗灯火记当时。

### （二）

翠竹青梧劫后春，几回桑海岁时新。依稀非我非非我，相对如同隔世人。

## 礜石山居杂咏②

周 易

### （一）

双影徘徊物外身，凉风吹袂晚晴新。虹桥一道山腰度，行遍松阴不见人。

### （二）

砑光纸样净无尘，舒卷蕉心雨后新。古帖久同高阁束，绿天谁是学书人。

### （三）

一角山楼树半遮，交柯夹路绿槎枒。斜坡片段成篱落，开遍墙头木槿花。

### （四）

晶窗镇日对螺鬟，坐卧烟云杳霭间。乍雨乍晴成画本，淡浓皴染米家山。

### （五）

开卷欣然习静宜，不关度世创新辞。深宵灯火逢休息，偶读西来景教碑。

### （六）

清浅秧田水一洼，相逢林下话桑麻。不如老圃悭生计，拟向邱樊学种瓜。

### （七）

洞口书丹剩勒铭，螺旋石磴藓纹青。刺藤花落游蜂少，独曳轻筇上小亭。

---

① 录自周易著：《味菘园诗钞》（第5卷），第18页。民国印本，约1921年作。吴泽庵有和诗。
② 录自周易著：《味菘园诗钞》（第5卷），第19页。民国印本，约1921年作。吴泽庵有和诗。周易（子元）《礜石山居杂咏》共五十首，约1921年作。泽庵作和诗十首，此选十二首为和诗所步之韵。

**（八）**

飞星攀仰最高层，甲乙丹梯上界登。夜半身疑依北斗，天风吹飓石楼灯。

**（九）**

插架盈堆四部刊，未忘结习拾丛残。异书浑似荆州借，老眼终嫌隔雾看。

**（十）**

芜废花畦半椭形，涉园成趣记曾经。只余数尺桐阴绿，展近檐牙坐雨听。

**（十一）**

隔海真疑别有天，怒潮时趁渡头船。夕阳芳草沙堤路，细数风帆日往还。

**（十二）**

过从晨夕迭赓酬，读书看碑尽箧搜。闲向乱书堆里坐，歌声金石出潜楼。①

## 耶诞日校舍宴会履綦毕集适作家书附寄一首用泽庵步月韵②

周　易

宝界华鬟恍共登，搋裳联襟兴飞腾。当筵饱啖牛心炙，照座分张雁足灯。
山月高寒邀影近，岁星谐戏幻形能③。朅来遁世真无闷，说与家园互笑矜。

## 呈泽庵夫子④

丘之纪

追陪几度走门墙，半榻琴书一炷香。满座春风怀盛德，他年岭海话清狂。
生成菊影天为偶，写就梅花句亦芳。冰是清才秋是福，果然声价遍河阳。

---

① 原诗注：谓吴泽庵君。
② 录自周易著：《味菘园诗钞》（第5卷），第17页。民国印本，约1921年作。吴泽庵有和诗。
③ 原诗注：贾校长扮圣诞翁。
④ 录自《谷音》1923年第8期，第100页。约1923年作。丘之纪生平事迹待考。

## 赠吴雨三泽庵[1]

蔡竹铭

花萼楼前春不负，金友玉昆今在否？有谁抗手晋机云，轼辙后来齐俯首。
我尝高唱望江南，相识两廉朱粥叟。元方难弟季方兄，遯庸先生碑在口。
不图瀛海得完人，埙篪声出延陵后。三绝同擅书画诗，季舞伯歌俗寡耦。
空中忽寄青邱书，招手鮀江联胜友。令威化鹤复归来，观海楼头看苍狗。
三人颜色一生缘，晚节黄花九秋九。聚星聚得客星多，唐棣一篇歌侑酒。
好风吹上孝廉船，吹向吴中酌大斗。

## 次赠吴雨三昆玉元韵柬瀛壶居士[2]

朱家骅

我读公诗呼负负，过情之誉然乎否。元方难弟季方兄，那不汗颜屡搔首。
画书诗擅三绝称，风流谁比延陵叟。伯歌季舞乐事多，吹埙吹篪不住口。
一事笑须让我辈，鳏居清福落人后。不置姬妾真义夫，公我兄弟世少偶。
花月晨宵娱老伴，嗷嘈焉用琴瑟友。他家拥红偎翠者，孟尝食客皆鸡狗。
不如我辈富诗囊，高歌消寒图九九。何时星聚荀与陈，把臂江楼共醉酒。
毫挥珠玉十万笺，高筑吟坛拜山斗。

## 诗大集赠吴君雨三泽庵两先生作齿及走兄弟次元韵代简[3]

朱家驹

西山先生颇自负，两眼青白含可否。谓我兄弟能友于，书到使人重回首。
我及吾兄老何用，樗散久署盐溪叟。朝籍无名乡无识，只余吟诗挂人口。
浪说埙篪伯仲间，敢语文章轼辙后。延陵三绝诗书画，朽拙那与名家耦。
翻因月旦心窃喜，默诵书云惟孝友。人生有情圣立教，谁言万物同刍狗。
古稀棣萼相依倚，岂论五福畴陈九。与君新缔文字因，云树每思一樽酒。
望里大椿八千岁，祝君采衣醉觥斗。

---

① 1924年作。录自戊辰年（1928）《小瀛壶仙馆诗府》（第2卷），第4页。吴泽庵有和诗。

② 1924年作。录自戊辰年（1928）《小瀛壶仙馆诗府》（第3卷），第4页。作者名原作“江苏朱家骅粥叟”，吴泽庵有和诗。

③ 1924年作。录自戊辰年（1928）《小瀛壶仙馆诗府》（第3卷），第5页。作者名原作“江苏朱家驹遯叟”，吴泽庵有和诗。

## 怀吴泽庵①

黄鸿宾

挥毫几秃笔头尖，一字吟安实谨严。风雨潇潇劳梦想，遄心莫作絮泥粘。

## 寄吴泽庵②

黄鸿宾

男儿自有四方志，寄迹南交孰谓遐。去国纵分台上镜，爱君相赠枕边花。
诗人到处归风雅，异客有时感物华。尼父居夷不嫌陋，始知海外可为家。

## 遥忆泽庵客安南③

黄鸿宾

久别知心友，鸡窗莫对谈。马群空冀北，鹏翼纵滇南。
万里烟波阔，九秋霜露酣。何时风信转，趁到越裳骖。

## 漫题雨三君雅照④

黄鸿宾

大吴小吴，艺各擅长。小以诗画胜，大以文字扬。
难兄难弟，一与颉颃。呼嗟！大吴小吴，元方季方。

## 答吴夫子（泽庵）⑤

林树标

昨宵风雨倍凄其，接得瑶笺感不支。一自秋来吟兴索，推敲还答已稽迟。

---

① 录自 1933 年黄鸿宾《梦中梦楼诗文集》稿本。
② 录自 1933 年黄鸿宾《梦中梦楼诗文集》稿本。
③ 录自 1933 年黄鸿宾《梦中梦楼诗文集》稿本。
④ 录自 1933 年黄鸿宾《梦中梦楼诗文集》稿本。
⑤ 录自 1924 年林树标《盾墨余沈·诗》，第 1 页。

# 题二伯父母礜山偕隐图①

吴曼羽

偶读陶公桃花篇，羡煞太原晋渔郎。　缘溪得入桃源景，恨未留路遗人间。
年来世事甚暴秦，避乱无计苦长征。　小舟双楫泊四海，拟效渔郎问迷津。
年年满溪春水绿，不见桃花浮水面。　归来太息叹吝缘，随舟逐水到鮀江。
有峰回然横流阻，烟雾迷茫未许看。　碧波万顷连天远，奇峰兀突接穹苍。
系舟江岸扶杖登，但见山水异人境。　险石涧底斗水流，苍松峰头齐天绿。
凿山削壁幽径通，叠石筑楼构书室。　姹紫嫣红夹道开，黄莺玄燕迎远客。
士女往来尽翩翩，居民芸芸盈百千。　借问此间属仙凡？笑答天堂小礜石。
倦游归舟浑如醉，举棹欲回辞不得。　长叹桃源不得寻，如此溪山堪隐逸。
归来携眷遁此间，筑庐半椽临涧侧。　额曰在涧傲高楼，苍松翠竹绕庐植。
砌石建篱十寻余，栽花莳草小园辟。　十丈石壁春苔青，几通曲幽芳草碧。
庭前未雕红阑干，屋顶曾无绿玉脊。　高堂罕见金兽炉，但有书画盈四壁。
明窗净几不染尘，经史诗书几千帙。　闲来端坐翻古文，兴至笑挥生花笔。
日长无客扣柴扉，惟见儿孙绕双膝。　花香鸟语伴晨昏，书声琴韵彻朝夕。
似此偕隐年复年，浑然与世无相忆。　披图借问隐者谁？揭西双山采樵客。

# 文

## 余之思潮②

林树标

　　天地我不知其所自始，我但见丽乎天者之为日月星辰，铺乎地者之为山川动植，而弥漫于空中者之为风云雨露也。万物我不知其所自有，我但见盈天地间莫不有荣枯消长之机，生死代谢之会也。人类我不知其所自来，我但见处群动之中常自诩为万物之灵而熙往攘来于天地间者，莫不同具肢体官能而异其相同具心思念虑而暌其趋也。天地也，万物也，人类也，是皆有其自然之机，而非人力之所得而致也，皆有其无穷之理，而非人智之所得而知也。惟自有人类，而日月星辰不啻为人之恶暗而显其光，山川动植不啻为人之生活而供其用，风云雨露不啻为人之需要而效其能，于是芸芸之众始得仰观俯察，各展其本能，施其技巧，造用器械，调理食物，捍御异类而求生存竞争焉，进化焉，驯至启宇宙之诀窍，享物质之文明，迄至于今生齿日繁而末有艾则诚哉！人其为万物之灵也，然而文明日进，而相杀之具日新，竞争日剧而相残之祸日烈，文物制度灿然大备，而人之束缚钳制而不自由亦日与之俱臻，盖举凡夙昔所资以捍御外物而保全吾人生命之一切利器，至此几

①　录自 1929 年手稿原件，刊卢位凡、吴晓峰编：《吴雨三吴泽庵书画集》，揭阳：揭东文联 2003 年版，第 46 页。署"谨呈曼羽未定草"。

②　录自 1924 年林树标《盾墨余渖·文》，第 1 页。

无一非用之以对付同类，而相争，相战，相防，相制，以至于靡极。曾不若飞禽走兽、昆虫草木之各得涵气而育，任性而游，以顺其活泼之天机，乐其自然之生趣。迨一经过若干之时期，则所谓人焉者，且不免与草木禽兽相率而归于腐坏渐尽泯灭，卒不得离荣枯消长之机、生死代谢之会，以独存于天壤间，则所自诩为万物之灵者，又果安在哉？然世之纷纷藉藉，尽毕生之精神以供人事之牺牲，而求达其享用物质之欲望与夫博无谓之虚名者，无论得与不得，每至死而弗悟此，无间于贤愚，虽古今而一辙，抑何其蠢乎！或曰是乃人生内部物质连动之结果，无足怪者，然试一为揆诸人类原则，果若是乎？人生于天地间，所占位置果几何乎？卒也构成如此景象又果何因乎？吾人无妨澄心净虑而为之极深研几，则此间之理乃有不可思议者，余自触世变，感怀身世，常觉茫茫宇寰几无以措其一身，自觉此身之为赘，于是凡上述之种种感想，辄无端而触于余脑，荡于余胸，汹涌奔腾而成余之思潮，虽前此颇涉猎阳明良知之学，卒不能用之以自遏人事，偶暇间或从哲学上取各家之有关于人生哲学之说而探索之，愈觉宇宙之玄虚空幻而莫究其底蕴，职是之故，每对人间一切之事，辄抱一种可以有为、可以无为观念思潮所激，有时且不禁信口而谈，而余往往犹不自觉也。

一日从余师吴泽庵先生由礐石山庄渡海游汕头，偶晤旧友某君，谈次竟涉及人生问题，余因谓之曰："空间之大大无涯也，时间之长长无极也，以人视空间犹纤尘也，以人视时间犹瞬息也。然而芸芸之众，或为其名焉而死，为其躯焉而死，或为其事业之建树焉而死，纷纷藉藉至不可纪极也。而不知姓名者，人生之符号也，躯壳者，人生之逆旅也。事业者，人生之陈迹也。经过若干时间，悉无有也。且同居一地球，同吸一空气，我安知尔之为非我，而我之为非尔也。彼生前之事与死后之名，究于我何与乎？而劳役役于人世间，果将何谓？"余语至此，余师适在旁，顾谓余曰："弟言虽妙，得毋过玄微乎！"余笑颔之。越日，余师乃由礐石中学讲舍致书于余。书曰：

"哲学非不可研求，然吾人终须从实际上着想，从实力上做事，空谈哲学将不免使人坠入玄虚空幻诸境界中，殊非入世之福也。昨间与某君所谈一段话，泽诸多认为未是，即吾弟近来多阅新书，学问固进，而实力转不如前瓣香阳明知行合一之可取，甚愿抖起精神努力为人间造幸福（即是为人缘，弟已处在为人地位也，虽小部分亦可）。较之探微索幽，有时几至坠入'扶册亡羊'而不自觉，此中得失相去，诚不可以道里计也。"

此书阅毕，置之案上辄自黯①然者良久，复取而读之，且读且思。余自审昨间与某君一段话，固有至理，而余师竟认为未是耶。信如师言，余竟坠入玄虚空幻之境耶。余信余师平日非苟言笑者，一旦闻余言而即为是恳切真挚之箴规，则余之坠入玄虚空幻之境，宜若师言。然余闻师言，余一若有悟，而余于事实上固未能遽尔遏抑余之思潮，以服从余师之主张，则以眼光思想既各有不同，自不能不加以考虑也，徘徊惆怅，余其如何无已，乃稍撷胸臆，作书以复余师。书曰：

"承读矩诲，不惮谆谆，勖以须从实际上着想，力行上做事，勿空谈哲学，致坠入玄虚空幻之境，并指导以近来多阅新书，学问固进，而实力转不如前瓣香阳明知行合一之可取。语重心长，感极而涕生。向会涉猎阳明良知之学，自谓颇有所得，窃不自揆，辄欲藉

---

① 原作为"暗"，现据文意改为"黯"。

是以周旋于人世间。而事变之来率多相与刺谬。自兹以还，感怀身世，愤慨交集，几不可支，拂逆甚则骄气生，视世之嚣嚣，鲜有值得一顾者，比来有暇，辄复涉老含庄，揣杨摩墨，旁及苏格拉底、叔本华、梭罗门、释迦牟尼、托尔斯泰诸学说，观其所究人生问题，一切不外归之空虚烦恼之场，愈增余无穷之感，益觉宇宙之间，无物非幻，无事非空，沉思默想，往复回旋，几忘却我之为我，而物之为物也者。于是凡人世间所别之以为善恶，判之以为是非，分之以为贵贱，衡之以为得丧，视之以为荣辱，指之以为祸福，定之以为毁誉，挟之以为恩怨，自我观之皆幻也，而非真妄也，而非实举不足以为重轻，虽或暂时不免有荣枯消长之机，生死代谢之会，然过若干之时期，固皆渐尽泯灭无复一存者，即使物理循环之说，果信而有征，则当其互为分合，互为因果，亦不过一时之现象耳，曾不须臾，即呈变化，此理物既莫外，人岂能逃所谓古往之事，今日无其纪念，将来之事，至将来之将来时亦无其纪念，空而复空，万事都空，居太阳之下，而兢兢业业，果何为乎。生之积此于中者已非朝夕，偶逢旧友遂不觉信口而谈，有如某日对某君所谈一段话，诚不免有带些玄虚空幻之意味，微师言，我久已视此为口头禅，而不自觉其不可。今幸得赐教，何啻当头棒喝，令人猛省。但歧路徘徊，此心仍未免怅怅耳，奈何奈何！"

书既裁就，立即伻人赍去，惟余此时之心，预知余师必有一番更恳切之议论，以为余解慰者，伫候未几，而余师之书果至。书曰：

"来函快读二过，喜与感并，空虚玄寂之境，泽廿二岁时因感受慈母弃养之痛，曾冥思及此，故此中真理确凿微妙，皆泽所洞知，无论世人多未之觉，即高研佛理者，知之亦未能尽也。顾知之而不可行，不如无知之为愈，是以念及后生，辄不愿其有此空虚玄寂之思想，原此思想之由来，每因有所激触而起，然以泽今日之见解言之，愈受激触愈当奋志图积极之进行，万勿作消极之解慰以言哲理，此固不值识者一笑，然证诸现世问题（有我，我不能自杀故；有地球，地球无法可使毁灭故。即有现世问题须以现世法对付之。苦海茫茫，勿论无岸可登，且不见有法可以回头，行所当行，是为对付现世之一法），是区区者固切实而不误人者也。来书详尽了彻，实获我心，本无须再加申论，因书末尚有歧路徘徊，怅怅何之之语，意欲促吾弟一决所行，趋重实际以阳明为主宰天君之鹄，以发挥事业为南指之针，有如某君愈受挫折而志愈壮。斯则泽之所欣望者已。"

此书较前更为恳切详尽，余乃益感余师之爱余无微不至，更感余师之觉余知无不言，余师之于余良厚也，余将何以慰余师之望乎！虽然余师之爱余、觉余，师之挚也，余之能因余师之言而改易其见解与否，则视余之自信力何如耳。使余果自信余之见解为有当，则余心虽感余师之爱余觉余，而余固未能遽置余之见解以服从余师之主张也。思之重思之，余思余前所述之日月星辰，余能出其力，使之改造乎？山川动植，余能竭其智，使之毁灭乎？风云雨露，余能罄其能，使之销沉乎？余固知余之不能也。不然余能另辟一地球，别吸一空气，以避却荣枯消长之颠倒，生死代谢之支配乎，余又知余之不能也。凡此种种，余悉不能，则余师之所谓"有我，我不能自杀故；有地球，地球无法可使毁灭故。即有现世问题，现世问题须之现世法对付之"之说，较之空虚玄寂之理，固自有间矣。然则余至此余又安得不暂置余之见解，以服从余师之主张，抖起精神而求对付现世之法，於此地球一日未毁余之我一日尚存之时，亦惟有以宇宙为学校，以事物为课程，以良知为主宰，游心高明，尽力人类，行则独善，道则兼济，常无为无不为，可悲观可达观，亦责任亦放任，觉痛苦忘痛苦，不快活常快活，务使精神条畅，生趣无穷，质言之即知乎其所当，知行乎其所当，止如斯而已焉耳。其为哲学之玄虚空幻云乎哉！余不得而知也。其为阳明之知行合一云乎哉，余不得而知也。斯则余之思潮也，斯则余尔时之思潮也夫。

## 潜楼记[①]

### 林树标

少从吴泽庵先生游，观其结社双峰之麓，俯唱遥吟，隐然有古高士风，则不禁心焉羡之。无何，先生远之越南，余则以国事奔走海内外，阅五六载，不一相值。九年春，先生既来居碧石，余亦适于是岁秋间谬膺警缺于汕埠。对宇望衡，过从甚密。迟年先生辄以作潜楼记相属托，且曰：“从余游者盖未有若吾子之久，且能知余之深且悉者也。余楼之记，舍子更将谁属欤。”余曰：“唯唯，抑不知先生之所为名楼以潜者胡居乎？”先生曰：“曩者，吾室人小名菊，归余后相得甚。余因字之曰淡卿，而名所居庐曰‘潜庐’，盖取陶潜爱菊意也。自是橐笔天涯，感触世变，益复厌动思静。迩来适以所居者为楼，故更名曰‘潜楼’，盖又取潜龙勿用之义已。始吾不过以爱菊为名‘潜’之动机，终竟以潜龙而定‘潜’之志趣，而‘潜庐’焉，而‘潜楼’焉。此吾所以取名乎‘潜’之故实也。”余曰：“然则潜楼之名其来，信有自矣。然而含生之伦孰非同兹宇宙，脱有别辟一地球，别吸一空气之可能，亦未有能超乎宇宙之外者，矧兹区区一楼‘潜’，虽伏矣不将亦孔之昭乎。”先生曰：“是不然，举世方藉藉纷纷，而我独婆娑于泉石。众人方征征逐逐，而我独啸傲夫烟霞。天下之士方凭三寸舌排阖纵横，而我独优游于诗书之途，栖迟乎道艺之域。虽未能潜我之迹，亦足以潜我之心。虽未能潜我之形，亦足以潜我之神。故特取‘潜’之一字以名我楼，以息我影，以求适我自适之旨焉。如是而谓之‘潜’，不亦可乎。”余闻而叹曰：“噫！微先生言，我几不知潜之真谛。今然后知先生之所谓‘潜’云者，诚有灼见夫。世态之可憎，而别求乎人生之真趣也，先生其亦善于潜哉。余役于世有年矣，常觉茫茫寰宇，几无足以措其一身。闻先生之教，心旌摇摇，行且从先生而潜焉。倘亦先生之所嘉许也夫！”

中华民国十一年（1922）夏受业林树标记于礜韬山舍

## 吴雨三先生书历史上之孙文大楷字帖序（一）[②]

### 孙星阁

庄君启汉从杜次珊先生得独学社真谛，为提倡独学主义最有力之新教育家，近任汕头通信社社长，于上海锐意经营，征求海内外书画大家之杰作刊布之，以助教育之所不及。

---

① 录自 1924 年林树标《盾墨余沥》，第 24 页。
② 录自庄启汉编：《吴雨三先生节书杜次珊先生文大楷字帖》，上海：中山纪念会 1926 年版，序。孙星阁（1897—1996），学名维垣，字先坚，号十万山人，广东揭阳人。幼蒙庭训，喜习书画，23 岁时游学上海考入南方大学，专研周秦诸子之学。后转学国民大学文学系，并受章太炎之聘，任艺术主任。1956 年定居香港。亦擅书法，工诗文，通史学。1916 年就学于榕江学校，为吴雨三学生。

秋来得吴雨三先生所节杜次珊先生文为大楷一本，珍若世宝，不敢自私，属余序之以贡于世。丙寅秋八月孙星阁。钤印：孙维垣印（白）　星阁书画（朱）

## 吴雨三先生书历史上之孙文大楷字帖序（二）[①]

### 历史上之孙文

文化盛衰，关系于国家之命运，至深且大，证之历史，往迹昭然。我国今日文化之奄奄无生气，实堪忧虑。曩尝为文论述此事，兹特录之于此，以资研究：

方今印刷术发达并世，各国其文化类皆有长足之进步。惟我中国相形见拙，徒有文明古国之名，毫无见贤思齐之慨，不知祖父虽圣，莫救子孙之愚，而竞争生存，乃竟不得不假藉四千余年已往文化之影事，其结果直使子孙讥其祖父之拙。此我人今日莫大之耻辱也！尝考其进步迟缓之因，有最浅显易见者，国人富于守旧之性，无进取研究之心，此其一；军阀火拼，战乱频仍，列强环伺，凌侮接踵，人民自救且不暇，遑论其他，此其二；著作家多贫寒之士，其著作物往往不能自行出版，须经发行人之手或被所雇用，利益多被剥夺，此其三；著作家为书贾所操纵，无从容著作之余暇，故一般类似之著作家，得以卑劣之作品扰乱文化，且紫夺朱色，优秀之著作家往往受其混害，无异良货币驱逐于恶货币，此其四。前二者，年来有识之士，已有相当之注意，独后二者尚未之。前闻独学主义各团体与同志，鉴于文化远不逮他国，每引以为耻，时有所讨论，而期望于汕头通讯社者亦甚殷。启汉忝长斯社，深虑有辱社命及无以对独学主义之同志用，特请益于杜次珊先生，承先生详细指示，并以救济之方法见示，谓每一出版物除成本而外，著作权加一成，发行权加一成，为此书之合理价格，即著作人得加十一之利，发行人亦得加十一之利。此种利益有继续性，依可能范围内，勿以时间限制之，则著作家所获利益较多，不待奖借而文化自然有日进之势矣！至发行人之利益，既属正当，且可预计。较之旧法不正当之利，得为愈多愈稳，宁不较进？先生之论，甚为公允。嗟呼！今日之著作家，日执笔为劳动界呼号，而自身所受不合理待遇，乃不自知，亦可异之事也。

本社向设于汕头，得时时以文字与海内外贤豪相见者，八年于兹矣！重经天灾人祸，无日不在风雨飘摇之中。近因当局拆筑马路，全社夷为平地，移至上海。惟鉴于今日中国文化之现状，深感吾人应负责任之重大。故先将发行部与出版部之基础扩大，组织本社先生之主张，为促进文化之前驱，不独海内外著作家愿相与合作者，在所欢迎，即发行家愿仿此法者亦所荣幸。苟能由我全国人民形成法律，庶几有以贡献于全人类之文化者，则吾人之荣誉，何以加之。

今者，吾人已进而实行矣！千头万绪，所欲与海内外贤豪相见者，尤言非一端。《历史上之孙文》者，为杜先生《教育意见书》中之一段，而吴雨三先生则节而书之者也。本社为促进文化计，为普及文化计，特刊布之，庶几于习字之时，得知历史之可爱，兹为欲知杜先生真意者起见，并将全段原文附录于此：

"元年一月一日临时大总统孙文就职于南京"，此十八字者，载在中华民国之国史第一

---

① 录自庄启汉编：《吴雨三先生书历史上之孙文大楷字帖》，中山纪念会 1926 年版，序。

页第一行，最优先之地位者也。中华民国之土地可以分崩离析，中华民国之人民可以粉骨碎身，中华民国之政事可以无所傅丽，惟此十八字之地位，则虽集全世界之人类，经千钟之变乱，历无穷之岁月，亦依旧有神圣不可侵之光荣与权威，断乎无人敢存抹煞之妄念者也！中华民国人民人格之形成，经此十八字之记载，然后成为千真万确之事实，故"临时大总统孙文"又为其绝对之标准也。虽其为人，一生行事，同志有礼拜赞美之行为，仇敌有咒诅辱骂之举动，旁观有吹毛求疵之论议，而"临时大总统孙文"七字与"元年一月一日"六字及"就职于南京"五字连缀成为事实，载在中华民国国史第一页第一行最优先之地位，且有绝对不可分离之权威，并绝对不因毁誉而损益之，魄力依然如旧，不可变易。诚以人事不齐，人品不一，主客成心各有出入，乃人世间无可如何之事，当顺其自然，勿以大匠自任。而人格者，则人民生活之所由，安定所不可不等量齐观者也。袁世凯因否认人民之人格而毙，蔡锷因保障人民之人格而兴。而人民之对于袁蔡，皆至今不改其好恶，则饮水思源，追念缔造艰难之往事，而舍弃一切，以爱护其临时大总统孙文者，苟非变态之人，皆能以常识为推测者也。

观此可知杜先生所言，完全从历史上观察，不稍偏袒，苟吾人不否认自己之人格者，必不能否认孙文在历史上之地位，有如杜先生所言者也。付刊伊始，爰志数语，以为有心文化之士告。

中华民国十六年（1927）二月十二日庄启汉作于汕头通讯社

# 书　信

## 答吴泽庵书①

### 姚鹓雏

大教敬承，殊无以副。不佞少丁忧患，苦意疲形。虽复坚持，所得已勘。文辞窃所酷嗜，兹乃废置，有同隔生。盖知安交养者，庄氏之息生夸实相损者，左书之小病。故知至人不为择言，涉世难于渻智，斯可慨也。足下屏居绝世，刻意过人，以名山之时，理名世之业。若兹所得，过仆远矣。而虚怀求益，殷勤至此。有诸中者，不必形诸外，讵不然哉！商兑会成立，凤石、钝剑实任其势。猥以不佞，备名发起。多事卒卒，未有建明。间惟窃思，国学之作，贵得真传。本非市廛买菜之谋，讵有道途强同之意？暗然真诣，无事张皇。伊川之勉门人，尊所闻行所知可矣。评议磨切，藉作发扬，激励所在，亦则不废。至于辽东进豕，野老献芹，旧有所闻，尚待商榷。傍及子史，窜涉百家，都为分条，具之别纸。偶缘来教，辄白所忆，惟鉴不尽。

鹓雏顿首

---

① 录自《太平洋报》1912 年 8 月 11 日，署名"鹓雏"。刊《当代名人尺牍》（上卷），第 25 页。民国十五年（1926）上海文明书局发行。又刊于《姚鹓雏文集·杂著卷》，上海：上海古籍出版社 2012 年版，第 915 页。

# 答吴泽庵书（一）

高　燮

泽庵先生执事：

惠书远逮，至累千言，荷猥推奖，非所敢任。执事宏识过人，而虚怀若谷。论文精谛，已造至精。不敏方佩之诵之，恨相知之晚矣。不敏蜷伏里闬，偶藉文字，聊以自娱。来书云"空山寂处，启迪无人"，则数千里外，彼此同之。执事矻矻专求，穷年讨索。而不敏则东涂西抹，人事间之岁月不居，迄无成就。良用惭愧。以不敏之茫昧无学，其安敢辱执事之问。

窃以为，言者，心之声也；文者，言之精也。惟心之得于其内者，诚斯文之发于外者，自油然而不可揜。故真意足者文自工，古今所传不可磨灭之文，大抵皆有得于性情之地，而无一毫欺伪之习者也。自宋以来，凡人之言文者，动曰昌黎，昌黎而后人亦从而和之曰昌黎昌黎，一若昌黎之文几无可议者。不特称其文并以称其道。夫昌黎恶足以知道哉！即其文之真者又何其少也。然而世称之惟恐其后者，则皆以耳代目之说也。其文之称于世者以《原道》为之最，而疵累杂出亦以《原道》为最甚。观其言曰"君者，出令者也；臣者，行君之令而致之民者也；民者，出粟米麻丝作器皿，通货财以事其上，否则诛者也"。呜呼！自斯言出而君与臣民之间，但有名分而无是非矣。其排斥二氏多不能中要，庄生云"圣人不死，大盗不止"，此其言之有激。苟稍有识者，皆知之所谓正言若反者也，而昌黎必尽全力以辨之，亦见其陋矣。至其篇终乃欲火其书，庐其居，则虽至顽悍者不出此，而谓儒者论学可若是，其武断哉！亦徒见其谬妄而已。彼既尝言"杨墨行，正道废"，乃又谓孔子必用墨子，墨子必用孔子。其论佛骨也，居然以辟邪距诐为己任。乃旋斥潮阳，即与大颠往来。及得孟简书，则又支离诞谩以文。其说是可谓信道矣乎！其《上宰相书》乞怜之不已，乃至自比于盗贼管库，则又何耶？然则谓昌黎之文能载道，足以起衰而济溺焉，吾不信也，特以文论文，不可不谓之健者耳。窃不自揆，尝拟选为《韩文去毒》一篇，将世之推崇最甚者如《原道》《原性》《三上宰相书》《与孟尚书书》及一切谀墓无实之作，删削净尽，则于昌黎之文，未始无所裨益，而后之读者亦不为其所误焉！不敏怀此久矣，蓄而未发。喜执事之有同意，辄敢因来书所论一罄其衷，执事以为何如？

欧阳文不敏虽尝好之，深愧未一致力。过许之处恐未有当。昔袁随园，人谓其诗似白香山，而随园尚不自知，及取香山诗读之，然后叹为不谬。岂文相似固有其不必相学者耶！

湘乡之文不敏亦所夙嗜，湘乡虽谓私淑惜抱，然其所得则于昌黎为独深。必谓其为震川之亚，亦似不必。因恃同志，并以奉质。

国学商兑会为不敏等所发起，缘文美会合并，遂与执事为同社，幸甚幸甚！近《国学丛选》第一期将编定付印，尚望时赐鸿文，以光斯会。不胜翘企！附去传略、圹铭各一

———————————
① 1912年作。录自《国学丛选》1923年第一、二集，第6页。题为"答吴泽庵书"，署"金山高燮吹万"。刊《太平洋报》，1912年10月6日。又刊柳无忌主编，高铦、高锌、谷文娟编：《高燮集》，北京：中国人民大学出版社1999年版，第365页。

件，藉求教正。

覆颂著安！

高燮顿首

## 答吴泽庵书（二）[①]

高 燮

泽庵社兄先生执事：

日者奉到手书，如亲名论，并诵大著，又承惠赐墨梅。拜领之余，感佩无量。执事诗文诸作皆泽古深厚，而绘事又精妙若是。郑虔三绝，倾倒奚如。拙著先聘妻圹铭，但能立语不溢分际。盖作此题，固当如是，未必有过人处也。先母事略则惟有字字纪实，不敢诬先人而蒙大雅。至于哀痛之情犹未能达其万一。第同为无母者，读之自觉其可怜耳。来书动多过誉，愧不克承。

执事推论昌黎，开千古不敢开之口，尽情抉摘，铁案如山，虽昌黎复生，不能置辩，所论诚快。夫昌黎者，不过一文人，而好名者耳。故佛骨之谏书甫上，而乞哀之谢表旋陈。一则节义侃侃，真若言能见道；一则劝以封禅，不免逢君之恶。要之，原其本心，则皆非也。其谏迎佛骨也，徒欲借此以博美名；其乞哀上表，也无非自炫其文章尔。盖其无实之名，后世推崇过当，固自无谓必谓其骄。而且诘似乎小人之为者，吾以为迹虽近是，其心固不如此。然亦未始非学之无实，有以致之平恕之谈。不知高明以为然否？

大著令先母事略一首，今稍为删易，谬荷见爱，当能谅其僭妄。兹仍寄上，请自裁定，然后录登如何？小病疏慵，稽复为歉，顺颂著安！

弟高燮启白

## 答吴泽庵书（三）[②]

高 燮

泽庵先生足下：

上月间接奉惠复，并诵大著及所绘赐《寒隐图》。时适有沪上之行，旋又以他事碌碌，未即作答，至以为歉！弟不解绘事，故于惠赠之图，但觉其精妙无比，不能加以品识，惟却信其老于斯道耳。敬谢敬谢！

足下诗学似逊画学，意虽真而出之太易。其真可爱，其易宜加药也。文善矣，而少洗

---

① 1912年作。录自《国学丛选》1912年第一集，第9页。题为"答吴泽庵第二书"，署"金山高燮吹万"。又刊柳无忌主编，高铦、高锌、谷文娟编：《高燮集》，北京：中国人民大学出版社1999年版，第366页。

② 1912年作。录自《国学丛选》1912年第一集，第10页。题为"答吴泽庵第三书"，署"金山高燮吹万"。1999年《高燮集》第367页中《答吴泽庵第三书》如下："手书及绘赐墨梅并诗文大著均诵。执事久以名下之文人，兼擅骚坛之宏誉，乃慊不自满，商榷至于末学。顾燮何人，其奚足为贤者益？惟是平生赋性，本不好谀于朋友之间，苟有所见，便竭诚相献。况燮与执事曾辱诸同志之列耶！窃以为足下诗学似逊画学，意虽真而出之太易。其真可爱，其易宜加药也。文善矣，而少洗伐功。故一篇之中，往往有可节处。盖词已达而言仍多，则意转沉矣。附奉拙书，用答佳画，并乞教正。弟高燮白。"与《国学丛选》第一集所载内容稍有不同，疑为信稿。

伐功。故一篇之中，往往有可节处。盖辞已达而言仍多，则意转淈矣。足下所为《黄义姑传》，其事难得，可传可传，委代征诗，敢不从命？今妄为删削一过，即以寄上，希再斟定后，遵当送登报上也。影片一张，为去年所摄，藉以回敬，兹另有摄得，尚未印出，稍缓更谋续寄。吴日千先生为敝邑明季遗老，其文名盛一时。近梓其集甫出版，即以一册持赠。拙书用答佳画，并以附政。

弟高燮白

## 答吴泽庵书（四）①

高 燮

奉手教，诵之惭汗。执事论诗，以能直抒性情，推翻家数为善，亦甚合不佞平昔所持之旨。但性情顾自有真，而下语必求其不苟，家数原可独立，而好尚又岂必尽无？此则为不佞学诗二十年来区区一得之见，愿以质之高明者也。不佞于书，致力甚浅，取法亦陋。少时曾学颜平原，苦未有得。迩来偶得翁松禅书，好之，因一临焉。数月之间，见者或疑是松禅也。厥后厌其无所进，更取刘石庵书模之，不数月，见者又疑是石庵也。其后又厌焉。乃复取平原帖写之，虽无所得，然略知其用笔端重之理。盖刘翁二家固皆出平原，而取法弥近者，则其肖弥易也。夫书法虽小道，造其极，亦须竭全力以赴。若不佞则才质薄弱，无意研求。然而自是以后，技不加进，而嗜痂者已多求索。于是解衣吮墨，汗颜应之。涂抹既纷，变化亦难。掷笔起视，亦自觉其体之不类。执事断为合石庵松禅于一炉，诚为巨眼。惟谓其所养者至，则未必然耳。握翰神驰，起居珍重！

弟高燮启白

## 答吴泽庵书（五）②

高 燮

正深驰念，忽奉朵云。千里论文，不啻一室。再三捧诵，欣跃莫名。惟中及拙著，宏奖过情，不堪承受耳。足下潜心柳州，于兹数月，积厚而发，定多异采客观。如有近制，尚希赐读。夫柳州之文善矣，足下从事于此，果深知笃好，能通其神而合其莫，固自可喜。若犹未也，而但因吴氏之论，徒骛于韩柳之名，欲取此以定一尊，是无乃见之太狭，而有人之见者存乎？以人之见者为文，则其过人也不远矣。窃曾以为文章之事，其由于天赋者半，由于人力者亦半。以独至之性情，济以不磨之学问，则其文自可传诸久远。固非必定于一尊然后可与言文也。凡世之以宗派之说相哗者，皆鄙陋无当于理者也。且仲伦氏之说，亦安足取哉。夫人之气质既有刚柔之不同，则其取法亦因之而各异。相调相剂，矫而克焉。是在学者，及其至也，登峰造极，原无轩轾之可分。若必以欧曾为易而韩柳为

---

① 1913年作。录自柳无忌主编，高铦、高锌、谷文娟编：《高燮集》，北京：中国人民大学出版社1999年版，第374页。

② 1914年作。录自柳无忌主编，高铦、高锌、谷文娟编：《高燮集》，北京：中国人民大学出版社1999年版，第382页。

难，岂得谓之通论乎？自其粗者言之，则虽并世之士，苟有志于学而能操笔为文者，无不可资为我益。自其精者言之，则虽以古人之赫然在人耳目，然真足奉以为法者，不数数也。故我以为足下之师柳特尊，诚所不必。而屏韩若浼，尤不必也。夫文章者，天下之公物也。古人往矣，千载遥遥。其不学之也，本非有所憎。其学之也，亦非有所爱。但使衷诸我心，而以为是焉可也。昌黎之学术固多可议，然以视夫柳州气节，则有间矣。即以文论，昌黎亦在柳州之上。然不佞亦尝辞而辟之者，盖恐世之因其文而并称其道，斯足为学术患者非浅也。我言有物焉，我理有征焉，虽起昌黎于九原而折之，其无辞焉。若以其学之可议，而即谓其文之宜并斥焉，则不能服昌黎之心已。总之我有我耳目，我有我心思，其辟之也由我，其学之也亦由我。无所用其意气，亦无所用其迁就。廓然洞然，俯仰自得。遐想神会，而我之文适与古人之文合，须臾变化，而我之文又与古人之文离。其合也，我恶乎知之？其离也，我亦恶乎知之？我所知者，我为我之文而已矣。其古人之文之传于今者，无一而不可学，亦无一而必当学。韩乎柳乎，文乎文乎，其何必拘拘于是乎！我之所论如是，是则亟欲为足下进一解者也。狂放之谈，死罪死罪。

燮　白

五月十七日

## 答吴泽庵书（六）①

### 高　燮

自文从去国，不通音问，已阅年余。迢递南云，匪日不念。当时曾得足下海外来片，以未署通信之处，故无从寄答。其后有贵处吴君屏之来信，愿入国学商兑会。弟颇觉其恳恳，并询知为足下同族，殊敬异之，因略悉足下旅居无恙，至以为慰。近得屏之信，知足下顷已返国。而手教适至，捧诵再四，欣快奚如。弟一载以来，读书无成，蜷伏如旧，实无足为故人告者。想足下壮游所得，学问胸襟，定当刮目。亦有雄文鸿什增我孤陋者乎？跂余望之矣。屏之有志向道，弟虽未识面，亦已知之。至就学之说，弟意殊可不必。盖尊处去弟所居几三千余里。长途跋涉，语言鲜通。徒骛虚名，获益反浅。况名师伊迩，非待外求。舍近图遥，良为非计。"一事平生无龁龁，但开风气不为师。"弟固服膺龚氏之言矣。维知我者，有以谅之。

燮顿首

---

① 1916年作。录自柳无忌主编，高铦、高锌、谷文娟编：《高燮集》，北京：中国人民大学出版社1999年版，第395页。

## 答吴泽庵书（七）①

### 高燮

弟自一二年来，因患胃病，不耐构思，遂稍稍问及社会之事。盖欲节其文字之劳，而谋地方之益，于病体不无裨补也。岂知文字之役，以积搁而愈多，而社会之事更丛集而无可措手，因又大悔。思更从事于我向来所嗜之道，寂寞之学者，而一时殊不易摆脱，甚以为苦。屡读足下来书，未能一一作答者，即为此也。然每念足下伏处潜楼，与二三故人唱和自适，所作七律奇气横溢，令人羡极。承招南游，尤所甚愿，惟恐今岁无此暇日耳。

弟高燮顿首

## 复吴泽庵书②

### 姚光

接读手教，敬悉一切。鄙见论诗，承引为同调，并复推发言之，欣幸之余，尤深钦佩。夫言为心声，言之精者为诗文。诗之效在陶冶性情，移易风俗。若非真气弥漫，安能有所感发乎！故作诗须有性情，有寄托，而又须有书卷，有兴会，四者缺一不可焉。各人有各人之性情，各人有各人之境遇。划朝代而学之，分家派而效之，不通殊甚也。黄梨洲晚年忽好谢皋羽之文，全谢山谓因处境相同。故古人诗文有相似者，乃不期然而然，非刻划为之也。有无其境遇而故为之辞，是无病而呻矣。或好为奇僻艰涩之句以自矜其才，则入于雕虫小技矣。文与诗一也，为文亦须出之血诚。若无动于中，则可不作。作必呶呶而无声气。是以应酬之章，无佳者焉。退之持论之谬，莫如《原道》。足下等亦言之详矣。然弟意此篇以文论文，气亦极竭。如审判者，不详鞫其供词，不罗列其罪状，即怒骂申斥，武断成谳，有是理乎！弟读书不多，然窃谓千古至文，断推司马子长，其后则欧阳永叔、归熙甫也。近人则林琴南之文皆真挚沉郁，气息极佳，令人百读而不厌者也。惟弟虽好之，而未尝致力为愧耳。草此奉复，不尽欲言，南风多便，时惠好言。

三月二日

## 与吴泽庵书③

### 林树标

弥载违离，永怀杖履。天路高邈，良久无缘。顷览汕报，拜诵琳琅。知我师已归自越南。辄欲擘笺奉候，性复疏懒，临池中辍。昨得芙叔自粤中移书，始悉我师避嚣礜石，游心物表。想林峦揽胜，海岸投簪，当令泉石峥嵘，烟霞焕绮。优哉游哉！此乐何极。生羁旅芗江，未获素谒，中心怅触，如何可言。年行既长，抗尘走俗。欲求如畴日结社吟商，

---

①　《国学丛选》1922年第十三、十四集，第1页。约1921年作。

②　1913年作。录自姚光著、姚昆群等编：《姚光集》，北京：社会科学文献出版社2000年版，第284页，又刊《姚光全集》。

③　录自《国学丛选》1923年第十五、十六集，第12页。

委怀风月，辄不可复得。况复浮沉人海，动遭轗轲，志意消磨，已非昔比。壮犹如此，老将奈何？回首雪门，良增愧惧。性本疏狂，不骛荣进，徒为一二同志所龁。栗碌至今，一缨尘网，便难脱逃。世秽风浇，久已生厌。而犹降心顺俗，相与周旋。亦犹鸡肋，明知无味，终不肯弃耳。惟处之既熟，锻炼颇坚。每于颠连险巇之场，视为动忍增益之地；沐雨栉风之际，聊作进德修业之赀。积年所受教训，深谓有得于心，此则别来鸿雪敢效炙背之陈。区区之意，傥亦我师之所乐闻乎。林谷盘桓，想多暇逸。鳞鸿有便，深望示以周行，指其迷谬。则矩范莫亲，不啻春风坐我。其为庆幸，曷有既极。云山苍远，西望驰心。敬呈片照，聊当面谒。临书恨然，言不写意。

# 与高吹万书[1]

### 林树标

吹万先生阁下：

　　遂听下风，盥诵宏著。欣然神往，殆逾十年。卒以龙门高邈，执辔无因，引领云天。此心徒有怅怅耳。

　　顷者，吾师吴泽庵先生，不吝吹嘘，谬采拙作，媒渎清览。猥蒙不弃，既惠以《国学丛选》十三四集一巨帙。复时于致吾师函中，备承奖借。中怀感悚，如何可云！

　　树寄踪沧海，栗碌半生，又世业农商，鲜涉儒雅。徒以爱弄翰墨，略窥门墙。既乏家学渊源，终鲜他山借助。间虽曾私淑八家，希风汉魏，梗概粗知，会心尚浅。依稀前哲，实病未能。而东施效颦，适增厥丑。自是辄复弃置所宗，独抒胸臆。所谓自鸣天籁，不择好音，有由然矣。

　　乃者欧化东靡，语体寖兴。学子争趋，情同蚁附。拘墟之士，至诋之为狗吠驴鸣，而遽欲以故迹陈言，谬托起哀。则过与不及，其失均焉。夫融贯新旧，抒柚精华，实当今之急务。而文以载道，辞以达意，则连情发藻，文言斯美。此树所持以为文之鹄的也。

　　文言之中，又分骈散。散文重义法，骈文拘声律。然使精神不赴，则形式徒虚。旷观宇宙，综览万物，有色皆章，无象非文。或奇或偶，亦朴亦华，莫不本自天成，何曾假以雕饰。是故触乎目、接乎耳，蕴之则为心，发之则为言，因言成文，从心而动，妙在自然，不加斧凿。此树所定以为文之体制也。

　　中原糜沸，蒿目伤怀。有志澄清，曾击祖楫。何时破浪，徒慕宗风。辄舍戎行，暂栖海澨。因泉石以舒愤，托烟霞而寄思，缘感成篇，情殷自遣。此树所抱以成文之兴趣也。

　　凡兹所陈，无爽事实。是区区者倘亦先生之所引为同调，而乐与甄陶也乎。山谷盘桓，居多暇日。所幸潜楼（泽庵先生寓）密迩，时相过从。自谓生平所遭，无逾此乐。今复光尘远托，引和尤宏。倘蒙玉音勿吝，琼瑶频颁，俾风尘俗吏，长承请诲，其为感幸。云胡有既，凭楮倾风，言不悉悃。肃此藉叩起居佳胜！

　　　　　　　　　　　　　　　　　　　　　　　　　　　　　　　晚林树标敬启

────────────────

　　① 1923 年作，录自《谷音》1923 年第 8 期，第 82 页。又刊《国学丛选》1923 年第十五、十六集；1924 年林树标：《盾墨余沸》，第 16 页。

## 答林树标书①

### 高燮

　　奉来教久矣，只以尘俗奔走，伏案未遑，不觉逾月。得近文字之日少，即友朋之书亦懒未作答，他可知矣。足下以挥戈跃马之才，为扢雅扬风之事，吐词名隽，文采斐然。手教所论，立言平恕，三复环诵。企仰曷胜汕地风情，潜楼高峙。海天万里，想慕十年。足下承学得师居稽自适，心契匪远，吾道其南。时惠好音。幸甚！幸甚！

高燮顿首

癸亥（1923）四月廿一日

## 致高吹万书（节选）②

### 吴光国

　　……泽庵兄与光国为同族邻乡，两世旧交。伊兄汝霖与家兄同校主讲。其于光国情踰友于。近泽庵兄在安南，家信颇稠。兹因航路不通，消息较前已少。付去入会书一纸，希检收。

社生吴光国上

## 与高吹万书（节选）③

### 蔡竹铭

　　……读吴泽庵上先生书，今代欧阳，非公莫属。论韩昌黎一段议论，九顿拜折！士为知己屈，虽有时虚心受诲，感激涕零，仍不失其气概。奈何书至三上，语极谀求。特甚竟出自肩道脉者之口，何其谬也。孔佛二教，先生论极平恕……

## 与高吹万书④

### 谭愚生

吹万先生道席：

　　惠赐《国学丛选》十五六集，敬拜领。无任感谢！向从所购《国学丛选》一至六集并《南社》集中拜读大著。敬悉先生扢扬风雅，发潜阐幽，伐鼓撞钟，声闻海内，十年仰慕。今者先生令入国学商兑会，风雨之思，云胡不喜？泽庵先生交来入会券，因即慨然填之。以为所学虽空疏浅薄，不足以言著述。然志趣初未苟同于流俗。居恒于物则爱落日狂

---

　　① 录自《国学丛选》1923 年第十五、十六集，第 12 页。原标题为"答林定一（树标）书"。又刊柳无忌主编，高铦、高铦、谷文娟编：《高燮集》，北京：中国人民大学出版社 1999 年版，第 426 页。
　　② 录自《国学丛选》第七集，第 12 页，出版年份不详。
　　③ 录自《国学丛选》1922 年第十三、十四集，第 6 页。
　　④ 录自《国学丛选》1922 年第十三、十四集，第 11 页。

涛、寒泉秋草，于人则厌因利乘便、哗众取宠之辈，于文则爱冲淡自然、清新流利一派。宇宙人生之旨虽不敢信其即在于是，然习性如斯，易此则觉沈迷烦闷而无以自适也。是以读先生所选诗文，见如落日狂涛、寒泉秋草一类者，则几欲为之回肠荡气焉！心旷神怡焉！及见先生之非议因利乘便，为文哗众取宠者，则又为之清明在躬，志气如神焉！然以少无专习，近复泛无所主，适成其为空疏浅薄而已。如何？如何？夏日方长，想卫摄咸宜，动静多豫。临颖驰颂不已。

愚生再拜
五月初九

## 与谭愚生书①

### 高 燮

愚生先生惠鉴：

弟创商兑会，意在绸缪古欢，风雨论学，雅不欲多为招致。故十余年来会友不及二百人，而相与以函札文字往来者不过数人。自近闻先生名，知为有道博学之君子。用敢遽属吴君泽庵介绍执事入会，而执事亦遽惠然不我遐弃，一昨并承赐书见教，欣快岂有涯涘。况所述之旨趣，更有息息相同者耶！弟学无师承，所赖朋友为之匡策，而驰骛无归年，力不足以赴其志。维贤者有以成之。

燮顿首
五月十九日

## 致吴雨三吴泽庵书②

### 蔡竹铭

雨三、泽庵先生有道：

手教及和著③敬拜悉，愧非其伦，不觉颜赤，然今何世耶？吾辈同声相应，犹得从天伦乐事中酿出来，何如欣幸。粥叟昆玉已即照转。弟将返澄，草草奉报。访戴之行，约在明春，须饷我牛肉羹一度也。专此敬叩年禧！

社小弟勋再拜
守岁

---

① 录自《国学丛选》1922 年第十三、十四集，第 11 页。
② 录自 1924 年作书信原件。
③ 原信为"箸"，同"著"。

# 卷五　纪念诗文

## 诗

### 题吴泽庵先生诗册①

林清扬

相违南北缺情亲，桥市空伤买卜人。输与所南同一体，一披萧卷一酸辛。

### 暹京得我师泽庵先生墨梅四帧因成二首②

吴君略

#### （一）

岁月惊人白发催，湄江堤上独徘徊。南行万里因何事？为取我师旧墨梅。

#### （二）

先生已去客心伤，角岭楼空欲断肠。惟有梅花前日面，暗香犹自斗斜阳。

### 题泽庵诗集③二首

孙少楷

#### （一）

多愁多病苦吟身，如此才华任隐沦。世太瞶昏天太忍，只今遗墨挹清芬。

---

① 录自 1945 年林清扬《璞山续集》。
② 录自吴君略 1950 年《曲溪梅隐诗》稿本。
③ 转录自孙淑彦著：《孙淑彦文字集·街谈巷语》，北京：作家出版社 2014 年版，第 92 页。

### （二）

风流儒雅亦吾师，立雪门墙弱冠时。愧我无成随老矣，感今追昔涕涟漪。

## 咏榕江百年骚坛人物（吴泽庵）①

张芳芝

亚子社中吴泽庵，南枝同傍北枝探。曾因落漠星洲地，椰雨蕉风野趣酣。

## 读泽庵诗集集诗中句题之②

张芳芝

失笑人间疑腐鼠，商量性情写温存。子山萧瑟义山怨，寿在诗人不死魂。

## 怀念祖先③

许友谦　卢位凡

兰香标翰洁，梅韵更晓春。祖先垂典范，胤辈永传承。

## 贺双峰学校落成联④

郭笃士

博学以文，富而好礼。

（先师吴雨三先生与其介弟泽庵先生，依双峰古寺创建守约学校，嘉惠一方。沧桑卅载，屋宇荡然。兹者乡中侨胞集资重建，奂然旧观。彰前流后，洵称盛事。谨集鲁论为联，奉书志庆，并质大雅。壬戌笃士郭敦。）

---

① 原注：郑逸梅《南社杂碎》："吴泽庵居岭南，号梅禅，高旭居松江，号天梅，有'南枝北枝'之称。"录自《揭阳风韵》第三集。
② 转录自孙淑彦：《孙淑彦文字集·街谈巷语》，北京：作家出版社2014年版。
③ 录自卢位凡、吴晓峰编：《吴雨三吴泽庵书画集》，揭阳：揭东文联2003年版，第47页。
④ 录自原件，1982年作。

## 贺吴雨三吴泽庵书画集出版[1]

孙淑彦

揭阳桂岭双山乡吴汝霖沛霖昆仲，人称"二陆"。泽庵为南社社友，与高吹万、高剑公诗筒不虚。当其兄将六十寿辰，拟写梅花六十幅贺寿，讵未完成而身先亡。中年弃世，时人扼腕。后兄编《泽庵诗集》。今其后人拟印遗集，索题。时壬午（2002）夏仲。

双山二陆忆前尘，笔有深悲南社人。淡墨梅禅情未了，榕江月色喜良辰。

## 集吴昌硕诗题吴泽庵先生画梅

胡天民

曾伴梅花宿涧阿，诗成愁对破山河。此中别有真天地，清气乾坤出啸歌。

## 题吴雨三先生画册

胡天民

但知耕读传人隐，更有文章在涧阿。

## 文

### 吴泽庵集[2]

林清扬

吴沛霖著。沛霖字泽庵，盘都双山乡人。有传，为邑诸生，多逸才，不屑一切。终日与接，无一俗情尘气。时高吹万诸人倡南社于海上。泽庵遥应之。倡酬益伙，名益著。家贫资馆穀，清坐斋舍中，吟咏不辍，意亦不苦也。工书法，善墨梅，颇为世重。诗酝籍闲远，一如其人。卒未五十。居近石母山下，荆榛寒雨，一望故山，辄令人黯然也。

① 录自孙淑彦：《孙淑彦文字集·街谈巷语》，北京：作家出版社2014年版，第19页。
② 录自1945年林清扬《璞山续集》，题目后有注"不分卷数未刊"。

# 吴汝霖①

### 黄乾修

吴汝霖，字雨三，磐溪都双山乡人，附贡生，学问淹博，书画并称于时，历任汕头礐石国文教习多年，晚专志乡梓教育，创办石母学校，任校长（辑校者按：任校长为其弟吴泽庵），培植乡邻子弟，都之人称其贤焉。

# 吴沛霖②

### 黄乾修

吴沛霖，字泽庵，磐溪都双山乡人。邑庠生。与兄汝霖同执教汕头礐石中学。赋性孤介，耽研诗画，其才华极负时誉，常与同乡丁讷庵、周芷园唱酬赠答为乐，不幸中年早逝，士林惋惜不已，著有诗文画集行世。

# 吴沛霖③

### 陈玉堂

吴沛霖（约1899—?），广东揭阳人。字泽庵（署见1912年《国学丛选》）、泽盦（署见同前），改字觉非（26岁改，取"陶彭泽觉今是而昨非"意，并撰《觉非说》，刊《南社丛刻》10），号梅禅，别署揭阳岭樵者，室名礐石山楼。南社社友。

# 吴雨三吴泽庵书画集序④

### 吴式威

经多方努力，《吴雨三吴泽庵书画集》终于付梓。尽管《书画集》的出版距这些书画的完稿近一个世纪，而且两位先辈的作品多馈赠亲友，留下来的为数寥寥，所集作品未能全显其精华。即便如此，《书画集》的问世，还是使我们感到无比兴奋。因为，这是几代人的心愿。

囿于对书画艺术知之不多，对两位先辈的作品自然无从评说，但每当打开画卷，总有

---

① 录自黄乾修编著：《揭阳八十年乡宦耆寿闻见录》，香港：香港艺联印务1972年版，第32页。
② 录自黄乾修编著：《揭阳八十年乡宦耆寿闻见录》，香港：香港艺联印务1972年版，第32页。
③ 录自陈玉堂编：《中国近现代人物名号大辞典》，杭州：浙江古籍出版社1993年版，条目3866。因陈是根据《觉非说》推出泽庵之名号，故把其生卒年定错，《觉非说》是1909年泽庵26岁所作，1912年才刊出。并非其所作当年刊出。
④ 录自卢位凡、吴晓峰编：《吴雨三吴泽庵书画集》，揭阳：揭东文联2003年版，第6页。

一种浓浓的亲切感。二公娴熟的笔工、清新的意境，均令人赞叹不已。回味之中，一种倍受激励之情油然而生。《书画集》的问世，将使我们有更多的机会领略二公的艺术风采。

吴公汝霖，字雨三，生于一八六六年（同治五年）。童年家贫，随父在揭阳县新亨墟店中帮写灯笼，自幼即与书画结缘。公勤奋好学，一八九〇年（光绪十六年）考取晚清秀才，一九〇三年（光绪二十九年）又参加（举人）乡试，以文章优异而名列前茅，却因文中"改良进步"之句有悖晚清腐政而未取。公一生从事教育，先后执教于榕江书院、礐石中学、礐石正光女子中学、礐石"妇学"等学校。还是故里双山守约学校的创始人之一。公逝于一九三四年，享年六十九岁。

吴公沛霖，字泽庵，生于一八八四年（光绪十年）。年少时得益于其二兄吴雨三的教诲和艺术熏陶，勤奋学习，饱啖诗书。一九〇一年为榕江书院住院生，翌年，继二兄雨三之后，考取晚清秀才。兄弟双秀，成为乡里的一段佳话。之后又先后就读于韩山学校、榕江师范和广州两广优级师范学校。一生从事教育，曾执教于新加坡端蒙学堂、榕江书院以及礐石中学。其中一九一一年至一九一三年间回到故里双山主办守约学校。公于一九二五年病逝①，天不永年，甚感痛戚。

两位先辈诗文书画均颇有造诣。吴公雨三工书善画，尤擅画兰花。其书法"学成米家、草参张旭"，长负盛名，其画洒脱自然。书画相辉，意境交融。吴公泽庵则诗作甚丰，其诗文藻清新，襟怀磊落，辑之于《泽庵诗集》有数百首。亦喜画，尤擅梅花，其画清新，淋漓满纸，挥洒自如。执教之余，二公以诗书画抒怀，挥毫泼墨，挹山川之秀，以诗书画会友，唱酬赠答，倾人间情谊。

生活在中国近代最为衰落的时期，两位先辈痛恶清廷腐政，崇信改革，虽居僻壤而关注国事。此情怀在吴公雨三的文章书画中每每可见，辛亥革命成功之际，吴公泽庵在其自传中写下"是岁国体变更，泽倚枕听消息，意至乐也"之句。他还是我国近代进步文学团体南社成员，屡有诗作辑于《南社丛刻》。

将吴雨三、吴泽庵二公的书画辑于一册，不仅是因为二公是情深似海的兄弟，且其思想、情怀意境几乎是一脉相承。后者敬兄长若恩师，前者期五弟青胜于蓝。后者在为兄五十岁寿辰的祝寿诗中就有这样的诗句"强识博闻君不愧，半知小慧我奚堪。愿教天锡百年寿，善诱循循弟泽庵"。足见其情之深，实为我辈之楷模。

两位先辈执教一生，桃李满天下。虽然他们的诗文书画只是浩瀚的中华文化海洋中的一滴，但对于两位先辈的后代而言，他们的诗文书画及其勤奋、谦逊、笃实、崇信进步、关心国家兴亡的美德，则是一份丰厚的遗产。二公之后的几代人无不从中汲取养分，进而有所成就，二公之成就及其美德也将继续不断地予后人以启迪。

吴泽庵之长孙吴式威二〇〇二年夏于北京

---

① 吴泽庵逝于 1926 年，辑校者注。

# 吴雨三吴泽庵书画集跋①

## 卢位凡

两位前辈辞世时，我未出生。童年时，每当桂岭墟日，常见到一老一少，老的挑一大担灯笼骨架，少的跟在后面，从家门口的大路走过，早往午返。同别的孩子一样，以其扁担之长、担子之大而见奇。母亲若有闲暇，便会讲述外祖父童年也像那位少的一样，在新亨墟店中帮外曾祖父糊写灯笼的情景。外祖父自幼勤劳好学，终于考取秀才并成为有名的教书先生。母亲回娘家时，还常会带我们兄弟探望外祖细婶母一家，并在路上讲述"兄弟双秀""兄兰弟梅"以及两家关系融洽的情况。这是两位前辈给我的最初印象。虽经岁月的磨洗，仍历久弥深。

北斗回枢，东风入律。一九九七年四月，表兄吴植添嘱吴式威的外甥吴晓峰、吴晓义、侄儿吴晓青等三位年青族亲，送来他们从老家各处搜集后修补摄制的书画相册及昔日的家书一捆，作为祝贺我母亲吴芸（韵）香九十岁生日的寿礼。表兄在附函中告知：吴晓峰建议将二公的书画印成一本书画册，并庆幸族裔中书画艺术后继有人。以后他又来信，为不知何时方能出版《书画集》而感叹不已。

二〇〇一年初，家慈及表兄吴植添相继辞世。在整理先人遗墨时，我整理出可以辨读的信件约一百一十封。再次拜读两公的书画，感受他们的思想情操和艺术气息。外祖细叔父吴泽庵画的梅，生机盎然，报春之意跃然纸上，充满新的希望；外祖父的书画，描绘了多姿多彩的人生各态，用中国的传统美德，教育、鞭策、鼓励、褒扬亲友，为后来者指明处事的思路和方法，其中对我家我辈也产生了一定影响。因此，萌发了完成出版《书画集》之心愿，并为此于秋天，带着出版《书画集》的一些问题，到汕头市请教周有照先生，周先生认为二公的作品表现出不凡的功底和独特的风韵，值得集印成册，留存纪念并激励后人。周先生还热情地答应给予一定的协助和方便。接着我回到家乡，已退休的卢道实老师带我察看了当年老师们巧妙保护，至今仍存留的荣光里荣裕公厅前墙壁字（雨三公所书）。此行增强了我的信心。返穗后，把有关情况告知表弟吴式威，得到他的赞成和支持，决定由我们两人共同负责完成出版《书画集》并筹措经费。我策划，云路中学美术教师吴晓峰具体运作，许士翘之女儿汕头市一中退休高级教师许映瑜表姐协助。经过多时的酝酿，在书画、教育界各位名流的指导、支持下，在各位亲友的关心和共同努力下，《书画集》成功出版了。

在《书画集》问世之际，我们谨向我辈中最早发起搜集、收藏二公书画作品的已故离休抗日干部吴植添表兄致敬；感谢关心、支持《书画集》出版的各位亲友；感谢向我们提供宝贵意见并为本《书画集》题词、题诗、题名的广州美术学院林丰俗教授、汕头教育学院退休副院长陈玉奇副教授、揭阳市丁日昌纪念馆孙淑彦馆长、著名画家苏维贤先生、著名书法家余惠文先生、著名书画家周有照先生等书画、教育界名流；感谢陈云飞、陈永飞先生兄弟翻拍大量作品；感谢揭阳市博物馆、揭东县宣传部、揭东县文联和汕头市德业隆纸品厂的大力支持。许多书画作品是由吴晓峰完成整理、修裱的。

---

① 录自卢位凡、吴晓峰编：《吴雨三吴泽庵书画集》，揭阳：揭东文联2003年版，第47页。

本《书画集》共收集书法作品四十件、国画作品七十件、书信十二封。在编辑过程中，我们虽查阅了大量有关二公的文献资料，但二公结交广泛，内外子孙分布亚、欧、美各洲，其作品收集过程中难免有所遗漏。限于各种条件，不能完全按时间顺序或关系上的亲疏长幼的原则编次，不妥之处，敬请各位亲友原谅！

二〇〇三年，印刷总数一千册。

吴公雨三之小外孙卢位凡二〇〇二年秋于广州

## 边缘艺术编辑档案（之一）①

### 许宏泉

（二〇〇四年）春节前，广东揭阳吴晓峰来信并寄来先祖吴雨三、吴泽庵书画集。因为"《边缘·艺术》一直在关注被遗忘的民间画家"。吴雨三同治五年生人，吴泽庵光绪十年生，皆清季画人，擅梅兰，颇有山野清远之风。

## 吴沛霖题墨梅诗赏析②

### 黄舜生　陈嘉顺

吴沛霖（1884—1926），字泽庵，又称觉非生、梅禅，别署石母山人，署其所居为人隐庐、磐石山楼等，揭阳桂岭（今揭东）人。幼年从乃兄学，长而就读榕江书院、韩山学校、省立师范学校。清光绪二十八年（1902）秀才。一生从事教育，曾到柬埔寨、新加坡等地任教职，数月后返家执教于榕江书院。后与兄同任教汕头磐石中学。工诗，南社社员，与上海高吹万常通函联句。也能画，尤擅长墨梅，甚精绝，注重抒情写性，有荒寒清绝之趣。其绘画题款多是自作诗。笃好书法，几乎达到痴迷的程度。其书法远承魏、晋，师法欧阳询，参以隶法，在朴茂、峻整的基础上形成了自己独特的面目。著有《谈艺录》《梅禅室诗存》《人隐庐随笔》等。殁后，其兄编印其诗稿为《泽庵诗集》。

吴泽庵所作的《墨梅》，画面中间突出梅树的一段挺秀主干，顶天立地，无限伸展，有一卷曲而分叉的枝干从上方倒挂下来。一小枝干从下方往上舒张，左右纵横，穿插得势。旧枝新条上的繁花朵朵，已经尽情开放，香气袭人。笔意简逸，构图清新悦目。用墨浓淡相宜，生动地描绘出花朵盛开、渐开、含苞整个过程，生气盎然。其笔力挺劲，枝干强烈跃动，而且富有厚重感，充满古趣。特别是粗干，由于墨色的变化使其浑呈现了圆感，同时迅速运笔留出飞白，表现出干的表面粗糙的褶皱感。还擦出干枝上的苔点，小枝只用一墨线挥就，以此表现梅花的傲雪凌霜的不屈精神。勾花创独特的顿挫方法，虽不设色，却能把梅花含笑盈枝生动地刻画出来。墨韵高华，清意逼人，疏枝冷蕊，具有荒寒清

---

① 许宏泉主编：《边缘·艺术》（第1辑），香港：艺苑出版社2001年版，第85页。
② 《化画、诗、人格为一体——吴沛霖题〈墨梅〉诗赏析》，《汕头日报》，2006年5月20日。

绝之趣，别具"野逸"格调，不仅表现了梅花的天然神韵，达到了写意的极致，也寄寓了画家那种高标孤洁的思想感情。题跋行书神韵秀逸，挺拔遒劲，流动飘逸，雍容大度，在精整严密中显现雄秀。画题七绝诗一首，曰：

> 缔月联云旧有盟，沉沉笼护到三更。
> 君身自是堪怜惜，莫怪倾心宋广平。

此诗没有直接描写梅花的形态，而是写其月夜香魂、烟姿玉骨的神仙品格，突出墨梅的高风亮节。令人称奇的是，凡是月光之下、云雾深厚之处，都一定笼护着谷幽寒梅，由于梅花与云月早有情信，因而出现这种蔚为壮观的现象。梅花外表虽然并不娇妍，但具有神清骨秀、高洁端庄、幽独超逸的内在气质；它不想用鲜艳的色彩去吸引人、讨好人，求得人们的夸奖，只留清香在人间。似这般水灵素雅是这么慑人心魂，莫怪宋广平如此倾心。唐代诗人皮日休常怪宋广平（唐丞相宋璟），意其铁石心肠，没想到其为梅花作赋，竟很不像他的为人！诗人赞美墨梅不求人夸，只愿给人间留下清香的美德，实际上是借梅自喻，以表达自己对人生的态度以及不向世俗献媚的高尚情操。这首诗题为"墨梅"，意在述志。诗人将画格、诗格、人格有机地融为一体。字面上在赞誉梅花，实际上是暗喻自己的立身之德。

题画诗并非直接言志咏怀，但从中仍可以洞察诗人的抱负，了解诗人的追求，以及思想、感情、品格、意志等。在吴泽庵的题画诗中，常常是有意识地借以表明自己的心志，亦时有所见。如《画石》诗：

> 孰云画石易，画石须养气。孰云画石难，数笔称毕事。
> 自我来汕埂，索画接踵至。因应苦难周，乃以石游戏。
> 前日作两方，私忱谓可喜。割爱赠与人，念念情无已。
> 谁知受者心，弃置等敝屣。笑我乱涂鸦，谓谁不解此。
> 知音古所稀，不自今然已。得失寸心知，奚敢望之子。
> 所愿石丈人，相期一笑置。

作者以"画石"说明知音极少，只有自己懂得好坏，作者巧妙地将主观心志寄寓于客观的描述之中，在吴泽庵无可奈何的外表之下，潜藏着一颗滚烫的心，此诗实为不可多得的题画佳作。

## 吴汝霖题画诗赏析[①]

### 黄舜生　陈嘉顺

吴汝霖（1866—1934），字雨三，又称禹珊，以雨三行，署所居为在洞庐、人隐庐，揭阳桂岭（今揭东）人。自幼即与书画结缘，勤奋好学，清光绪十六年（1890）廪生，毕生从事教育事业，先后到榕江书院、礐石中学、礐石正光女子中学、礐石"妇学"等学校执教。吴汝霖藏书甚丰，作为自己教学、研究之用，其人隐庐藏书量多达数千册（卷）。

---

① 《清新可读　风趣优雅——吴汝霖题画诗赏析》，《汕头日报》，2006 年 7 月 2 日。

吴汝霖书法师法二王、张长史和米海岳，又学赵松雪、何绍基法，通过转益多师，将晋韵、唐法、宋意冶于一炉，形成古朴稚拙、流利自如、温润闲雅、风神萧散的风貌。善绘画，尤擅兰菊，疏略率真，简朴豪放，但写胸中逸气，形成了明快、清雅而又活泼的风格。有《兰谱》一册（未刊），与其弟吴泽庵共同出版有《吴汝霖吴泽庵书画集》。

吴汝霖所作《幽兰白菊》，画面左侧为两个高低大小各异的花瓶，下面大的花瓶插上向上伸展的几株菊花，花重叶茂，偃仰多姿，因"菊"又与"居"谐音，所以花瓶上插菊花意寓"居住平安"。上面的高花瓶插上几条正在开放的兰花，含露欲滴，玉立挺秀，幽香清远，就像飞琼仙女散落在人寰的天葩，一派妩媚，十分可人。画面兰菊相映成趣，笔法精到，寥寥数笔，妙在似与不似之间，把兰菊的神态表现得活灵活现，毫无矫揉造作之态，有洁净清幽、润泽阴柔之美，准确表现出幽兰的脱俗、白菊的真诚和传达严霜暗度的艺术效果，体现了画家孤傲倔强的个性。四行行书题跋在左中部沿着花瓶边缘写下成平行四边形，笔势往来，宕逸不羁，如淡烟笼月，轻风拂柳。书七绝一首，诗曰：

幽兰白菊影参差，和墨和烟共写之。

记得西邻园半亩，浓阴满径月来时。

题款"雨三画，时年六十五"。此诗从画兰菊开始，引起联想，回忆了月下西邻满径花香的情境。一、二句对画面的形象描述，墨写幽兰白菊，最能表达白菊的淡雅、幽兰的脱俗，强调幽雅清静气氛，这些美丽的花枝，在宁静中散发馥郁馨香，代表了美好的愿望，在我们的心间柔情地摇曳，芬芳了我们的血脉，润泽了我们的灵魂。三、四句宕开画面，展开想象。记得隔壁西邻的半亩花园，在柔和的月光下，浓阴里满径花香，流荡、弥漫着白菊幽兰的气息，真是让人心醉。

吴汝霖一生有许多以诗词跋语等不同体裁题书兰菊的画作，清新可读，风趣优雅。如为"竹铭先生六十寿诞"他画有四幅兰花，分别是《素心兰》《同心兰》《报喜兰》《倒悬兰》，兹录如下，以资加深了解：

其一，《素心兰》：

我读公诗感不禁，超如天籁发清音。曲高和寡知难敌，聊托王香表素心。

题款"余自十余岁即知摹我家芷先生兰，至今年五十九，尚无佳趣。至于文字，虽有弟兄之唱和，未有父子之继承，视翁相去远矣。雨三"。

其二，《同心兰》：

中原滋蔓草难图，兰蕙馨香幸不孤。多谢江南高处士，远贻芳契到山隔。

题款"我与竹翁居相近，年相若，因平昔未通音问，故彼此失把臂欢。而翁子少铭君征诗诸书竟得自松江高吹万君之手，岂不奇哉。雨三"。

其三，《报喜兰》：

芝滋百亩流香远，蕙树一庭布叶葳。最喜阶前添报喜，栽培应手得佳儿。

题款"翁子少铭君年少气盛，文章彪炳，虎父无豚子，信矣。雨三"。

其四，《倒悬兰》：

入世而今周一甲，共和见过颇堪怜。小瀛壶里多玄秘，肯为苍生解倒悬。

题款"自民国至今十三年，岁无宁宇，疮痍满目，几不忍视。我居山中每一念至，为之怆然。甚愿有道者以解此也。雨三"。

# 吴泽庵诗绘画美研究①

欧俊勇　吴晓峰

　　吴沛霖（1884—1925），字泽庵，号揭阳樵子、觉非（生），年少时得益于其二兄吴雨三的教诲、艺术熏陶，勤奋学习，饱唉诗书。一九〇一年为榕江书院住院生。翌年，继二兄雨三之后，考取晚清秀才。吴泽庵诗作甚丰，其诗文藻清新，襟怀磊落，辑之于《泽庵诗集》有数百首。亦喜画，尤擅梅花，其画清新，淋漓满纸，挥洒自如。

　　作为近代潮汕艺坛上具有较高影响力的文化人，吴泽庵的艺术成就受到充分的认可：

　　揭阳吴子振奇士，文笔诗才画复工。（高天梅《寄吴泽庵》）

　　揭阳樵子高士宗，千丘万壑罗其胸。好句能将画境传，有时艳语亦缠绵。

　　论文尤攫骊珠得，虚受何难众善兼。（高吹万《酬吴泽庵惠画并答其见赠之作》）

　　画书诗擅三绝称，风流谁比延陵叟。（朱家骅《次赠吴雨三昆玉元韵柬瀛壶居士》）

　　由此可见吴泽庵在艺术上的成就。作为近代潮汕地方的艺术名人，吴泽庵在文化身份认同（cultural identity）②上具有双重性建构，即诗人身份和画家身份。双重的文化身份对吴泽庵的艺术具有很深的影响。作为诗人身份，吴泽庵诗的意境营造自然地借鉴了中国绘画的理论与艺术技巧，以文字语言符号形式传递情感；作为画家身份，吴泽庵的绘画从题材、思想以及意境追求无一不体现了中国传统诗歌的精髓。

　　本文拟将吴泽庵其诗作品作为研究对象，试图通过诗文本探求诗与绘画的关系。

## 色彩美：吴泽庵诗语言的色彩运用

　　在中国古典文艺理论中，素有"诗画一律"的见解。宋代从审美视觉出发也认为"诗是无形画，画是有形诗"（《画墁乐》卷一）；古罗马诗人贺拉斯的《诗艺》也从审美视觉出发，提出诗画并列，认为"诗如画"；古希腊抒情诗人西蒙奈底斯从审美听觉出发说："诗是有声画，画是无声诗"；美国当代著名学者苏姗·朗格在《艺术问题》中同样把诗看作"是一种与绘画艺术和音乐艺术完全一样的艺术"。狄德罗在《论绘画》中曾经指出："素描赋予人与物以形式，色彩则给它们以生命。它好像是一口仙气，把他们吹活了。"可见色彩对于绘画的重要性。

　　色彩描绘也是文学作品表情达意的重要手段之一。不论是诗还是词，总是向人们提供一个情感赖以表现的活生生的客体世界，因此就少不了对色彩的描绘。黑格尔说过："颜色感应该是艺术家所特有的一种品质，是他们所特有的掌握色调和就色调构思的一种能力，所以也是再现的想象力和创造力的一个基本因素。"吴泽庵擅长丹青，并且深谙其道，他们对色彩的运用达到了炉火纯青的地步。在他们大量词作中，那些优美动人、引人入胜

　　①　欧俊勇、吴晓峰：《微听萧飒摧红叶，稍悔辛勤扫绿苔——吴泽庵诗的绘画美研究》，《清远职业技术学院学报》2010 年第 4 期，第 49 页。

　　②　文化身份（cultural identity）：又可译作文化认同，是我国学术界自 20 世纪 90 年代从西方引进的，主要诉诸文化研究中的民族本质特征和带有民族印记的文化本质特征。本文借用了这一概念，目的在于研究吴氏诗画这两种不具有任何事实上影响的文本时，比较这两种艺术在中国文化语境下的根本差异，并透过这种本质的差异来寻找某种具有共性和本质特征的相同点，当然这认同主要是审美上的认同。

的画面便是他们对色彩巧妙运用的结果，体现了他们对我国古典文艺理论中"诗画一律"观念的深刻把握。

文学作品中要描写色彩，只能借助色彩词汇来描述。在使用过程中，又常常用强烈的对比来给人以鲜明的印象。色彩除了再现自然美之外，也是一种艺术语言和抒情的手段。色彩是感情的语言，对于视觉艺术它的作用是巨大的。在色彩的基础上，便能引起无穷无尽的想象力。在千变万化的自然景物中用色彩去描摹它们的外貌，追求其意境，这样可以达到情景相生、物我交融的艺术境界。吴氏正是依靠对色彩敏锐的观察与发现，才使人们对他们诗歌中绘画美的认识通过色彩得到了证实，使欣赏者进入美好的艺术境界。如吴泽庵诗《庚戌十月廿一晚与同居诸子看白菊》：

（一）白妆素袖碧纱裙，绝好丰神信不群。闷热寻秋无觅处，对花犹得忆三分。

（二）他夸红紫若夸黄，偏是白家爱淡妆。待到月明风静后，与花一一细平章。

（三）瘦腰素影太清癯，吾不笑花花笑吾。花如解语休相笑，一例肥肠近已无。

作者连续用"白""素""碧""红""紫""黄"六个色彩词来描绘，生动地描绘出菊花的形态和神韵。在这里，作者把六种不同的色彩放在一起做对比，不仅形象鲜明、语新意隽，而且又表达出诗人对菊花的真挚感情。

吴氏诗还十分讲究色彩的搭配与运用、映衬、对比，以求诗歌画面色彩的和谐。如经常用青与白、红与白、红与绿等对比强烈的互补色彩调配关系，从而使画面趋于和谐、平衡，且显得格外鲜明夺目，可使主体更突出、更醒目，使色彩感更加生动。试看：

杂书剩草零花怨，赘寄吟红惜绿人。（《春尽日寄陈二林三金陵》）

东阁歇红觅，南窗晕绿苔。（《山中偶成》）

草花红碍路，池水绿成纹。（《野游》）

相携红袖侣，同看白荷胎。（《携内游西贡公园》）

微听萧飒摧红叶，稍悔辛勤扫绿苔。（《秋晚偶成》）

吴氏诗在色彩运用中，往往是一句当中连续采用两个色彩词来形成对比，凸显强烈的视觉效果。显然，吴氏在诗的创作中注意到了光对物象色彩的作用，并且能够如阿恩海姆在《艺术与视知觉》一书中所说："对它进行审美关照和审美欣赏中，洞见它的美的光辉。"因而其诗在处理光线变化时景物的不同色彩也十分生动、得体。无论阴晴晦明、日出月开，均能细致地描绘出景物色彩浓浓深深浅浅的转移与变化。如《晚风乍起乘兴山游即目口占》："白浪兼风候有无，海航欲下日初晡。春禽噪罢炊烟起，隔岸人家尽画图。"作者将月光照射在江河中所产生的视觉效果描摹得十分逼真。又如《忆苏三》："不道分离苦，苏三与我同。相思千里外，幽怨一缄中。落日山云暗，初更烛影红。报君逢此景，余恨满填胸。"诗人以光线变化为描述视角将黄昏山云冷照，烛影零落的冷清意境描绘得十分细致，为追忆旧人营造了凄清的意境。

吴氏对色彩的运用达到了出神入化、收放自如的境界。除了有"红叶""绿苔""碧栏""青鸟""白菊"这些色彩词修饰的意象外，还大胆地将表示颜色意义的形容词用为名词，如"他夸红紫若夸黄"（《庚戌十月廿一晚与同居诸子看白菊》）、"赘寄吟红惜绿人"（《春尽日寄陈二林三金陵》）、"林梢一碧天如画"（《春晴书所见》）等，通过词语的活用，增添了吴氏诗绘画美的新奇感。在色彩词的运用上，吴氏诗高超的技法还表现在词语的搭配上，如"泪红"、"晕红"、"凝红"、"凝碧"等词语，都是在颜色词前置或后置一个表示情感意义的形容词，突出了色彩的质感，表达诗人的情感变化，虽然这样的超常搭配在吴氏诗中使用数量不多，但却不乏美学蕴藉。值得我们深入研究的是，吴氏诗还使用了一些具有色彩意义的名词来增添词的色彩韵味，如"玉珰""瑶光""冰花""晶窗""锦巾""银钩""晨曦如血"等。这些都给读者以视觉上的享受。

在吴氏的诗作中，还有一些没有色彩描绘而纯粹使用白描手法的佳作，读起来清淡雅致，如《二月廿八日大雾山行》：

岩谷深深春雾生，晓风催我绕山行。鸡声耳鼓分明听，何处仙源认不清。

南国初春，雾色弥漫，这是作者晨晓所见的山中景物。全诗没有一个渲染色彩的字，却描绘出了一幅色彩雅淡的清丽朦胧画面，诗人将自己清闲旷达的心境融入诗境中，极富韵律美。吴氏诗的技法往往从眼前的景色写起，描绘景物的色彩；将作者的主观感觉融入其中，情与景融，升华文章的主题。因此，可以说色彩感是透视作者主体性的重要因素。

由此可见，吴氏对色彩、光线特别敏感，这是画家特别敏锐的感受，吴氏却用诗的语言将它完美地表现了出来。并能更进一步，从追求自然色彩的再现转向追求心理色彩的表现，使读者在欣赏到景物自然层次的同时，领略其丰富的思想内涵与情感。

### 构图美：吴泽庵诗的空间构架

中国画不仅讲究对色彩的运用，而且还十分讲究章法。所谓章法，就是我们通常所讲的布局。历代画家都十分重视画面的布局。绘画是"空间艺术"，须将景物按照绘画美学的原则在"空间"内给予巧妙的布置。南齐谢赫有《六法》把"经营位置"列为重要的一条；唐代的张彦远把布局看作是"画之总要"，托名王维的《西学秘诀》说："主峰最宜高耸，客山须是奔趋，回报处僧舍可安，水陆边人家可置。"可见布局在整个作画过程中的重要性。作为兼通诗画的吴泽庵，把绘画的表达技法运用到诗中来，特别注意所描写的景物的关联，善于表现景物的空间层次，从而使他的诗具有景物的立体感和纵深感，如《过碧潭》：

竹里人家昼静，沙头渔艇晓喧。行过碧潭潭畔，回头秋水一湾。

此诗由近及远描述了一幅唯美静穆的秋色碧潭画境。近处的竹丛人家、沙渚鱼艇显得清澈明了，远处碧潭秋水却淡笔带过。层次分明，简练洗达，画出了一幅绝妙的碧潭山水图。这种构图效果，突出反映了诗人以画家的视角来写诗，充分体现了绘画的构图美。

从绘画与美术学的意义上讲，层次和角度是绘画构图美的重要组成部分。在《异域春光好》这首诗中就可以看出审美和表现的多角度与多层次：

异域春光好，奇观偏掩扉。旋风蕉叶软，绽雨木棉肥。细草侵书幌，苔纹晕钓矶。此间差足乐，撼起子规飞。

诗人在异域的一个春天，透过门扉望去，一片春色盎然的景色呈现在眼前：近处蕉叶在斜风中袅娜多姿，随风招展；木棉树在细雨的滋润下也生机盎然。书斋外的幌布下，细草萋萋，碧苔若有若无地侵上了石矶。诗人已被眼前的景物所迷住，享受着如诗如画的自然景物带来的审美愉悦，此时连子规鸟也似乎被眼前的景物所震撼。诗人把景物一层层地铺展开去，同时也就把大自然的美一层一层地展示在人们眼前。整个构图手法是通过鲜明的层次，由近及远，从不同的角度来完成的。

纵观吴氏的诗，其中许多诗作都可以看出诗人有意识地多层次多角度观察自然，描绘自然景物。步步移，面面观，散点透视，移步换形。如《雨晴》："林薄烟初散，溪山雨乍晴。鹧鸪啼未住，鼯鼠跳仍轻。渔网刚刚合，刀舟稍稍平。晚风教暂忍，水陆看双清。"诗中写作者在雨晴后所见景色，句句写物，远近相映，有条不紊。将中国绘画美学中的散点透视的理论运用到诗歌中，动静结合，视听相辅，给我们展现了一幅绚丽的晴雨图。

## 意境美：吴泽庵诗的意境营造

绘画不仅讲究色彩美、构图美，还要做到形神兼备。晋顾恺之曾说："以形写神。"张彦远在《历代名画记》也曾言及绘画中的"画尽意在"。他们对绘画的描述与诗歌中"状难写之景，如在目前，含不尽之意，见于言外"的境界如出一辙，不谋而合。司空图也在《诗品·形容》中论及诗要有"韵外之致，味外之旨"，都要求协调主客观的关系，把握形与神的统一，做到"以形写神"，给人以"言有尽而意无穷"的悠久回味和美的感受。因此，"传神"成为诗画共同的追求目标。通过对《吴泽庵诗集》进行类型学分析，吴氏诗"传神"的艺术境界，主要是借助绘画技法中"工笔"与"写意"的技法来表现。吴氏诗都得力于这两种技法的巧妙运用，从而达到了高度"传神"的艺术效果。

所谓"工笔"，就是对形象进行工整细腻的描绘，使用"尽其精微"的手段，通过"取神得形，以线立形，以形达意"获取神态与形体的完美统一。如《梅花》：

嫩寒篱外访幽姿，碎玉零冰萃一枝。天意矜持人爱好，满身风雪立多时。
雪自凄迷风自寒，深山镇日卧袁安。孤高尽是无双品，莫作凡花一例看。
小园月上夜荒荒，撩我清吟谅我狂。怪底东坡酒醒后，三更秉烛绕寒香。
记从庾岭访仙踪，手折琼枝具晚供。结识水仙成二妙，双修玉骨度残冬。
晚于秋菊早于兰，香可怡魂色可餐。凭赋小诗为写照，一枝斜插胆瓶看。
缔月聊云旧有盟，沉沉笼护夜三更。君身自是堪怜惜，莫怪倾心宋广平。
虬枝如柏干如松，艾纳鳞鳞待化龙。偏是色香消未了，三生仍判住前峰。
较蕙衡兰风格殊，评芳品定是仙姝。却从涉笔生遐想，悔不分身入画图。
不待众芳不待春，水边篱下见幽人。昨宵冻雨今朝雾，是雪是花认不真。
绕雾迷烟欲觅难，微香冉冉略相干。小桥过去吟鞍稳，折得冰花耐晓寒。

这首咏梅的诗作，作者从梅花的气质细腻地展开描述，精细地将梅花的形态、气味、神韵、品格描摹得入木三分。全诗就由外及内，从形到神，层层深入地刻画了梅花的形象。

东晋著名画家顾恺之提出，绘画的要害不在"形"，而在"神"。但是"神"必须借助于某种特殊的"形"才能得以体现。顾恺之所谓的"以形传神"，就是要通过具有特征性的形式描写，来形象地反映事物的本质，达到神似。它要求艺术家必须善于抓住客观事物中那些能够鲜明地、突出地反映本质特点的现象，经过艺术加工，把它生动地表现出来。吴氏诗正是自觉地按照这一要求来创作的。

吴氏在作品中塑造了大量鲜明生动、栩栩如生的艺术形象。他主要是靠准确传神的特征点染，通过娴熟简练的笔墨，写出物象的形神，表达出作者的画意。就像国画中的写意，抓住特征稍事渲染，形象便跃然纸上。也正因为如此，吴氏笔下的人物形象（包括自我形象）大都具有鲜明的性格。既有"我自不折腰，何事诏书谪。避世入深山，谢绝山中客"那样不入世俗，超然世外的（《山居》），又有"恼乱柔情三万斛，轻弹眼泪五千丝"（《餐雪寄示〈无题诗〉报以两绝》）那样伤怀忧郁的；既有"相思千里外，幽怨一缄中"，"报君逢此景，余恨满填胸"那样被失落愁怨的（《忆苏三》），又有"消受山中趣，几生修得来"那样坦率悠然的（《山中偶成》）；既有"玩世宁能祛障碍，佯狂聊以忏聪明。湖山清绝供吟啸，修到今生修几生"那样洒脱旷达的（《寄赠郭餐雪》），也有他乡逢旧知，欣然万千，"共笑须眉双茧长，相携肝胆一倾披。似兹万里终相遇，劳燕何须论疾迟"的（《海外喜逢故人》）。这些情感丰富，仪态各异的人物形象，使我们在欣赏诗作的同时也获得了美的享受。

吴氏作品中的自然景物与生活场景的描写也是特征鲜明、形神兼备。在他的笔下，有"啼红怨绿声"的东风，"红肥绿瘦"的乱花；还有"湿透湘裙"的愁泪，有"金鼎烟浓"的兰桂花香；更有"仙子缟衣"的梅花，"过雨千竿滴绿"的竹子和"坠粉倾红"的莲花，都各具特色。吴氏还善用不同的线条勾勒不同的形态："飞鸟疾于秋雨下，风帆乱似海鸥浮。登高望远一舒啸，睥睨人间万户侯。"（《礐石山头晓望》）——用大笔泼墨挥洒出一幅云蒸霞蔚的壮观的秋景图，气势磅礴，风格奔放；"残阳未下海风生，画趣天然半雨晴。付与化工描粉本，远山重染近山轻。"（《残阳》）——诗人显然吸收了中国画渍法的技巧，用粗笔淡墨描绘一幅朦胧淡雅的残阳西下的画境；"古国春烟合，青山落日低。征帆期万里，海燕卜双栖。云水兼天远，鳌鼍彻夜嘶。讯卿漂泊趣，可胜在金闺。"（《戊午三月十三日携内渡海》）——首、颔、颈三联一句一景，用粗犷的线条随意天成而铺就将渡海时所见景物悉数勾勒出来……

总之，在读吴氏的诗作时，不管是景物描写，还是人物刻画，抑或是情怀抒寄，都会使我们眼前浮现出一幅幅或清晰或朦胧的传神画面，而其浓浓的诗意也正蕴含其中，就像清澈的溪水从山涧中潺潺流出。这是"诗画一律"艺术效应的生动展现，也是吴氏体创作审美追求的圆满达成。

## 清茂才吴雨三先生传

孙杜平

岁丁亥（2007）夏，余乡居无聊，涉江造吴君晓峰学舍。挥尘玄谈间，君出示其所为尊先祖二吴先生年谱，以雨三先生传请焉，将永其家乘之传云。余三辞不获，谨授而诺之。迁延有岁，乃展谱焉。雨三先生讳汝霖，以字行世。其先闽之云霄人，入潮历徙饶平、潮阳二邑。清康熙间，有讳昂友者，复由潮阳迁揭阳之双山居焉，遂世隶揭。凡数传至登仕郎讳家纯，再传儒林郎讳邦士，居乡党以谦让称，有长者风，即先生之祖父也。母林，生丈夫子五，先生其次也。与季泽庵先生最名，时有机云之目。幼聪明劬学。年才逾冠，即补邑庠。光绪中，程江温太史仲和主郡金山讲席，负笈往游焉。癸卯（1917）省试，几获隽矣。旋以闱卷有"改良进步"四字，不青典衡者眼而被刊，房师李侯滋然，为之太息不已。既归，会清诏停科举，益无复进取意。历教于揭汕诸中学校，一以树人为己任。性极友爱。泽庵先生中道而殂，诗文零落，以为毕生心血尽在焉，不忍放失，亟为衰梓，时去先生之没方数月也。而居恒训子弟，惟劝以读书，勿失世业云云。晚皈依耶教甚虔，一主诚让。故与人交，呐呐若无言，粥粥若无能，而皆敬爱之。他如修族谱，息里纷，特其德表之一二耳。民纪二十三（1934）年十一月疾终，寿六十有九。素善诗书，犹工写兰。初十余岁，偶见吴上舍应凤兰绘而窃好之，上舍，同光中邑之名丹青也。手摹心临，长竟以是闻。配何夫人，持家以劳，能尽妇职，先三年卒。子让美，亦能书。女三，长适张，次适许，三适卢。余曰："或谓泽庵，诗画双绝，名标几复，早著于时。先生自赋采芹，即歌植或，寓隐于教，卒晦其身。二陆之称，龙殆胜衡。"余曰："不然。君不诵夫泽庵之诗耶？"其曰："我兄恩爱如慈母，只知有弟不有身。"君不观夫秋园之传耶？其曰："耽诗善画，源自雨三。"由是以观，泽庵之所以有成者，其抚诲之功，不无归诸先生也。然余窃怪世俗，每好议二先生名之高下，而不知先生情深鹡鸰，斯不为太丘翁笑乎？先生孝友诚让，为子姓者苟能守其教而不坠，则其家乘之永传，可予卜也。岂又借重区区之文哉？

# 卷六　吴雨三、吴泽庵编年事辑

**清同治五年丙寅（1866）　雨三 1 岁**

五月廿九日，雨三生于揭邑盘溪都双山乡（今揭阳市揭东区桂岭镇双山村）。

名汝霖，字雨三，以雨三与禹珊谐音，偶署禹珊，也署大吴等。室名人隐庐、在涧庐。先世务农。

父讳邦士（？—1909），于十里外之新亨墟开灯笼店制灯笼。母林氏柔和（1839—1905）。

兄弟五人：澍霖、汝霖、溥霖、甘霖、沛霖。

雨三自幼聪明好学，才智过人。少时家贫，随父至灯笼店帮工画写灯笼，出手不凡。尔后，家庭生活稍为宽裕，父亲送其入学读书。他一面苦读经史，一面挤时间帮写灯笼。十岁左右开始摹写岭东画兰名家吴应凤之墨兰。并将画兰作为毕生之艺术追求。

**光绪十年甲申（1884）　雨三 19 岁　泽庵 1 岁**

十一月十五日，泽庵生于揭邑盘溪都双山乡。

泽庵名沛霖，字泽庵，号梅禅、泽盦、觉非生、泽庵居士等。别署惠痴、嚣嚣草庐、人隐庐主、潜楼、礧石山楼主、礧石山楼主等。

泽庵为雨三之五弟。

泽庵出生后，母氏遽得疾甚剧，"不能躬身自乳哺，乃筐而寄诸妗氏、姨氏各若干日，至年关届时乃筐而返焉。父以泽累母，甚不爱养之，拟易诸他人，得一稍长女子以为代价。已而因循不忍，乃复育之，母氏病亦渐愈"。（《自传》）

**光绪十一年乙酉（1885）　雨三 20 岁　泽庵 2 岁**

中法签订《中法会订安南条约》，安南始不属于中国。

日后泽庵侨居安南西贡时，作《西贡》诗。

**光绪十二年丙戌（1886）　雨三 21 岁　泽庵 3 岁**

泽庵"喜观剧，背后述故事与人听，人颇奇之"。（《自传》）

**光绪十三年丁亥（1887）　雨三 22 岁　泽庵 4 岁**

泽庵"渐识字知书，凡父兄所授浅书字，背后常剪草枝为点画，蘸水粘之门壁以为乐。每有所认识，久久不能忘也"。（《自传》）

**光绪十四年戊子**（1888）　　雨三 23 岁　泽庵 5 岁

**光绪十五年己丑**（1889）　　雨三 24 岁　　泽庵 6 岁

是年，曾习经偕兄述经（泽庵之师）参加恩科广东乡试，中式为举人，列五十九名。兄也中式，列第四名。同科有梁启超、张元济等。

泽庵"随父至新亨店中，父授《孝经》《千家诗》等，辄酷嗜之，琅琅吟诵达昏晓，邻家父老莫不相爱羡也"。（《自传》）

**光绪十六年庚寅**（1890）　　雨三 25 岁　泽庵 7 岁

曾述经赴京华参加恩科会试，不中，归而为榕江书院山长。

雨三进泮。

"泽庵始入塾。从白石乡人徐立造先生读。"（《自传》）

**光绪十七年辛卯**（1891）　　雨三 26 岁　泽庵 8 岁

"泽庵就读双山拔萃轩，师陈懋桂先生。"（《自传》）

**光绪十八年壬辰**（1892）　　雨三 27 岁　泽庵 9 岁

"泽庵仍就读拔萃轩。"（《自传》）

**光绪十九年癸巳**（1893）　　雨三 28 岁　泽庵 10 岁

雨三于揭阳南门方捷丰就教职。

泽庵从雨三学，"课读五经古文，日抄国语一首，颇能领解义训"。（《自传》）

**光绪廿年甲午**（1894）　　雨三 29 岁　泽庵 11 岁

六月廿三日（公元 1894 年 7 月 25 日），中日甲午海战爆发，北洋海军全军覆没。清政府屈辱妥协，中国人民英勇抵抗。

孙中山组织成立"兴中会"。

雨三续方捷丰职，泽庵仍从读。

雨三始关注时事。"读书每下评解，语语皆为振聋启聩，发忧世忧民之心。盖无一时忘也。"（《胞兄雨三五十生日祝寿诗并序》）

**光绪廿一年乙未**（1895）　　雨三 30 岁　泽庵 12 岁

三月廿三日（公元 1895 年 4 月 17 日），《中日马关条约》签订，大大加深了中国社会半殖民地化，康有为联合十八省在京会试举人一千三百多人签名上书，反对向日本求和，要求维新变法，史称"公车上书"。

雨三往潮郡金山书院（当时名为"潮州中学堂"）从温慕柳先生学。泽庵随之往，半理厨房，半事笔砚，"乃绝无进步"。（《自传》）

**光绪廿二年丙申（1896）　　雨三 31 岁　　泽庵 13 岁**

雨三馆揭邑榕城北门陈海记，泽庵随之往。"颇有感于声闻过情之语，稍稍有志读书，及其岁末，所得甚伙。"（《自传》）

是年，雨三之二女婿许士翘出生。

许士翘（1896—1974），揭阳玉湖浮山人。

**光绪廿三年丁酉（1897）　　雨三 32 岁　　泽庵 14 岁**

雨三馆双山拔萃轩，泽庵随往拔萃轩就读。"学更觉有所进，是时同砚益友极多，切磋琢磨，相资正不浅也。"（《自传》）

是年泽庵为本乡"永裕居"题匾"永裕居""凤毛"。

双山村"景让堂"（俗称"顶祠堂"）兴建，由孟柔公第十一代裔孙家合公倡建，以田丁摊派集资营建而成。大门匾额石刻"吴氏家庙"，为潮汕先贤吴殿邦墨宝。匾额背面刻"光前裕后"，款署"光绪丁酉（1897）吉日"。

**光绪廿五年戊戌（1898）　　雨三 33 岁　　泽庵 15 岁**

四月廿三日（公元 1898 年 6 月 11 日），光绪帝下诏变法，开始实行新政，遭到北京和各省官僚的抵制。八月初六日（公元 1898 年 9 月 21 日），那拉氏发动政变，软禁光绪帝，宣布"垂帘听政"。捕杀谭嗣同等六人（戊戌六君子）。康有为、梁启超逃往国外，变法失败。

雨三仍馆拔萃轩，泽庵从读之。（《自传》）

是年雨三之次女吴亦英（娇清）生。

**光绪廿五年己亥（1899）　　雨三 34 岁　　泽庵 16 岁**

雨三应仙美武秀才蔡刚志之邀，馆其家，泽庵随兄往仙美读。（《自传》）

是岁，张百熙督学莅潮，曾经面试泽庵《玉关柳赋》一首，颇蒙赏录。嗣以正场八股文未合格，竟不入选。（《自传》）

**光绪廿六年庚子（1900）雨三 35 岁　　泽庵 17 岁**

义和团运动。

七月廿日（公元 1990 年 8 月 14 日），"八国联军"侵略军攻陷北京，慈禧太后挟光绪帝逃往西安。

泽庵仍住仙美，与该乡蔡纲甲君相契，纲甲招"往潭前从郑松生夫子"。（《自传》）

双山村"永德堂"（俗称"下祠堂"）兴建，大门匾额"吴氏家庙"亦为吴殿邦书。匾额背面刻"让德流芳"。

**光绪廿七年辛丑（1901）　　雨三 36 岁　　泽庵 18 岁**

七月廿五日（公元 1901 年 9 月 7 日），清政府被迫签订《辛丑条约》。全国各地农民群众反封建运动蓬勃展开，城镇手工业者和商人也不断掀起抗捐罢市斗争。

泽庵仍住潭前，"是时馆中生徒十余人，惟泽最少，每一文成，郑夫子辄推为压卷。岁末受榕江书院甄选为住院生"。（《自传》）

是年，日本美术行政家正木直彦先生开始担任东京美术学校校长，学校走向正规化，其校长职任至一九三二年。李叔同等曾在该校留学。

泽庵曾作《墨梅图》一帧赠正木直彦，款为隶书，署"正木直彦先生清赏，南支那高士吴泽庵赠"。

**光绪廿八年壬寅（1902）　雨三37岁　泽庵19岁**

泽庵榕江书院肄业，主讲者为"曾月樵夫子，及邑试府试，遂乃获隽，岁末，朱宗师祖谋卒选进泮宫"。（《自传》）

**光绪廿九年癸卯（1903）　雨三38岁　泽庵20岁**

英国侵略军再次大举进犯西藏，地方军民进行坚决抵抗。

湖南留日学生黄兴、陈天华、宋教仁等人组织成立"新华会"。

章炳麟在上海《苏报》上发表《驳康有为论革命书》，驳斥康梁"中国只可立宪，不能革命"的论调。清政府查封《苏报》并逮捕章炳麟和邹容，《苏报》案轰动全国。

四川长寿县人李滋然为揭阳令。

雨三馆华清，"秋闱，兄卷出，李公命三房已决取第三名及第，嗣以监临朱公祖谋指谪卷中有'改良进步'四字，脱之"。（《胞兄雨三五十生日祝寿诗并序》）

泽庵"无所事，常往来兄华清馆席间，五月二十日娶妇淡卿黄氏到家，闺房中两情融洽，意绝相得。七八月时抵省一次，无所获而归"。（《自传》）

**光绪卅年甲辰（1904）　雨三39岁　泽庵21岁**

是年，日俄为争夺中国领土，在我国东北开战。

黄兴、宋教仁、陈天华等人在长沙成立"华兴会"，黄兴任会长。

章炳麟、蔡元培、陶成章等人在上海成立"光复会"，蔡元培任会长。"光复会"是长江中下游最大的革命团体。

雨三馆普邑官校。（《胞兄雨三五十生日祝寿诗并序》）

是年，邑侯虞汝钧奉令兴办学务，委林塏为本县官立榕江初级师范学堂监督，后改为榕江高等小学，塏任校长。

泽庵志切读书，正月初旬即到潮城求入韩山学校。已而邑中虞和甫邑侯开师范学校，招选高才生，乃复回而应之。既以第一名取录入校，比年终毕业仍以第一名受凭。此时立志甚大，拟与和甫公子至东洋留学。嗣因省城开办两广优级师范学校，乃暂舍远而就近。"自是播迁沦落，志气颓靡，此生遂永坠苦境矣。"（《自传》）

是年，澄海岁贡蔡竹铭同试高等，泽庵在甲子年（1924）赠蔡诗中提及。

**光绪卅一年乙巳（1905）　雨三40岁　泽庵22岁**

雨三馆普邑官校。

泽庵正月抵省城广州入读两广优级师范学堂。未数月，因母殁而还家，道经香港，作《闻老母病束装回家途次香港占此》。

泽庵感死生之无常，哀家难之迭起，思想渐入非非。至六七月间遂萌死志，使果便死，岂不直截了当，惜乎无毅力自残，终遁世而出，于避世之一术。于是，茧足星洲息影销声者达三岁。（《自传》）

泽庵于海外作《春日感怀》，有句"伤心最是中原望，一发河山正落晖"。

**光绪卅二年丙午（1906）　雨三41岁　泽庵23岁**

雨三馆榕江学校。

泽庵侨居星洲（新加坡）。曾任某报主笔。与澄海黄仙舟（卓瀛）同好诗文书画，一时交情亲密，有如手足（《致蔡竹铭书（二）》）。

**光绪卅三年丁未（1907）　雨三42岁　泽庵24岁**

春，孙中山在越南河内成立革命机关，派人回国联络会党、新军，筹划起义。

夏，"光复会"会员徐锡麟与女革命党人秋瑾约定，准备同时在皖、浙起义，因清军有所觉察，徐锡麟被迫在安庆刺杀安徽巡抚恩铭，提前起义。结果失败，徐锡麟被杀，秋瑾在浙江绍兴大通学堂被清军逮捕，慷慨就义。

孙中山委派许雪秋等人在潮州饶平黄冈组织起义，史称"丁未黄冈起义"。

雨三馆榕江学校。三月十二日，小女儿韵香（1907—2001）生。

是年雨三小女婿卢通苞生。吴芸香与卢通苞（1907—1973）自幼订婚。

泽庵仍住星洲，任教端蒙学堂。曾任某报社主笔。乙巳（1905）至丁未（1907）三载间，游历东南亚各地，成《海外见闻杂诗》若干，《泽庵诗集》刊十余首。

高天梅作《花前说剑图》，征诗诸友，民国元年泽庵作《题高钝剑〈花前说剑图〉》。

是年，美国浸信会于汕头小礐石的山坡上重建耶士摩神道学院，专门培养潮汕籍牧师。

**光绪卅四年戊申（1908）雨三43岁　泽庵25岁**

雨三馆榕江学校。

泽庵正月自星洲回国，仍以教书为生。自是年起，"致力学文，以求夫所谓文之义法者"。（《与高吹万书（四）》）

七月十四夜，与杨复初、林伯桐同登梅岗山顶并游弥勒寺，有感作《弥勒寺晚游》《七月十四夜与杨复初林伯桐同登梅岗山顶有感而作》。

九月初四日，吴若凡卒，年四十七岁。泽庵作《吴若凡先生传》。（吴若凡介绍见泽庵所作《吴若凡先生传》）。

高燮创"寒隐社"，作诗述意，并撰《寒隐社启》。征绘寒隐图，绘赠墨宝者有吴昌硕、陆廉夫、黄宾虹、蔡哲夫、楼辛壶、王支林、苏曼殊、姚虞琴等人。民国元年泽庵作《寒隐图》相赠。

**宣统元年己酉**（1909）　　雨三 44 岁　泽庵 26 岁

春，江苏姚光与其妻王粲君游西湖，作《浮梅草》。至除夕，将《浮梅草》付印，分赠亲朋好友。

雨三馆榕江学校。

泽庵再度至星洲，仍应星洲端蒙学堂之聘，执教于端蒙学堂。抵数月，父逝，旋又回。是时南去之志忽弛。

七八月，受聘于榕江学校。

九月，大儿连英（字让豪，号梦栩、曼羽，1909—1992）生。（《自传》）

十月，柳亚子、陈去病、高天梅发起成立"南社"。南社成立之时，正当满清皇朝行将崩溃，清政府对革命组织与革命党人的摧残镇压非常残酷，泽庵作诗《暮春杂咏》，抒发忧时念乱之感。

是年，泽庵作《觉非说》，始自号"觉非"。又作《夏夜楼居杂感》等。

**宣统二年庚戌**（1910）　　雨三四 45 岁　　泽庵 27 岁

雨三馆榕江学校。

泽庵同住榕江学校。

五月，泽庵至羊城。作诗《端午记事有序》。

又作《自寿》有"大好头颅呼负负，每倾肝胆为依依。可能攀佛除烦恼，那肯逢人学诡随。三万六千终有尽，何如早死早清夷"之句。

十月廿一晚，泽庵与同居诸子看白菊，有诗记之，诗为《庚戌十月廿一晚与同居诸子看白菊》。

是年，雨三、泽庵与龙岭乡卢通诵（雨三之姨表叔，号诵发，1847—1932）等人筹创石母守约学校。

泽庵作《读姚石子〈浮梅草〉毕集义山成四语于其上》《题姚石子〈浮梅槛检诗图〉》。

**宣统三年辛亥**（1911）　　雨三 46 岁　泽庵 28 岁

辛亥革命，推翻清政府。

雨三馆榕江学校。

泽庵亦住榕江学校。"是岁国体变更，泽倚枕听消息，意至乐也。"（《自传》）

五月，民主革命者赵声病逝，泽庵作《哀声序》悼念。（《国学丛选》）

六七月间，泽庵大病几死。（《自传》）

八月，泽庵次儿连吟（1911—?）生。

是年，石母守约学校成，泽庵任校长。

泽庵诗《游丁家园感赋》，慨叹人世变迁。又作《心事》《石母山堂夏日杂诗》。

雨三孙女吴植娟（1911—?）生。

**民国元年壬子（1912）　雨三 47 岁　泽庵 29 岁**

冬月十三日（公元 1912 年 1 月 1 日），孙中山在南京任临时大总统，改国号为"中华民国"，中华民国临时政府成立，是年为民国元年。2 月，清帝宣布退位，袁世凯在帝国主义的支持下，经过南北和议，孙中山于 2 月提出辞职，袁世凯被选为临时大总统，临时政府迁往北京。

雨三馆榕江书院。

泽庵馆榕江书院。

春，三月十三日，南社在上海愚园，举行第六次雅集，并于杏花楼会餐。

六月三十日，高燮与高旭、陈锐、李维翰等人联合发起"国学商兑会"，泽庵遂加入。始与高吹万通翰，论诗文书画。

泽庵八月复回故里养疴，遂定居守约学校。

十月十六日，其学生吴君略（1894—1952）由亲戚家寄到《郑小樵梅谱》一卷，雨三命学生徐名柔与子让美合作摹《郑小樵梅谱》，雨三作跋。

是年，南社周人菊编校周实丹遗作《无尽庵遗集》付梓刊行。完成后，赴广东汕头，入《大风报》，为革命鼓吹。后报社被封，乃潜回上海。

泽庵作《闻人菊渡山喜成一绝寄赠》《乞人菊画山水寄一绝句》

八月，泽庵作《墨梅图》寄赠高吹万，题"虽非双管下，亦自具生枯。民国元年秋八月写赠吹万先生大人雅玩并希正谬，揭阳岭樵者吴沛霖。钤印：泽公、沛霖书画"。

胡寄尘辑成《兰闺清课》，泽庵作《题胡寄尘〈兰闺清课〉》。

高天梅作《寄吴泽庵》，泽庵作《题钝剑用见杠韵》。自注："君号天梅，我号梅禅，俨然南北枝也。"

十一月，《国学丛选》第一、二集刊泽庵诗《题高钝剑〈花前说剑图〉》《题钝剑用见杠韵》《山寺夜景》《哀声序》《与高吹万论文书》《与高吹万论文第二书》《〈吴日千先生集〉书后》《〈罗庸庵先生遗诗〉序》《致高吹万第三书》《题胡寄尘〈兰闺清课〉》《新秋》。

十二月初五日，雨三长孙吴植添（1912—2001）生。

**民国二年癸丑（1913）　雨三 48 岁　泽庵 30 岁**

雨三仍馆榕江学校。为桂岭市场书"桂岭市"三字，刻于桂岭下墟门。

雨三为豪处围（建豪）"万乐公祠"作书两幅，刻于壁上："落落陈惊座，神交十载前。匡时逾汉策，高唱（满）吴天。花月词人笑，风尘烈士年"，"良燕集春昼，翩翩来群俦。涉江何所采？此意长悠悠。四座黯不发，心意各相投。癸丑年吴雨三书"。按：该诗为南社社员萧蜕所作，题为"柬陈巢南"，刊《南社丛刻》第十集。原诗为："落落陈惊座，神交十载前。匡时逾汉策，高唱满吴天。花月词人笑，风尘烈士年。凭将一樽酒，幽独慰婵娟。"

公祠还刻有郑松生书三幅，为："柳诚悬书纯以骨力胜，此编（篇）临《玄秘塔》，挺拔有神。岁癸丑，郑之栋"，"君自故乡来，应知故乡事。来日绮窗前，寒梅着花未。松生"，"古人真行皆从篆分出，故用笔尚逆，逆则险。松再"。

吴佐熙书一幅："止水既无滓，流水亦无颇。涵为百丈潭，漾为千层波。仲穆吴佐熙。"

泽庵住守约学校。

二月，南社社友邹亚云殁，众社友唁以诗文，泽庵作诗《寄悼邹亚云》。

三月七日，泽庵加入南社，填"南社入社书"，介绍人为高吹万、姚石子、高天梅。

三月，泽庵作《与姚石子书》，同姚光论文学，又作诗《石子惠像戏裁一绝报之》。姚光作《复吴泽庵书》。

泽庵又作《题姚鹓雏〈燕蹴筝弦录〉》。

夏，南社社友陈蜕庵殁（陈锐参加发起国学商兑会后不久，赴北京，曾拟成立商兑会北京分会，因南归未果，旋因病去世），泽庵作《闻同社蜕庵先生弃世口号二绝遥奠》。

九月，泽庵长女良娥（1913—1961）生。

泽庵作《寄小影赠高天梅滕一绝》，高天梅作《吴梅禅寄造像并诗，次韵答之》。

又《赠复初杨君》："杨子文章能泣鬼，吴郎词赋亦犹人。江湖落魄同幽怨，野草埋名并苦辛。不信伯伦终托酒，定知叔向不忧贫。他年破壁乘风去，始识画龙大有真。"

九月，《国学丛选》第三集刊《初夏偶成》《归途口占》《与高吹万书（四）》。

泽庵作墨梅四帧，题识：

（一）"癸丑腊月八日将有汕岛之行，道过曲江，夜深剪烛挥毫浑涂四帧，即奉精秀宗翁大雅指正。泽庵五子沛霖并署。"

（二）"觉非子背学童二树先生大意，未识稍有肖否？觉非并志。"

（三）"双峰人隐庐主写于曲江客次。"

（四）"冬夜战寒写此，笔墨疏忽自在意计中事，石母山人泽庵子并识字。"

冬，泽庵将有南洋之行，雨三自揭闻信亲出山岛阻之，未果。抵洋后，胞兄寄示《分雁诗》，并有"此后不知何时相见"之语，泽庵骤读之，意未尝不恻然动也。（《胞兄雨三五十生日祝寿诗并序》）

**民国三年甲寅（1914）　雨三49岁　泽庵31岁**

雨三馆榕江学校。

夏，吴氏倡修《陵海吴氏族谱》，雨三任揭属采访职，亲履□□一带各地广搜旧籍，摹延陵公画像刊于谱内，并作《延陵公画像记》。

四月，泽庵于金塔娶杨氏幼卿（1897—1947）。

《国学丛选》第四集刊泽庵诗《春日怀人诗》《吹万居士驰书论学精警绝伦仅吟七绝两首藉代复柬》。

《国学丛选》第五集刊泽庵《与高吹万书（五）》《与高吹万书（六）》《先妣事略》。

七月，《南社丛刻》第十集刊泽庵诗《淡卿出团扇索诗，为题二绝》《春尽日寄陈二林三金陵》文《杂说》。

冬，雨三示书泽庵，有"望遍酌蒲少二人"。泽庵阅之怆然。是时，雨三之子让美也与泽庵同客高绵。

《小庐兀坐暮雨吹寒怅然有感辄成一律》《得家兄雨三促归信并闻杜宇》。

高吹万之子高君明觞，年五岁。泽庵作《题吹万居士觞子君明遗照》。

诗友黄鸿宾任教于守约学校，作《守约学校菊花小圃记》。

**民国四年乙卯（1915）　雨三50岁　泽庵32岁**

雨三居榕江学校。

泽庵居金塔。暮春，泽庵作《乙卯暮春西贡寓楼即目》，表达对侵略者的愤慨。

三月杨氏生子连镳（1915—1918），未满月，泽庵即为雨三五十寿诞归故里，作诗十章祝之。

林芙初绘《松树图》为雨三五十生日祝寿，泽庵于上题诗《胞兄五十林君芙初绘松为祝即题其幅》。

五月，《南社丛刻》第十三集刊《九月十三夜与家兄雨三同观书画》《十月十八夜与家兄雨三夜话》。

五月十日，柳亚子、高吹万、姚石子同游杭州，归后作《三子游草》。泽庵得赠后有诗《吹万居士属题〈三子游草〉为成二律》。

五月廿九日，雨三五十寿诞，倩画工映像，友朋题赞祝之。计有杨柳清、郭玉龙、郭颖、何俊英、徐君穆诸君。

九月，泽庵再往金塔。

冬，雨三《兰谱》手稿作成，杨淡吾（柳清）题封面"兰谱"二字。雨三作跋。

《国学丛选》第六集刊泽庵诗文《五箴（并序）》《柔佛国汽车道中夜咏示洪大》《别尸牙》《夜读林芙初金陵来书却寄》《答人问诗兴》《晚眺》《渡海》。

十二月，《国学丛选》第七集出版。

是年，曾述经致力搜集明代揭阳先贤薛侃著述，辑为《薛中离全书》，并校而刊行。曾习经题签，吴光国参校，集中附有吴雨三所摹薛侃之侄薛宗铠（号东泓）像，署"后学吴汝霖敬摹"。

**民国五年丙辰（1916）　雨三51岁　泽庵33岁**

雨三居榕江学校。夫人何淑芳五十寿，泽庵之弟子吴芝峰（植昆）为绘像。十九年后雨三像背面题："何氏性慈，作事果断。一生自量，不敢希冀非分，故从重一世，虽无甚荣作而亦无大辛苦。民国二十年辛未十一月初七日酉时因胃病卒于家，年六十五。余尚在礐石舌耕，以后即为鳏鱼之人矣。壬申二月十二日雨三年六七记。"

泽庵仍在金塔。

五月，《南社丛刻》第十七集刊《吹万居士属题〈三子游草〉为成二律》。

重阳节，泽庵撰《黄氏祖姑像赞》。

《国学丛选》第八集刊《赠卢生序》《观元祐党籍碑记》。

《国学丛选》第九集刊《金塔杂诗》《罗敷媚》《喝火令旅夜》。

十万山人孙星阁就读榕江书院，为雨三弟子。

**民国六年丁巳（1917）　雨三52岁　泽庵34岁**

《陵海吴氏族谱》十二卷出版，由吴佐熙纂修。

雨三始居汕头礐石。

泽庵次女连环（1917—1961）生，未一月回故里。四月携黄氏往塔。十二月，泽庵又回国。小住汕头礐石，始识陆开梅。

高吹万营闲闲山庄落成，向诸友征诗，其外甥姚光于重阳日作《闲闲山庄落成序》。泽庵作《寄题吹万居士闲闲山庄》。

**民国七年戊午（1918）　雨三 53 岁　泽庵 35 岁**

雨三居礐石。

泽庵正月作墨梅，题：小南门外野人家，短短疏篱绕白纱。红稻不须鹦鹉啄，清霜催放两三花。放翁寻梅句，泽庵写呈雨三胞兄清玩，戊午上元日题字。

三月，泽庵又南下，作诗《戊午季春携眷南下道出汕岛无意中逢卓槊然兄于东海学校十年旧雨久别重逢杯酒谈心连床话旧喜呈三绝句》《戊午三月十三日携内渡海》。

《国学丛选》第十三、十四集刊泽庵作《寄题吹万居士闲闲山庄》。

九月初七日，泽庵作诗《戊午九月初七日陆野翁诗至步韵奉复海天迢递辗转邮传正不知何时始尘藻鉴耳》《重柬野老四韵》。

是年，泽庵之子连镳殇，年四岁。泽庵甚痛之，后抱达观主义，凡关是一切文字俱删去。

冬，三女联音（1918—1924）生。

泽庵之师曾述经逝世。

雨三相契邱霭南逝世。

是年，天道学董事会觉得天道学停办，对于教会的关系很大，所以提倡恢复开办。请耶琳牧师，汪维馨牧师任院务，并请华人罗逸材牧师、陈复衡牧师、吴雨三先生佐理教务，课程略事提高。（《岭东嘉音——岭东浸会历史特刊》，第 17 页，1936 年 12 月 20 日）

**民国八年己未（1919）　雨三 54 岁　泽庵 36 岁**

雨三居礐石。

正月，作盆兰图，题：幽兰百菊影参差，和墨和烟共写之。记得礐峰园半亩，浓阴满径月来时。

为桂岭福岗乡四春园盛福祖厅书照壁："清虚静泰，少私寡欲。知名位之伤德，故息而不营，非欲而强禁也。己未书，双山老霖。"（嵇康《养生论》）

泽庵居金塔。

春，作诗《己未春始闻曾月樵师哀耗遥悼一首》。

三月，夫人黄氏淡卿回国。十二月，泽庵也回国。

泽庵作《悼霭南如兄》。

**民国九年庚申（1920）　雨三 55 岁　泽庵 37 岁**

雨三居礐石。

泽庵正月初九来居礐石，作诗《庚申春日始居礐石》。

泽庵乐山水之秀，有昆季之聚，意颇自得。居是数年，有周芷园、郭五琴、李仪阶、徐君穆、万国同、谭愚生诸先生及旧生林树标等人，日相过从，意盖谓此间乐不思越矣。故自庚申（1920）至乙丑（1925）六年间，除课徒外专事著述，如《梅禅室诗存》《谭艺录》《谭瀛录》《续孟蠡测丛谈》《共勉录》《百乐谈片》《牙慧集》《人隐庐随笔》等多自编辑。（《自传》雨三续）

十二月十九日，南社社友蔡哲夫集南社同人于十峰轩作寿苏会。会后，蔡向社友征和诗，泽庵作《庚申十二月十九日广东南社同人集十峰轩作寿苏会用石禅老人韵来征和章卒笔寄一首》。

周子元居礜石，泽庵与周子元时相唱和。

冬，泽庵为门生林树标所著《盾墨余渖》选辑，作序并诗二首。集中有林树标所撰《潜楼记》。

**民国十年辛酉（1921）　　雨三 56 岁　泽庵 38 岁**

雨三居礜石。

春日，泽庵作《及门生有悉余近状而羡余为善于乐天者余日食稀饭饮清水席楼板而枕之乐也在其中矣吾贫逾仲尼而乐与之等大足以自豪人事无常恐此乐他时或转不易得也诗以志之时辛酉春日》，又作诗《子元先生以二十八岁绘像见示青衫玄鬓神采奕奕承索题辞爰赋小诗二首奉政》。

四月，非常国会在广州举行。高天梅应召再度南下旅穗，招泽庵同游而不果，泽庵以《寄天梅广州》答之。

是年，蔡哲夫绘《海山偕隐图》赠泽庵。并跋卷尾有"人间何世无怪侪感有贞戴之志"等语。

蔡哲夫寄《冯孔嘉女士真书拓本》示泽庵，泽庵作《蔡子寒琼寄示南海冯孔嘉女士真书拓本，阅竟率题一绝》。

泽庵相契、诗书画家林芙初任教揭阳砲台。王兰若十一岁，就读于砲台竞智小学，课余从林芙初学山水画。

**民国十一年壬戌（1922）　　雨三 57 岁　泽庵 39 岁**

雨三居礜石，间或回家乡。

是年，礜石神道学院由于教员减少，遂停办。但学生求知欲很高，改而在礜石中学开设神道学科接收神道学院的教员与学生。学生们"除神学功课外，兼修礜中课程"[①]。直至该班学生毕业，神道学科都没有再招生。

是年，双山乡民在迷信者的蛊惑下，跟随"同乩"到面前洋插改溪标杆。龙岭乡民见双山村孤行改溪，准备作出武力对抗。两村的一场械斗一触即发。雨三适居乡间，在这千钧一发之际，雨三挺身而出，前往工地滚倒在地，一声一泪劝求乡民："改溪应是双方协妥，若不听吾劝，可先打死吾，使吾在有生之年，不见惨状。"众乡亲皆受感动，便停工

---

① 刊《岭东侵会七十周年纪念特刊》，美国浸会干事局 1932 年版。

而归。一场无妄灾难，方不至于发生。

十一月，雨三致姚光书，有"欲闻佛法门"（《姚光集》）意（雨三信耶教）。姚光致弘一法师书，爰以雨三原书奉览，恳为代复。

秋，《国学丛选》十三、四集。

冬，高吹万拟再版《国学丛选》第一二集①，吴泽庵作《国学丛选第一二集》序。次年春出版。

**民国十二年癸亥（1923）　　雨三58岁　泽庵40岁**

雨三、泽庵居礐石。

春，礐石中学成立文学研究会，由章雄翔、陈云从二君发起，以"研究新旧文学，创作新文学"为宗旨。4月21号举行成立大会。冯瘦菊、吴泽庵、许美勋、林鸿飞、林树标、许挹芬为顾问。会上诸顾问皆发言。吴泽庵谓："新旧文学，不能偏重，宜一炉共冶，不可入主出奴，是丹非素。"

泽庵作《记曾德炎》。春季刊礐石中学校刊《谷音》第8期。同时刊《子元先生以二十八岁绘像见示青衫玄鬓神采奕奕承索题辞爰赋小诗二首奉政》《礐石山居杂咏》，丘之纪《呈泽庵夫子》，林树标《与高吹万先生书》。

四月廿五日，姚光复弘一上人书谓："吴雨三书承寄古农居士代复，迄未奉到为念。"（《姚光集》）

夏，礐石中学师生，组织成立彩虹文学社。成立之址在礐石中学石楼的一间教室，与会者有许鞠芬、吴泽庵、陈云从、章雄翔、吴其敏等师生，还有礐石警察所长林树标。会上许美勋进行了一番演说，号召新文学青年进一步携手团结起来。

冬，泽庵作《墨梅图》，题：玉洁冰清，共和十二年癸亥冬月礐峰梅花初放时节濡毫写此，泽庵。

十一月，雨三幼女芸香与卢通苞结婚。

十二月，《南社丛刻》第二十二集刊《寄天梅广州》《西贡汽车道中》《残阳》。

是年，雨三仲孙益涛生。

当正光女学和明道妇学的国文教师出差时，雨三要在女学和妇学教国文，帮忙批改文章。

**民国十三年甲子（1924）　　雨三59岁　泽庵41岁**

雨三、泽庵居礐石。

雨三当选为礐石美国浸信会九位执行委办之一，对会中教务握有表决权。是年，美国浸会便奠基兴建中西合璧、古典恢弘的礐石新堂。同时，编撰岭东浸会七十年历史的计划也提上日程。吴雨三恰好在那时当选为九名执行委办之一，教会中西教牧无疑是看上了他的学养，委之以统筹撰史的职责。雨三于是"通函各堂会，至再之三，其中详悉答复者固不少，间有邮递四五次，仅录数言以应付，甚有并一字而亦无者，委办等既已笔秃唇焦。

---

① 此为第一、第二集合刊。

亦惟付之以无可如何之列而已"！（《岭东浸会七十周年纪念特刊·吴雨三序》）

该刊是岭东浸会的第一本中文史书，分插图、祝词、记事、会史、传史、征信、付出七部分。其中，犹以插图、记事、会史、传史的史料价值最高。

春，林堉书春联赠雨三。

澄海岁贡瀛壶居士蔡竹铭倡建"壶社"。庆六十寿，征诗文书画，经高吹万介绍，雨三作兰四幅，泽庵梅一幅，并贺诗与信。

四月，泽庵之女良音殇，泽庵作《坠珠篇》。（《泽庵诗集》）

七月廿七日，泽庵小儿子连茹（1924—1948）生。

泽庵跋墨梅图："甲子岁秒驻足礐石山中在涧庐度岁，偶掀旧箧得此数画，因略志数言，以存于后，回想石母山堂作此画时，至今十余稔矣。"

泽庵始识谭愚生。五月，介绍其加入国学商兑会。与高吹万通翰。

姚秋园侨寓汕头礐石之新村，与雨三泽庵时相过往。泽庵有诗《姚君悫先生两次过访不遇，予亦于昨朝走谒空旋，即晚戏占二十八字奉粲》。

雨三之表姨叔卢通诵及婶母何氏（？—1931）倩画工映像，雨三为作《清太学生卢通诵公像赞》《卢母何太孺人像赞》。

《蔡瀛壶遐龄集》录雨三《致瀛壶居士书》（两函）、《题兰诗》，泽庵《蔡瀛壶遐龄集题词》《致瀛壶居士书》。

岁末，蔡竹铭致书雨三泽庵：

雨三、泽庵先生有道：

手教及和箸敬拜悉，愧非其伦，不觉颜赤，然今何世耶？吾辈同声相应，犹得从天伦乐事中酿出来，何如欣幸。粥叟昆玉已即照转。弟将返澄，草草奉报。访戴之行，约在明春，须饷我牛肉羹一度也。专此敬叩年禧！

社小弟勋再拜！守岁

是年，林树标所著之《盾墨余沤》出版，集中有林树标所撰之《潜楼记》。

曲溪路篦建"明添公祠"，翰林吴道镕题匾，款署"吴道镕敬书"，照壁有吴道镕书楷书《吴太伯世家赞》《吴汉列传论》《后汉书吴佑传》《晋书吴隐之传》，郑之栋撰并书对联："肇封自勾吴谱牒可稽数典何容夸舜后，分歧来揭岭云初递衍敦伦还冀笃冈亲。"款署"松生郑之栋敬撰并书"。吴泽庵作梅花二幅，其一款署"泽庵居士墨戏"，一款署"泽庵再作"。

**民国十四年乙丑（1925）　雨三60岁　泽庵42岁**

是年，岭东教会发起了本色运动，浸信会内部有恢复天道学堂的倡议。

正月，泽庵作《墨梅图》一幅题："白沙先生墨梅别具一种风韵，见者几忘其为道学巨子也。乙丑正月泽庵偶识。"

雨三六十初度。

先是泽庵体衰弱，其春强健逾常。礐石山梅花盛开数株，每晨必起视花，归而写影，淋漓满纸，挥洒自如。凡连年朋友乞画缣素，挥写净尽而清还之。又为兄雨三六十作巨幅梅六轴，小者多幅贺之。本拟作小幅梅花六十幅，惜因病未能如愿。

三月十二日，雨三与女儿韵香信曰："……我家以教书转复旧观，尔辈能勤心于此，亦为亲者所喜也……"

四月泽庵又病。

潮州饶锷寄来诗作，泽庵作和诗记事，题为"乙丑四月十二夜灯下读饶纯子来诗口占一绝还答"。

七月十八日泽庵作《病起口占谢家兄》。

八月廿五日，南社社友高天梅殁，终年49岁。

十一月廿二日，泽庵因肺疾逝于家。（按：乙丑年十一月廿二日为公元1926年1月6日，故泽庵卒年为公元1926年。）

磐校同门开会追悼。与泽庵宿契者皆唁以诗文，姚秋园为二语挽之云：试检遗诗留绝笔，待编别传付名山。

会毕雨三辑师友哀挽之作，题曰"哀思录"。并泽庵所著诗文集及《谈艺录》《谈瀛录》《读孟蠡测丛谈》《牙慧集》等持示姚秋园，乞为作传。（姚秋园《泽庵传》）

金塔杨氏幼卿闻讣奔回，即带连吟到金塔助理商业。（雨三《泽庵诗集》书后）（泽庵葬石母庵前，后墓地遭开荒造田，迁葬白石岭山，又遭开荒，被毁。）

**民国十五年丙寅（1926）　雨三61岁**

是年，磐石中学、小学、"妇学"皆因受汕头学潮影响停办一年。

为了响应政府倡议，磐石浸信会内部有合办磐石中学和正光女学的提议。雨三对此颇不以为然，但认为这是社会发展的大势所趋，也只能默默接受。

雨三居磐石。

二月二十日，庄启汉于汕头通讯社作《吴雨三先生书〈历史上之孙文〉大楷字帖序》。"为促进文化计，为普及文化计，特刊布之，庶几于习字之时，得知历史之可爱。"

四月，雨三之女婿卢通苞出洋至暹罗。

夏，为揭邑霖田都东林乡人（今揭阳市蓝城区霖盘镇）学生林敦厚之父林万茂书欧阳修诗《大热》：阳晖烁四野，万里织云收。羲和困路远，正午当空留。枝条不动影，草木皆含愁。蜩蝉一何微，嗟尔徒萩秋。

（辑校者按：同时还有许维城书李白诗《陪族叔刑部侍郎晔及中书贾舍人至游洞庭五首》（一）：洞庭西望楚江分，水尽南天不见云。日落长沙秋色远，不知何处吊湘君。）

周南书：隐隐飞桥隔野烟，石矶西畔问渔船。桃花尽日随流水，洞在青溪何处边？（张旭《桃花溪》）

原作损毁，仅剩"……烟石矶石畔向渔……流水洞在青溪何处……？……太翁正，雅庭周南"。

郭颖书：岁丙午读书天……寺占哗之暇戏与友人赛五经生意市坊间印格。

吴雨三、许维城、周南、郭颖同为榕江学堂教员，揭阳名书家。

夏，雨三女儿韵香归宁，雨三为作书欧阳修诗《荒城草树多阴暗》。

八月，孙星阁作《吴雨三先生书〈历史上之孙文〉大楷字帖序》。该字帖为中山纪念会出版。

十月廿六日，雨三夫人六十寿辰，子让美，小女儿韵香，女孙植娟同到礐石祝寿。廿七日，到汕头合影留念。雨三记云："民国十五年十月廿六日，韵香母年六十，居于礐石在建涧庐，此时让美、韵香、植娟同来庆祝，明日乃到汕头映此相片，虽曰区区小物，要亦足以留念云！人隐老人记，时年六一。"（见原件《题记》）

十二月十六日，雨三于画工杜谨为其所绘之像背上录黄鸿宾《漫题雨三君雅照》。

是年，雨三始编《泽庵诗集》，注泽庵《赠钝剑用钝剑见赠韵》：乙丑十一月廿日梅禅卒时天梅已先四月谢世，天何夺我梅花之连耶！书竟为之呜咽。

仲冬，潮安戴贞素作《吴君泽庵遗集序》。（《泽庵诗集》）

是年，龙岭竹祖公厅建成，雨三为题匾"竹祖公厅"。

（辑校者按：龙岭乡尚有"荣裕公厅""占先公祠""松竹公祠""松祖公厅""竹祖公祠""仰德善堂""真龙岭"等匾额，皆为雨三所书，具体年代无考。）

"荣裕公厅"照壁有雨三书姜夔诗词三幅，为："花里藏仙宅，簾边驻客舟。浦涵沧海润，云接洞庭秋""斯文准乾坤，作者难屈指。我从郭李游，知有徐孺子，雨三霖再""春点疏梅雨后枝，剪灯心事稍寒时，市桥携手步迟迟，蜜炬来时人更好，玉笙吹彻夜何其，东风落履不成归"。

**民国十六年丁卯（1927）　雨三62岁**

夏，岭东浸信会大年会，表决将礐石中学、正光女学两校合并，定名为礐光中学。由董事十五人会议，聘请林郁初先生为校长，负责聘请教职员，招生开学，是礐中正光合办而成本校之新纪元。于兹数年，堂员之多，学生之众，校舍之广，设备之周，嵘然成为岭海不可多觏之学府也。（《礐光中学史略》第36页：《礐光中学》）

雨三馆礐石。

端午日，芸香至礐石，雨三为其作扇面墨兰，题曰："丁卯夏五端阳父五日为芸香女儿来作此记，雨书于礐石在涧庐。"背面隶书："故人具鸡黍，邀我至田家，绿树村边合，书芸香女子拂，父写。"

雨三于《妇女杂志》第二卷第一号"中外大事记"中《民国四年之中国》中写下"此即袁世凯欲称帝，日本以廿一条款要求承认者。今日每年五四运动即此是也。丁卯雨三记"，"民十六报言徵祥在比国为公使已去职，不欲归而为耶教之神父，亦奇矣！雨记"。

又在"记述门"中《牯岭五日记》题下注："笔极雅洁，可为游记之式。"

**民国十七年戊辰（1928）　雨三63岁**

四月十七日（公元1928年6月4日），张作霖乘火车路过沈阳附近的皇姑屯时，被日本军队用预先埋下的炸药炸死，日军制造了震惊中外的皇姑屯事件。

雨三馆礐石。

正月十日，闻女儿芸香将大头岭墟铺租与人作赌博之用，示书劝其收回。

是年芸香于龙岭办学，良娥、植娟到龙岭读书，雨三五月一日，桂岭顶下会为争取桂岭墟所有权而械斗，互有死伤，雨三示书芸香女儿，言语间极关心家乡事。

（辑校者按：桂岭于当时分为顶会与下会，顶会由豪处围、新置寨、大头岭、双山、龙岭、大岭等十三乡组成，曰集和乡，旗帜为白旗；下会由围头、港尾、鸟围等组成，曰智勇乡，旗帜为红旗，因为桂岭墟所有权常发生械斗。）

揭阳桂岭基督教堂创办高小学校一所，传道兼教员为李有迪、陈茂德。斯时，负笈来校者，竟达七十余人，亦云盛矣。讵料是夏，红白旗械斗，致教堂被毁，一切器物，为之一空。旋由揭区及岭东诸执委，向各方交涉，经毛知事（毛崎）判处赔偿修复。（《岭东嘉音——岭东浸会七十周年纪念大会特刊》，1936 年 12 月 20 日）

是年，雨三于一笔筒上刻"人隐"两字，款题"民国一十七年刊"。

蔡竹铭《小瀛壶仙馆诗府》刊雨三《答蔡瀛壶见赠原玉并柬朱粥叟邂庸两先生》、蔡竹铭《赠吴雨三泽庵》、江苏朱家骅粥叟《次赠吴雨三昆玉元韵柬瀛壶居士》、江苏朱家驹邂叟《诗大集赠吴君雨三泽庵两先生作齿及走兄弟次元韵代简》。

冬，吴文献之妻魏佩琼疾终，吴文献将其生平言行之有可纪者著于篇章，征求海内能文之士悼亡诗文。汇印成册分送友朋，以表谢其唁吊之盛情，并以寄托一己之哀思，雨三为作跋。

### 民国十八年己巳（1929）　雨三 64 岁

雨三馆礐石。芸香于家乡办学。父女常通书信。

雨三与女儿芸香信中提到"李济深为蒋介石扣留，湖北发生战争"。

雨三患目疾，四月左右不能提笔作书，书信由长孙植添代书。欲编《政治知囊》，因目不能事之，乃让龙岭女儿芸香与侄女良娥代编。

四月，龙岭与港尾又起械斗，雨三示书芸香女儿，付《兴华报》二册。

雨三又患头疮，用水棉油抹之，渐愈。

五月十八日开始，雨三趁学校放假，为新到的磊落牧师的女儿讲三国，每天早上讲两个小时。雨三以为"藉此以谈中国及西方事，亦一快也"。

吴文献《吴嫂魏夫人追思录》成书。送雨三两册。十一月十一日雨三于礐石寄一册回家乡与女儿芸香、侄女良娥"共研究之"。

### 民国十九年庚午（1930）　雨三 65 岁

雨三馆礐石，夫人居双山。

春，书录王阳明诗轴（四帧）与长孙式添。

七月一日，为式添（植添）孙儿作《兰石图》两幅。题："庚午秋七月一日，余自揭来礐石，因家香谷年六十，到县写屏，该屏是乡中人做送，属余书写作者在邑带来索书画者之纸多张，泼墨横刀，时孙植添请画，因记之。"

七月十一日（公元 1930 年 9 月 3 日），作《兰》，题："雨三氏民十九九月三号作，盖阎锡山、冯玉祥、张学良在北平开扩大会议反对蒋介石云。"

冬，雨三跋泽庵所作贴笔筒之墨竹小品："此画为泽庵所作而贴于笔筒者，计自泽死后，凡有所作皆收藏之兹同□□也。庚午冬雨三记时年六五。"

是年，美国浸会传入岭东七十周年纪念。

### 民国二十年辛未（1931） 雨三 66 岁

雨三馆礐石。

夏，林宪殁，雨三于林宪甲子年（1924）所赠春联小册页中跋曰："林则原老所书，宜存之，因此老亦佳书人。林名宪，曾为榕江校长，予与同事多年，民二十年暑天终。年七十。"

十一月初七，雨三夫人何淑芳因胃病卒，年六十五。

### 民国二十一年壬申（1932） 雨三 67 岁

雨三馆礐石。

一月一日，《岭东浸会七十周年纪念特刊》编辑委员会同人合影，计有陈复衡、吴雨三、陈乙山、纪纲、罗锡嘏、林郁初。

二月十二日，雨三题夫人何淑芳像。

六月，《岭东浸会七十周年纪念特刊》出版，吴雨三序。

七月，潭前王香涛绘《松鹿图》赠卢和仁，雨三题"鹿鸣宴宾图。潭前王岩叟为和仁先生画，笔墨整洁……哟哟食萍……之……因题数……归之，壬申秋七…… 雨三书于人隐庐"。

九月，雨三书四轴赠女婿卢通苞。内容为《陵海吴氏族谱》中之治家格言。

是年，雨三得水肿病，一切功课由小女儿芸香代任。

是年，卢通苞之父和仁居故里龙岭（前居暹罗），雨三书欧阳修诗四轴中堂相赠。

### 民国二十二年癸酉（1933） 雨三 68 岁

雨三居礐石。

五月二十八日，重抄五十岁友朋为之所作像赞并跋。

是年，雨三得肿病又添偏枯，孙女植娟照料。

岁末回故里双山人隐庐。

是年作联："山居且让孙思邈，市隐无惭韩伯休。"

又："地僻门常闭，心闲境自宽。"

黄鸿宾《梦中梦楼诗文集》稿本完成。中有泽庵《题〈梦中梦楼诗文集〉》，黄鸿宾《怀吴泽庵》《寄吴泽庵》《遥忆泽庵客安南》《漫题雨三君雅照》。

### 民国二十三年甲戌（1934） 雨三 69 岁

雨三居故里双山人隐庐。

桂岭客洞村王逎建（石母守约学校学生，雨三、泽庵弟子）建"熙庐"（今桂岭客洞村三壁连厅座5号"熙庐"），请雨三题书法二幅，刻于照壁，内容为一："绿阴一片，黄鸟数声。乍雨乍晴，不寒不暖。老夫非雅非属，半醉半醒，如从鹤背飞下。雨三书。"此作内容是《小窗幽记》卷六《集景》中的句子，原句是"绿阴一片，黄鸟数声，乍晴乍雨，不暖不寒，坐间非雅非俗，半醉半醒，尔时如从鹤背飞下耳"。雨三书作中改动了几字，可以看出他在书写这幅作品时的心态，作品也体现了闲适的笔调。

二：“梅先天下迎春，以韵胜格高，故世慕其洁，至假神仙以为喻，只合一生低首拜之，雨三。”

是年，雨三编《泽庵诗集》完毕，高燮（吹万）为《泽庵诗集》点定。（《泽庵诗集》）

二月，雨三作《题邦彦兰》焦墨兰册页一，跋。

六月，泽庵之子连英（良英）结婚，其二娘杨幼卿由越南归，出资付印《泽庵诗集》。

九月二日，谭愚生为《泽庵诗集》作序。

九月二十日，雨三为《泽庵诗集》作《书后》。

《泽庵诗集·自传》“癸丑”后也为雨三公续之，并跋、题签。

十月，雨三作《金底墨兰》四帧。

是年，又作《盆兰》，题云：“余逢甲戌忽忽六十九春秋矣！自去年得肿病又添偏枯，几成废人，幸女孙植娟来家扶提，遂有起哀哀之望，书此志之。雨三。”

十一月廿一日，雨三逝于家乡双山。葬桂岭挨砻石山上（墓后遭开荒，遭毁）。

### 民国二十五年丙子（1936）

雨三逝后二年，十二月二十日，美国浸会《岭东嘉音——岭东浸会历史特刊》刊登吴雨三文章并作序，署“在涧庐”。

### 民国二十六年丁丑（1937）

曲溪路篦“明添公祠”右侧建“大夫第”，照壁灰雕刻有吴文献书两幅，其一幅为“屏翳收风，川后静波，冯夷击鼓，腾文鱼以警乘，鸣玉鸾以偕逝六龙，俨其齐首。丁丑初春文献”，为《洛神赋》句；其一幅为“新篁蘸水青增重，月借凝云晦迹行。满据画中收夜景，苦无方法写双晴，岁丁丑书于广东绥靖公署，文献”。《泽庵诗集》中《杂诗》有“灯从密树偷光出，月借凝云晦迹行。满据画中收夜景，苦无方法点双晴”“新篁蘸水青增重，野鸟当风韵倍高。春雨乍晴生意足，溪藤百尺缒飞猱”。

泽庵曾作《墨梅》立轴赠吴文献，款署“东坡老人句，伯谦宗弟清赏。泽庵写于礐石山村之潜廙”。